DIANA

Das Buch

Turbulent, vergnüglich, frech, bezaubernd! Mit seinem Familienroman *Die ganze Nacht geöffnet* gelang dem jungen spanischen Autor auf Anhieb ein Erfolg: eine ebenso fantasievolle wie heitere Geschichte über eine – nur auf den ersten Blick – harmlose Familie, die durch eine unerwartete Erbschaft über Nacht Eigentümerin eines geräumigen »Palästchens« in Madrid wird.

Wir begegnen der eindrucksvollen Großmutter Alma, die in ihren jungen Jahren alle berühmten Schriftsteller persönlich kennengelernt hat, jetzt aber (genauer seit 17 Jahren) keine Lust mehr hat, ihr Bett zu verlassen. Großvater Abelardo ist ein verschrobener Idealist und verkappter Lyriker. Mutter Paula dagegen ist die Seele des Hauses, die alles zusammenhält, auch wenn der Preis dafür über die normale mütterliche Zuwendung hinausreichen muß.

Da gibt es Vater Félix, der 50 ist und damit »zu jung zum Sterben, zu alt für einen Neubeginn«. Matías ist 12 und – wie die Ärzte sagen – verrückt, denn er hält sich für seinen Vater. Felisín, der älteste der Brüder, ein arbeitsloser Filmkritiker und Hobbycineast, glaubt noch an die Liebe auf den ersten Blick und bringt die junge Französin Nicole ins Haus, was sofort für Unruhe in der Familie sorgt. Basilio, 22, ist zu seinem Unglück häßlich. Ein unerwartetes (und heftiges) erotisches Erlebnis soll sein Leben verändern. Gaspar, 14, liest unter der Bettdecke den »Ulysses« und schreibt an einem philosophischen Essay mit dem Titel ›Das Leben mit 14‹. Lucas, der Jüngste, ist mit seinen 9 Jahren schon ein abgebrühter Schwätzer, jedenfalls so lange, bis man ihm einen Maulkorb verpaßt. Nacho, 20, ist der »Macho« der Familie. Seine Potenzprotzerei ist den anderen unerträglich, auch wenn man sich auf seine Ratschläge auf erotischem Gebiet verlassen kann.

Als ein (ziemlich zweifelhafter) Psychologe ins Haus geholt wird und gleichzeitig Sara, eine bildhübsche junge Krankenschwester auftaucht, erreichen die Verstrickungen ihren Höhepunkt

Der Autor

Der Schriftsteller und Drehbuchautor David Trueba, geboren 1969 in Madrid, ist selbst in einer Familie mit acht Kindern aufgewachsen. *Die ganze Nacht geöffnet* ist sein erster Roman.

David Trueba

Die ganze Nacht geöffnet

Roman

Aus dem Spanischen
von Peter Schwaar

DIANA VERLAG

Diana Taschenbuch Nr. 62/0047

Titel der Originalausgabe
»Abierto toda la noche«

Der Diana Taschenbuchverlag ist ein Unternehmen der Wilhelm
Heyne Verlag GmbH & Co. KG, München
Printed in Germany 1999

Umschlagillustration: The Image Bank/Alan Becker
Unschlaggestaltung: Hauptmann und Kampa Werbeagentur, CH-Zug
Satz: Schaber Satz- und Datentechnik, Wels
Druck und Bindung: Elsnerdruck, Berlin
Gedruckt auf chlor- und säurefreiem Papier

ISBN: 3-453-15271-9

http://www.heyne.de

Für Palmira und Máximo,
meine Lieblingsautoren

Erster Teil

Es wird soviel Leid wie Lust, soviel Einsamkeit wie Geselligkeit, so viele Ohrfeigen wie Küsse geben.

GOTT

Niemand kann behaupten, er kenne eine Familie, nur weil er ihre Mitglieder kennt. Familie, das ist das Zusammenspiel aller, die Gemeinschaft, die ihnen einen Sinn gibt. Jeder Mensch auf dieser Welt ist nur einer von vielen; in der Familie wird er zum Sohn, Vater, Bruder, Enkel. Die Familie Belitre lernte ich durch Nacho kennen.

Nacho war der drittälteste der Brüder. Wir hatten uns schon vor Jahren kennengelernt, als wir die Oberstufe absolvierten, und zwar an einem Gymnasium, das genau seit unserem Kurs nicht mehr ausschließlich Mädchen vorbehalten war. Die Freundschaft zwischen uns ergab sich sozusagen von selbst – wir waren die einzigen Jungen einer Klasse mit dreiunddreißig Mädchen. Beide kamen wir von einer Klosterschule, und als wir das Klassenzimmer betraten, erlagen wir einer uns bis dahin unbekannten Mischung weiblicher Düfte. In diesem Jahr brach Nacho vielen der Mädchen das Herz. An meiner Schulter weinten sie sich aus. Aber ich will nicht meine Geschichte erzählen. Nicht einmal die Nachos. Es geht um die Geschichte seiner Familie. Die Geschichte von ihnen allen.

Zu Beginn dieses Sommers 1986 wußte ich von den Belitres noch fast nichts. Nicht einmal den vom Papst gesegneten Stammbaum hatte ich gesehen, der in der Wohnung der Großeltern eine Wand schmückte. Unter dem vatikanischen Siegel stand:

SEINE HEILIGKEIT
DER HEILIGE VATER JOHANNES PAUL II.
SEGNET DIESE FAMILIE

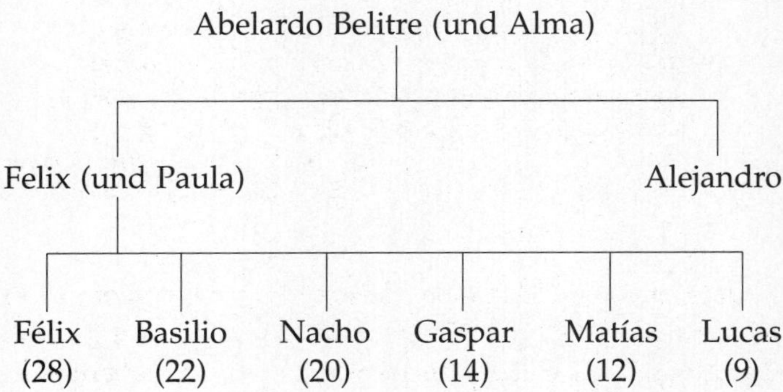

Unter den Namen habe ich aufgeführt, wie alt die Brüder zu Beginn dieser Geschichte waren.

Eins

> Wenn Du Geduld hast, werde ich Dir erzählen, was uns nach dem Tod erwartet. Meine Freundin, wir beide wissen, daß es gar nicht so übel war zu leben – warum sollte das, was danach kommt, nicht noch besser sein? Jetzt scheint mir klar, daß der Tod der Normalzustand ist und das Leben das Unglück. Und findest Du einen triftigeren Grund zum Sterben als das Wissen darum, was uns erwartet? Man soll nicht sagen: Sie starb an Krebs oder an einem Gehirntumor. Man soll sagen: Sie starb aus Neugier.
>
> *Letzter Brief von*
> *Ernestina Beltrán an Alma Belitre*

Paula Belitre erduldete ein Gespräch mit dem Leiter der Kinderheilanstalt ›Die Liebe Gottes‹. Dort hatte Matías, der zweitjüngste ihrer sechs Söhne, das Schuljahr verbracht. Wie üblich durfte der Kleine während der Ferien zu seiner Familie zurückkehren, aber diesmal hoffte die Mutter, daß man ihn am Ende des Sommers nicht wieder in die Heilanstalt zurückschicken müßte. Im neuen Haus, das so groß war, wäre alles leichter, dachte sie, überzeugt, daß es eine zu grausame Therapie war, ein zwölfjähriges Kind von seiner Familie zu isolieren.

Der Anstaltsleiter teilte diese Meinung nicht. »Natürlich kann Liebe heilen«, sagte er zu ihr, »aber Liebe allein genügt nicht. Die Wissenschaft glaubt an den Menschen, aber der Mensch muß auch an die Wissenschaft glauben. Ihr Sohn ist ein klinischer Fall und muß als solcher behandelt werden. Wenn das Latimer-Syndrom nicht vor dem Erwachsenenalter eingedämmt wird, führt es unweigerlich zu einer tiefen Schizophrenie paranoider Natur.« Die Mutter faßte sich viel kürzer: »Ich möchte einfach, daß mein Sohn unter seinen Brüdern groß wird.«

Matías erwartete sie auf dem Bett in seinem Zimmer sitzend. Die Aufregung darüber, wieder bei seiner Familie sein zu dürfen, hatte ihn in der Nacht kaum schlafen lassen. Er war schon sehr früh aufgestanden und hatte mit für einen so jungen Menschen ungewöhnlicher Sorgfalt seine Siebensachen zusammengepackt. Bei dem Lärm erwachte sein Zimmergenosse, ein vernachlässigter Junge mit motorischen Störungen und Narkolepsie.

»Ich bin traurig, daß du gehst, ich will nicht allein sein.«

»Na, na, es wird schon ein anderer kommen«, beruhigte ihn Matías. »Ich muß bei meiner Familie sein. Soll ich dir noch mal das Album zeigen?«

Er wurde nicht müde, sein Familienalbum vorzuführen. Es war ein kleines Plastikheft, Geschenk der Kellogg's-Frühstücksflocken, in dem er in der Reihenfolge ihres Alters die Fotos der Mitglieder seiner Familie eingeklebt hatte.

»Das hier sind Großvater Abelardo und Großmutter Alma am Tag ihrer goldenen Hochzeit. Sie warf mit dem Kuchen nach meinem Großvater, traf aber nicht. Siehst du den Fleck an der Wand?«

»Und das ist dein Vater?«

»Nein, mein ältester Bruder, Felisín. Jetzt ist er achtundzwanzig, aber als dieses Foto gemacht wurde, war er jünger. Den Schnurrbart trägt er nicht mehr, er sah unmöglich aus damit. Eines Nachts im Schlaf sengte ihm Nacho den Schnurrbart mit einem Feuerzeug an.«

»Der da ist Nacho?«

»Nein.« Das Bild zeigte einen dicken Jungen von hinten. »Das ist Basilio. Er mag es gar nicht, wenn man ihn fotografiert.«

Basilio war jetzt zweiundzwanzig, zwei Jahre älter als Nacho, »der frechste von allen«, erklärte Matías seinem schon schlafenden Freund zum x-tenmal. Dann kamen Gaspar, vierzehn, Matías selbst, zwölf, und Lucas, neun.

»Und das ist meine Mutter. Ist sie nicht hübsch?«

Die Mutter hatte ihre Familie mit den Mühen des Umzugs allein gelassen. Alle waren da außer Felisín, dem ältesten der sechs, der in Cannes weilte und für die Zeitung, bei der er Kritiker war, über das Filmfestival Bericht erstattete.

Während des Verladens setzte sich Gaspar, in vollem Pubertätsbrodeln, heimlich von den andern ab und rannte die Straße hinauf davon. Außer Atem blieb er vor der Tür von Vicentes Kneipe stehen. Drinnen bediente Don Vicente an der Theke, während seine Tochter Violeta mit einem feuchten Lappen die Tische abwischte. Sie war genauso alt wie Gaspar, hatte lange kastanienbraune Locken, volle Lippen und war für ihre vierzehn Lenze schon recht gut entwickelt. Gaspar war in sie verliebt, seit er sie vor zwei Jahren zum erstenmal gesehen hatte. Zwei Jahre des Wartens und Begehrens, die ihn mit hilfloser Träumermiene und funkelndem Blick ausgestattet hatten.

Violeta verströmte die attraktive Gleichgültigkeit vierzehnjähriger Mädchen. Durch die Scheu der Jungen, die in diesem Alter vom Sprießen ihres Schnurrbartflaums in Beschlag genommen waren, hatten die Mädchen das Sagen, die, noch fast Kinder, im Spiel der Gefühle, das sie höchstwahrscheinlich auf den Knien eines zärtlichen Onkels oder fügsamen Vaters erlernt hatten, über eine gewisse Autorität der Erfahrung verfügten.

Als sie Gaspar erblickte, lächelte sie, kam heraus und stellte sich vor ihn hin.

»Wolltet ihr nicht heute wegziehen?« Gaspar nickte, da er den Mund nicht aufbrachte. »Kommst du dich verabschieden?«

Er zuckte mit den Schultern. Sie schien die Situation zu amüsieren, während er beharrlich schwieg.

»Also los, gib mir schon einen Kuß, ja? Vielleicht seh ich dich nie wieder.«

Gaspar näherte sein Gesicht dem ihren, bis sich ihre Wangen berührten, aber Violeta unterbrach den kindlichen Kuß, indem sie ihre Lippen auf die seinen drückte.

So bekam Gaspar den ersten richtigen Kuß seines Lebens. Ohne poetische Sätze oder Hintergrundmusik, ohne überhaupt gesprochen zu haben. Er konnte sich nicht erinnern, irgend etwas Besonderes dabei gedacht zu haben, nur daran, daß er sich kaum auf den Beinen halten konnte und seine Ohren brannten.

»Ich hoffe, du besuchst uns ab und zu«, sagte Violeta, und dann lächelte sie – das war ihr ganzes Lebewohl.

Gaspar hätte dort stehenbleiben und sie durch die Fensterscheiben hindurch anschauen können, bis er Wurzeln geschlagen hätte und die Hunde gekommen wären, um auf seine Schuhe zu pinkeln, aber er rannte, die Passanten anrempelnd, wieder zurück, im Irrglauben der Verliebten, sie seien geisterhafte Wesen und in der Lage, durch Wände zu gehen, zweifellos ein Grund für all die vielen Nasenbeinbrüche.

Vor der Haustür warteten die andern auf ihn, um endlich aufzubrechen. Der kleine Lucas hatte die Umzugsleute überredet, ihn im Lastwagen mitfahren zu lassen. Der Vater wollte lieber in seinem Auto nachfahren, da er insgeheim befürchtete, die Hecktüren des Lasters könnten aufgehen und er würde unterwegs seine ganze Habe verlieren. Wahrscheinlich war das ein immer wiederkehrendes Bild aus seiner Kindheit, ein kleines Trauma aus *101 Dalmatiner.* Als er am Steuer saß, hatte er keine Ahnung, daß sein Sohn Lucas in diesem Moment in der Lastwagenkabine sagte: »Mein Vater hat eine kaputte Kommode, ich wette, er wird euch sagen, ihr hättet sie beim Umzug beschädigt, damit er euch etwas abziehen kann.«

Gaspar fuhr mit seinem Vater mit, auf den Knien von Basilio und Nacho, die sich einen Sitz teilten. Er preßte das Gesicht ans Fenster. Linker Hand sah er die ständige Wohnwagenausstellung. Er träumte davon, sich einen zu kaufen und mit Violeta auf die Reise zu gehen. Er würde durch die ganzen Vereinigten Staaten fahren und nur über die Dinge schreiben, die ihnen widerführen, »wie einer dieser *Beat*-Autoren«. Dazu war es aber noch zu früh. Einstweilen würde er sich damit begnügen, an die Wand seines neuen Zimmers eine Karte der Vereinigten Staaten zu pinnen, die ihm mythische Namen zuraunte: New Orleans, Missouri, Baltimore, Chicago.

Félix, der Vater, parkte seinen Wagen auf dem dürren Rasen, und der Möbelwagen wurde rückwärts an die Tür gefahren. Jeder der Jungen packte sein wertvollstes Stück und lief damit ins Innere des Hauses. Basilio mit dem Farbenkoffer und den Schachteln voller Comics, von seinem vergötterten Crumb bis zu seinem Helden Spirit, Nacho mit seiner Gitarre und einer Bücherkiste, die auf ihrem Grund die im Lauf einer ganzen Jugend sorgfältig zusammengetragene Pornofotosammlung verbarg. Lucas balancierte sein kostbares Goldfischglas durch den Garten, äußerst langsam, um keinen Tropfen zu verschütten. Nacho hielt ihn auf wie ein Polizist.

»Zeig mal her, was hast du da?«

»Laß mich durch, du Idiot«, sagte Lucas und versuchte ihm auszuweichen.

Aber Nacho stellte sich ihm erneut in den Weg, griff mit der Hand ins Goldfischglas und steckte seinem hysterisch protestierenden neunjährigen Bruder zwei Purpurfische aus Surinam in den hellblauen Slip. Lucas rannte im Zickzack davon, und obwohl er seinen Behälter schützte, konnte er nicht verhindern, daß das Wasser überschwappte und ihn vollspritzte. In seinem Zimmer zog er die Fische aus der Unterhose und ließ sie ins Wasser zurückgleiten.

»Zum Glück waren es keine Piranhas«, scherzte Basilio.

»Nacho wollte sie töten. Gottverdammter blöder Scheißkerl.«

Schon stürzte er rachedürstend wieder die Treppe hinunter. Basilio rannte ihm nach und sagte mahnend:

»Fangt nicht an, euch zu prügeln, wartet damit, bis der Umzug fertig ist.«

Als Gaspar mit seiner antiken Smith-Corona-Schreibmaschine ankam, einem Geschenk von Großvater Abelardo, sah er Nacho auf dem Balkon des Zimmers stehen, das sie beide teilen würden. Sein Bruder empfing ihn mit einem Klaps auf die Schulter.

»Jetzt haben wir endlich ein eigenes Haus, Gaspar.«

Ich war nur zweimal in der Wohnung gewesen, in der sie die ganze Zeit über gelebt hatten, in Algete, einem Vorort von Madrid. Dort hatte es nur Bettcouchs, zusammenklappbare Sessel, Einbauschränke, aufklappbare Konsolen, Schiebetüren und Ausziehtische gegeben. Acht Personen waren zuviel für einen so begrenzten Raum. Die sechs Jungen waren auf zwei Zimmer verteilt. Diejenigen, die erst im Morgengrauen nach Hause kamen, Felisín, der älteste, oder Nacho, fanden ihre Brüder bereits schlafend und mußten geschickt über sie hinweghüpfen, um ihr Schrankbett herunterklappen zu können, was freilich erst möglich war, nachdem sie die Schreibtischplatte heraufgeklappt und zwei der Stühle auf den Gang hinausgetragen hatten.

»Ideal wäre es gewesen, wenn ihr uns mit abnehmbaren Beinen geboren hättet«, spottete Nacho. »Dann könnten wir nachts den Kopf in die Rumpelkammer stecken und die Füße zum Fenster raushängen lassen...«

»Genau, und so wären wir auch Lucas' Fußgeruch los«, sagte Basilio, der sein Zimmer mit Lucas teilte, dessen Füße tatsächlich gewaltig stanken.

Frucht eines ›glücklichen Zufalls‹, wie es Großvater Abelardo definierte, war ihnen das neue Haus regelrecht in den Schoß gefallen. Großmutter Alma, die vor siebzehn Jahren beschlossen hatte, das Bett nicht mehr zu verlassen, stand in unermüdlichem Briefwechsel mit einer hochbetagten Freundin namens Ernestina Beltrán. Als diese starb und ihr Testament eröffnet wurde, stießen die Erben auf eine letzte Klausel: »Meinen einzigen Besitz in Madrid, das Palästchen in der Calle Tremps, vermache ich meiner einzigen Freundin in Madrid, die keinen Monat hat verstreichen lassen, ohne mir einen Brief zu schicken, um mein vorbestimmtes Ende zu verschönen: Alma Belitre.«

Großmutter Alma vernahm die Nachricht vom Hinscheiden ihrer Freundin gleichmütig. »Meinst du, nur weil sie gestorben ist, werde ich aufhören, ihr zu schreiben?« sagte sie zu Asunción, ihrer Pflegerin. So schickte sie Ernestina weiterhin hartnäckig Briefe, bis deren Tochter sie brieflich daran erinnerte, daß ihre Mutter gestorben war. »Ich glaube an die Korrespondenz, nicht an den Tod«, telegrafierte ihr Alma in dem vergeblichen Versuch, sich verständlich zu machen.

Großmutter Alma war damit einverstanden, daß das Palästchen in der Calle Tremps an die Familie ihres Sohnes Félix Belitre überging. Zwischen der Dehesa de la Villa und der Ciudad Universitaria gelegen, hatte das Haus drei keineswegs zu verachtende Stockwerke, die von einem mansardenartigen Dachboden voller Gerümpel, undichter Stellen und Risse im Fußboden gekrönt wurden. Dazu zwei Badezimmer, eine riesige Küche und ein traumhafter kleiner Balkon auf jeder Etage. Schlingpflanzen und Unkraut machten sich unter der Herrschaft eines schwindsüchtigen Kirschbaums breit, der in diesem weitläufigen, von der Sonne beschienenen Garten eines Tages wieder blühen sollte. Von derselben Sonne, die den Kleinen, Lucas und Matías, Sommer für Sommer den bloßen Rücken verbrennen würde, was die Mutter zwang, sie vor dem Schlafengehen mit Essig einzureiben.

Bequem im Garten auf dem Rasen lagernd, verzehrten sie gemeinsam mit den Möbelpackern ihr Mittagessen. Es stellte sich heraus, daß ihr Chef unter seinem für diese Arbeit etwas übertriebenen Bergmannshelm eine ganze Lebensphilosophie verbarg.

»An dem, was man bei einem Umzug transportiert, kann man die Leute erkennen. Ich brauch bloß die Sachen ein- und auszuladen, um zu wissen, was in einem Haus vorgeht.«

»Und wir? Wie sind wir? Ist Ihnen an uns irgend etwas Seltsames aufgefallen?« fragte der Vater neugierig.

»Keine Spur! Sie sind eine völlig normale Familie.«

»Zum Glück …«

»Unsereins hat nämlich viel erlebt, mittlerweile fünfzig Jahre Umzüge. Meinen armen Vater hab ich unter einer Kommode sterben sehen, die die Treppe runtersauste und ihn erdrückte. Ich habe viele Unfälle gesehen.«

»Tragen Sie deshalb immer den Helm?« fragte Lucas.

»I wo. Nein, aber kürzlich ist mir in der Sierra eine Ananas auf den Kopf gefallen, und man hat mir sieben Stiche machen müssen.«

Er nahm den Helm ab, um die Narbe auf seiner Glatze vorzuführen, und setzte ihn dem kleinen Lucas auf. Dem war der Einsatz zu eng.

»Einen Mordsschädel hast du, Junge.«

»Schenken Sie ihn mir?« bat Lucas, während er den Plastikeinsatz seinem Kopf anpaßte.

»Na klar doch, Kleiner.«

Das Gespräch verstummte, als ein Greis im Gartentor erschien und mit seinem Stock auf den Lastwagen einhieb.

»He, was machen Sie da?« riefen die Arbeiter.

»Darf ich etwa nicht einmal mein eigenes Haus betreten?« verteidigte sich der Alte und schlug weiter auf den Lastwagen ein.

»Papa«, mischte sich der Vater ein, »siehst du denn nicht, daß das der Umzugswagen ist? Verzeihen Sie, das ist mein Vater«, entschuldigte er sich bei den Arbeitern.

»Ich bin nicht dein Vater«, antwortete Großvater Abelardo. »Du bist mein Sohn. Auch wenn es nicht so aussieht, aber da gibt es einen Unterschied.«

Nachdem er mit einem Stockschlag den Rückspiegel des Lastwagens zertrümmert hatte, stapfte der Großvater in den Garten.

»Und es sei festgehalten, daß eigentlich ich dieses Haus geerbt habe.«

Eilig begrüßte er seine Enkel, faßte Gaspar an der Schulter und ließ sich von ihm zur Smith-Corona führen. Er setzte sich davor und verlangte Papier. Gaspar reichte ihm ein Blatt.

»Geh jetzt, du verscheuchst mir die Muse«, sagte er zu seinem Lieblingsenkel.

Matías' Mutter wurde in der Heilanstalt zum Mittagessen eingeladen und sollte danach der Abschlußfeier der internen Zöglinge beiwohnen. Sie setzte sich wie die übrigen Mütter und Angehörigen auf einen Stuhl im bescheidenen Festsaal. Dort durfte sie die Kinder bewundern, die ihre Lieblingsfernsehfiguren imitierten und ein kleines theatralisches Altarbild mimten.

»Warum hast du nicht mitmachen wollen?« fragte die Mutter den neben ihr sitzenden Matías.

»Ja siehst du denn nicht?« sagte der Kleine. »Das ist eine Kinderei. Ich bin zu alt für derartige Albernheiten.«

Einer der kleinen Schauspieler mußte eilig innehalten, als ein anderer der mitwirkenden Jungen laut zu schreien und die übrigen an den Haaren zu ziehen begann. Fußtritte an die Knöchel und Bisse einsteckend, sagte eine Krankenschwester zum Publikum:

»Bitte applaudieren Sie, damit sich der Kleine nicht zurückgewiesen fühlt.«

Unter warmherzigem Beifall und vereinzelten übertriebenen Bravorufen zog sie den hysterischen Jungen von der Bühne.

»Also, Matías«, verabschiedete sich der Leiter wenig später, »ich hoffe, du hast schöne Ferien.«

Matías schaute ihn an und sagte mit der erstaunlichen Reife, die seine zwölf Jährchen charakterisierte:

»Verstehen Sie, Doktor, ein neues Heim braucht eine feste Hand, und jemand muß sich darum kümmern. Wir sind eine zahlreiche Familie.«

Matías packte den Rest seiner Comics und einen Modellbaukasten in seinen kleinen, mit einer Zeichnung von Snoopy in der schottischen Nationaltracht geschmückten Koffer. Die nervöse Grimasse zwischen dem Arzt und seiner Mutter bemerkte er nicht.

»Kommen Sie uns doch einmal sonntags besuchen«, sagte er zu der verdutzten Krankenschwester, die sie in der Tür der Heilanstalt verabschiedete.

Mehrere Stockschläge des Großvaters auf das Balkongeländer stoppten die Umzugsarbeiten. Er fuchtelte mit einem maschinengeschriebenen Blatt herum und verlangte nach absoluter Ruhe. Wie ein Diktator, der sich an sein Volk wendet, deklamierte er vom Balkon herab:

> Es sprach der Dichter: Gesegnet sei dein Heim,
> Und wer wollt ich sein,
> Solch weises Rezept zu leugnen.
> Dies Haus, Frucht des Geschicks,
> Geb' ich meiner Familie hin,
> Die mit Félix und Paula und Felisín,
> Basilio, Gaspar, Matías, Lucas und Nacho
> Aus neun Personen besteht und nicht aus acht,
> Denn immer wird wohl empfangen sein –
> Nicht ich, sondern der Ehrengast
> Jedes gut geführten Hauses,
> Und der ist kein Gering'rer als Gott.

Nachdem er sein Rezitativ beendet hatte, applaudierten sein Sohn und die Enkel beflissen. Taub gegenüber dem schallenden Gelächter der Möbelpacker, faltete der Großvater das Blatt zusammen und steckte es in die Tasche. Dann kam er herunter, vorgeblich, um den andern zu helfen, wurde aber, zusammen mit Lucas, für die Möbel, die mühsam nach einem Ankerplatz suchten, nur ein weiteres Hindernis, dem es auszuweichen galt. Nichts wollte an den ihm zugedachten Ort passen, aber das Ganze begann nach Zuhause zu riechen.

Punkt acht Uhr ließen die Arbeiter mitten im Garten einen Schreibtisch stehen und stiegen in ihren Möbelwagen. Der Vater bezahlte beim Chef, bevor er ganz begriffen hatte, wie der so sicher sagen konnte, daß nicht die Packer die wertvolle Kommode ruiniert hatten. ›Die verstehen ihr Handwerk‹, dachte er bei sich, während er zusah, wie der Lastwagen davonfuhr, ›die zieht keiner so schnell über den Tisch.‹

In einem Taxi erschienen die Mutter und Matías, und alle Brüder liefen hin, um den Neuankömmling zu umarmen. Großvater und Vater schlossen sich dem herzlichen Empfang an.

»Laßt euch Zeit mit dem Einräumen, Hauptsache, es wird nichts beschädigt«, empfahl der kleine Matías seiner Familie.

Seine Brüder führten ihn ins Haus.

»Ei, jetzt muß ich das Gedicht euch auch noch vorlesen«, beklagte sich der Großvater.

»Keine Sorge, wir werden Fotokopien machen«, lenkte der Vater ab.

»Eine gute Idee, ich werde es einrahmen, und dann hängen wir es in die Veranda.«

Vater und Mutter spazierten durch den Garten.

»Meinen die Ärzte wirklich, daß es gut ist, ihn aus der Anstalt zu nehmen?« fragte der Vater.

»Natürlich. Sogar der Leiter selbst hat es mir gesagt: ›Es gibt nichts, was die Liebe einer Familie nicht heilen könnte‹«, beruhigte ihn die Mutter.

Irgend jemand erzählte mir, er habe sie bei der Hand

genommen, als sie die vier Stufen zur Veranda und zum Eingang ihres neuen Zuhauses hinaufgegangen seien, und sie hätten sich einen flüchtigen Kuß gegeben, aber diesen Punkt konnte mir sonst niemand bestätigen.

»Ach, beinah hätt ich's vergessen, vorhin hat Felisín angerufen«, teilte der Vater der Mutter mit. »Er war schon in Barcelona. Er wollte einen Bus nehmen. Sie kämen um eins oder so.«

Die Mutter hielt im Eierschlagen inne und schaute mit betroffener Miene ins Wohnzimmer.

»Dann müßte er aber schon da sein.«

»Ach was, es ist ja noch nicht mal zwölf.«

»Schon, aber er sagt immer, er kommt zwei Stunden später, damit ich mir keine Sorgen mache.«

»Na, na, nun dramatisier es mal nicht.«

»Ich hasse Autobusse, sie machen mir panische Angst«, gestand sie ihrem Mann. »Die rasen wie der Teufel und haben diesen ganzen Luxus mit Video und eingebauter Bar. Und wer hindert den Fahrer daran, auf der ganzen Strecke in den Fernseher zu glotzen und zu trinken?«

Sie ging in die Küche zurück und war fast sicher, daß die Todesstatistik bei Autobusunfällen sogar die aus den Anfangszeiten der Luftfahrt bei weitem übertraf.

Der Großvater mochte zum Schlafen nicht nach Hause gehen, da ihn nach dem Umzug und den Gedichten die Nacht überrascht hatte. »Keine Sorge, wir rufen Großmutter an, und du bleibst zum Schlafen hier, schließlich haben wir ja jetzt ein Gästezimmer«, hatte die Mutter stolz gesagt.

»Um so besser, ich bin nicht mehr in dem Alter, wo man mit der Nacht kokettiert«, sagte er sichtlich erleichtert zu seiner Nachkommenschaft.

Das Abendessen war eine Mischung aus Ausgelassenheit und Nervosität. Nach jedem Bissen Tortilla stand Nacho auf und versuchte, im Wohnzimmer die Fernsehprogramme einzustellen. Schließlich wandte sich Matías in autoritärem Ton an seinen Vater:

»Félix, beeil dich mit dem Essen, morgen hast du zu tun, und dann bringt dich wieder keiner aus den Federn.«

Alle verstummten. Die Mutter schnitt eine nervöse Grimasse, die ein Lächeln sein sollte. Der Vater vermied jeden Blickkontakt mit seinen Söhnen und schaute auf den Teller.

»Und du auch, Lucas«, fügte Matías hinzu. »Um diese Zeit noch auf zu sein!«

»Ich hab doch keine Schule mehr.«

»Gehorche!« schlichtete die Mutter.

Die Stille wurde vom Geräusch eines Autos unterbrochen. Sie eilten auf die in die milde Nacht getauchte Veranda hinaus und sahen Felisín aus einem Taxi steigen und zwei große Gepäckstücke aus dem Kofferraum hieven. Von fern warf er ihnen einen Gruß zu.

»Papa, kannst du kommen und das Taxi bezahlen?« rief er.

»Hoffentlich kommen sie nicht per Taxi aus Frankreich«, murmelte der Vater auf dem Weg zum Gartentor.

Felisín und er nahmen je einen Koffer. Eine weitere Tür des Taxis ging auf, und in der Dunkelheit erschien eine Frauengestalt. Alle drei schritten auf die gespannt auf der Veranda wartende Familie zu. Als sie näher kamen, richteten sich die Augen aller auf die Frau. Sehr attraktiv, ihre grünen Augen funkelten in der Nacht. Dumpf hörte man das beifällige Gemurmel der Familie. Sichtlich erschöpft, blieb die junge Frau vor ihnen stehen.

Felisín stellte den Koffer auf den Boden und sagte freudestrahlend wie ein Zeremonienmeister:

»Darf ich vorstellen: meine Frau Nicole.« Und zu ihr gewandt: *»Mon père, ma mére, mon grand-père,* und diese Zwerge da *sont mes frères.«*

Niemand trat zu ihr. Kein einziger Kuß. Ein reservierter Gruß. Langes Schweigen. Unlustig raunte Nicole Felisín etwas auf französisch zu.

»Sie sagt«, übersetzte Felisín, »sie ist müde von der Reise und möchte schlafen gehen.«

»Also dalli, dalli, alle ab ins Bett«, organisierte Matías. »Nacho, Basilio, tragt diese Koffer hinauf, und dann los, alle gehen schlafen.«

Sie gehorchten Matías. Nicole war zu mitgenommen von der Reise, um sich für den merkwürdig autoritären Ton dieses Kindes zu interessieren. Alle machten sich zu ihren jeweiligen Schlafzimmern auf. Basilio, Nacho, Gaspar und Lucas in den zweiten Stock, die andern in den ersten. Nicole und Felisín traten in ihr Zimmer. An der Lampe hing ein bunter Papierstreifen: ›Bienvenus les frais marine's.‹

»Matías«, verkündete die Mutter, »heute schläfst du bei Großvater.«

»Kommt nicht in Frage, ich schlafe bei dir«, entgegnete der Junge mit fester Stimme, als er ins Elternschlafzimmer trat.

Der Vater wollte protestieren, aber die Mutter hielt ihn mit einer Handbewegung zurück.

»Laß ihn, sicher vermißt er die Anstalt.«

So verbrachten sie die erste Nacht in ihrem neuen Heim. Der Schlaf befiel sie schwindelerregend schnell. Während er mit seinen Füßen die eiskalten Zehen des Großvaters wärmte, dachte der Vater, Umzüge zeigten doch immer wieder, wie wenig man zurücklasse. Im

Ehebett umarmte Matías fest seine Mutter. Sie lächelte und war sicher, daß sie ihn nie wieder in die Anstalt zurückschicken würde.

So konnte die Familie Belitre dank eines Gehirntumors, der Ernestina Beltráns Lebensfaden gekappt hatte, und dank Ernestinas Freundschaft mit Großmutter Alma zum erstenmal in ihrem Leben in einem eigenen Haus hören, wie das Zirpen der Grillen die Madrider Nacht durchschnitt.

Zwei

> Ich erwarte Deine Nachrichten ohne allzu große Neugier. Es ist mir auch nicht sehr wichtig, etwas kennenzulernen, was ich unfehlbar in Kürze selbst kennenzulernen gezwungen bin. Hingegen möchte ich wirklich wissen, wie eine Welt ohne Krankheit und Tod aussieht, zwei Dinge, die uns hier vom Tag unserer Geburt an umgeben.
>
> *Alma Belitre an Ernestina Beltrán*

Offiziell als Geisteskrankheit anerkannt wurde das Latimer-Syndrom 1949 auf dem Internationalen Psychiatriekongreß in Basel. Schon viel früher, 1903, hatte man erstmals von dieser Krankheit erfahren. Jonah Latimer, ein junger Bursche aus Long Island, war scheinbar nur einer von vielen Fällen schulischen Versagens. Seit dem ersten Schuljahr maßte er sich die Rolle des Lehrers an und versuchte, vor der Klasse dessen Stelle einzunehmen. Mit knapp dreizehn sprach er mit seinen Kameraden, wie es nur ein Lehrer tun würde, bereitete die Unterrichtsstunden für den nächsten Tag vor, strich in den Pausen ums Lehrerzimmer herum und lag in ständigem Streit mit andern Kindern, die sich weigerten, die Aufgaben zu machen, welche er ihnen aufzwingen wollte. Weder durch wiederholte Verweise noch durch körperliche Züchtigung gelang es, seiner Fixierung ein Ende zu setzen.

Schon ziemlich geschunden, geriet der junge Latimer glücklicherweise in die Hände von Dr. Arnold Eggelhoffer, einem Psychiater aus Mitteleuropa, der Freuds neuartige Lehren in den Vereinigten Staaten eingeführt hatte. Nachdem er den Patienten studiert hatte, beschloß der impulsive Eggelhoffer, seinen Meister in Wien schriftlich um Rat zu bitten.

Freud kam mit dem Dampfer *George Washington* der Lloyd's Company in New York an, begleitet von seinen Schülern Jung und Ferenczi. Auf dem Pier wurden sie von den Doktoren Ernest Jones, A. A. Brill und dem genannten Eggelhoffer empfangen. Zwei Tage später untersuchten dieser und Freud die Dementia praecox des jungen Latimer. In diesen Tagen begann der Witz die Runde zu machen.

Ein Arzt versucht seinen Patienten, einen gewissen Herrn Latimer, zu beruhigen, doch der beharrt darauf, zu wissen, was er für eine Krankheit hat. »Nun, wir kennen noch nicht viele Fälle wie den Ihren«, sagt der Arzt zu ihm. Der Patient bleibt stur. »Regen Sie sich ab, Herr Latimer, wir werden bestimmt eine Lösung finden, um Ihre Krankheit zu heilen.« Aber der Patient beruhigt sich nicht und fragt schließlich: »Hat denn diese Krankheit wenigstens einen Namen?« – »Nun, Herr Latimer, einstweilen kennen wir sie als Latimer-Syndrom.« Es war ein in jenen Jahren sehr beliebter Witz, was eine Vorstellung davon geben mag, welchen Widerhall der Fall in der Öffentlichkeit fand.

1949 war das Jahr, in dem der Name der Krankheit anerkannt und in die Gruppe schizophrener Komplexe paranoider Natur aufgenommen wurde. Dazu waren der Fall eines Bankangestellten aus Liverpool, der seinen eigenen Chefprüfer vertrat, der eines Unteroffiziers der französischen Marine, welcher darauf bestand, sein eigener Oberst zu sein, sowie der dramatische Fall einer jungen Frau aus Memphis nötig gewesen, die am Ende ihre Tante Rifka ermordete, nachdem sie zwei Jahre lang bei den Familienzusammenkünften ihre Stelle hatte einnehmen wollen.

Derzeit sind in Spanien eintausendfünfhundertzweiunddreißig Latimer-Syndrom-Kranke statistisch erfaßt. Matías Belitre ist einer von ihnen.

Er war immer ein paranoides Kind mit Anpassungsschwierigkeiten gewesen. Nie genoß er normalen Unterricht, da er wiederholt aus Kindergärten und Schulen ausgeschlossen worden war, und zwar immer mit derselben Begründung: mangelnde Integration, intellektuelle Zurückgebliebenheit und Tendenz zur Bevormundung seiner Kameraden.

Zwei Jahre zuvor war festgestellt worden, daß er am Latimer-Syndrom litt. In solchen Fällen schizoider Assimilierung (laut Meyr ›pathologische Anpassung der Persönlichkeit ans Milieu‹) beschließt der Kranke, in die Rolle einer nahestehenden Person zu schlüpfen, ohne deswegen seine eigene Identität aufzugeben. Seine Krankheit führte Matías Belitre dazu, sich für den Vater seiner Brüder, den Vater seines Vaters und sogar – und das ist das Entscheidende am Latimer-Syndrom – für seinen eigenen Vater zu halten.

Das einzige bisher bekannte Mittel, um der Katatonie oder einem gewalttätigen Ende vorzubeugen, ist die Einweisung in eine Anstalt. Dafür hatten sich die Mitglieder der Familie Belitre entschieden, bis sie beschlossen, Matías wieder bei sich aufzunehmen und, als einzige Möglichkeit des Zusammenlebens, seine simulierte Identität zu akzeptieren. Bei Matías wiederum löste der Nachahmungstrieb ein ungewöhnliches Interesse an Glücksspielen, Massensportarten, Fernsehnachrichten und Zeitungslektüre aus, und er eignete sich für ein zwölfjähriges Kind so unnatürliche Ausdrücke an wie

›Wo soll uns das noch hinführen!‹, ›Kaum zu glauben, wie die Welt heute ausschaut!‹ oder ›Das wird ein böses Ende nehmen!‹.

Die Probleme mit Matías waren jedoch nicht die einzigen medizinischen Komplikationen der Familie Belitre. Ich gestehe, daß ich einen gewissen Ekel empfunden habe an dem Tag, als mir Nacho Basilio vorstellte, den zweitältesten seiner Brüder. Geschickt im Umgang mit Malerei und Farben und außerordentlich talentiert im Zeichnen und in Handarbeiten, war er jedoch eine unangenehme, mitleiderregende Erscheinung. Ein blutiger Akneausschlag wucherte auf seinem Gesicht und Rücken, und jede seiner fortwährenden Explosionen mündete in Blutrinnsale, die ihm warm vom Kinn tropften. Die Dermatologen, die ihn seit seinem dreizehnten Lebensjahr behandelten, waren sich in der Diagnose einig: hysterische Akne.

Aber schon bevor die Akne vulkanisch in seine Jugend einbrach, galt Basilio als grauenhaft häßliches Kind. Seine Nase war extrem spitz, und eine irregegangene Nasenscheidewand zwang ihn, beim Atmen ein eigentümliches Geräusch zu erzeugen. Unter den Augen hatte er dunkelviolette Fleischsäcke, und die Medikamente gegen die Akne, die er sich willkürlich selbst verabreicht hatte – von A wie Acneicil über D wie Dermatilomicidium 2000 bis Z wie Zotal Antiacneicum –, hatten ihm schließlich Gesicht und Magen anschwellen, die Haare ausfallen und am linken Ohr eine undefinierbare Nekrose entstehen lassen.

Mit zweiundzwanzig gab er seine regelmäßigen Arztbesuche, Gesichtshautreinigungen und Schönheitsoperationen auf. Er schien sich an das Gelächter und die Verachtung der Leute auf der Straße, an das Fehlen von Freunden und den verweigerten Gruß sämtlicher Besucher gewöhnt zu haben. Er war ein Einzelgänger, der sich ganz seiner Malerei und halbherzig einem Physikstudium an der Universität widmete.

Nur seine Familie unterhielt eine normale Beziehung zu ihm. So routiniert, wie sie Matías' Latimer-Syndrom akzeptierte, so ertrug sie auch den unästhetischen, peinlichen Anblick Basilios. In Familien ist die Tugend verbreitet, die täglichen Katastrophen als Normalität hinzunehmen.

Am nächsten Morgen trompetete Großvater Abelardo alle mit einem traditionellen militärischen Weckruf aus dem Bett. Beim Frühstück beschloß man, Großmutter Alma einen Besuch abzustatten.

»Die Arme sehnt sich bestimmt danach, etwas von uns zu hören«, erklärte der Großvater.

»Man wird Felisín wecken müssen«, schlug die Mutter vor.

»Sie sind bestimmt erschöpft von der Reise. Wir hinterlassen ihnen eine Nachricht …«, begann der Vater.

Matías unterbrach ihn:

»Genau, ich werde ihnen eine Nachricht hinterlassen.« Und mit seiner geschmeidigen Handschrift notierte er: »Wir sind zu Grohsmutter gefaaren. Wir komen zum mittagessen zurük. Papa.«

Großmutter Alma sagte immer, wenn sie einmal achtzig wäre, würden ihre Beine sie nicht mehr lange tragen, und jetzt hatte sie seit siebzehn Jahren das Bett nicht mehr verlassen. Asunción, eine ältere, leutselige, gebrechliche Frau, hatte sich im Haus niedergelassen, um sie zu pflegen, als wäre sie ihre eigene Mutter. Sie wohnte das ganze Jahr über dort und war mit der Zeit ein Familienmitglied geworden.

»Was heißt das, Felisín hat eine Französin mitgebracht?« forschte die Großmutter. »Ich habe gelesen, daß die kaum den Schlüpfer wechseln. Das ist die wahre Zivilisation. Also endlich mal jemand Abenteuerliches in der Familie.«

»Offenbar haben sie in Nizza geheiratet«, ergänzte der Vater.

»Geheiratet?« Sogleich war ihr Interesse verflogen. »Natürlich, was für eine scheißverlogene Jugend.«

Großmutter Alma las und schrieb regelmäßig auf einem tragbaren Tischchen, das an ihr Bett angekoppelt wurde, über dessen Kopfende ein Bild von André Breton ins Auge sprang. Sie war gebildet, und in ihrer abenteuerlichen Vergangenheit hatte sie sich zwischen Büchern und Männern bewegt. Davon blieb ihr nur ersteres, das riesige, mit zerlesenen Bänden vollgestopfte Bücherregal.

»Willst du denn nicht doch aufstehen, jetzt, wo du noch gehen kannst?« wagte der Großvater anzudeuten.

»Das fehlte noch«, antwortete sie erbost. »Es ist doch wohl besser, ich bleibe aus freien Stücken im Bett, als daß ich es wegen einer Krankheit tun muß, oder? Du möchtest natürlich, daß ich mir in die Hose kacke und pisse, ohne die Ruinen meiner Intelligenz genießen zu können, wie ich es verdiene. Aber da täuschst du dich – von hier aus seh ich die Welt besser als Ortega in seinem Hispano-Suiza.«

Alma überlebte alle und alles, allein, mit den sporadischen Besuchen der Familie und der ununterbrochenen Korrespondenz mit ihren Bekannten auf der ganzen Welt. Sie hatte nur zwei Söhne gehabt: Félix und Onkel Alex. Letzterer kümmerte sich kaum um sie, denn er lebte in New York, aber alles geriet der Großmutter zu einem Lobgesang auf ihn. Und ein Lob aus dem Mund der Großmutter war eine Seltenheit.

»Alex, ja, der hat es verstanden, das Beste aus dem Leben und aus seinem Talent zu machen«, rief sie ihnen in Erinnerung und meinte damit sein vermeintliches amerikanisches Luxusleben als Theaterautor am Broadway. »Da, noch ein Ausschnitt aus der *New York Times,* den er mir geschickt hat und der sein letztes Stück in den höchsten Tönen lobt.«

»Großmutter, Sie müssen unser Haus besichtigen kommen, es ist eindrucksvoll«, sagte Matías.

»Mir muß es nicht gefallen. Schließlich werdet ja ihr darin wohnen. Ihr versteht sicher, was Ambrose Bierce mit den Worten meinte: ›Das Heim ist der einzige Ort, der die ganze Nacht geöffnet ist‹, bestimmt werdet ihr's verstehen. Diese Nutte von Ernestina muß mit einem stinkreichen Protz gevögelt haben, um dieses Palästchen zu bekommen ...«

»Sprechen Sie nicht so, Mutter«, wies sie ihr Sohn Félix zurecht.

»Aber gerade deine Söhne sind doch wild entzückt, eine alte Irre Kraftausdrücke gebrauchen zu hören, oder etwa nicht?«

Großvater Abelardo hatte sich in sein Zimmer zurückgezogen, um in seine Kladden zu schreiben, Kontobücher, die er bei der Pensionierung mitgenommen hatte und jetzt in seinem Schlafzimmer hortete. Dessen Wände waren übersät mit religiösen Bildern, und in einem kleinen Regal stapelten sich Gedichtbände und Heiligenleben.

»Woran schreibst du denn gerade?« fragte ihn Gaspar.

»Hör zu und sag, was du davon hältst.« Der Großvater hob das Geschriebene hoch und las vor: »›Wenn Schönheit und Tod im Kampfe liegen, / Können sie dich nie und nimmer besiegen, / Die Erinnerung an deine Seele, Alma, klingt / Im Geiste dessen weiter, der dich da besingt.‹«

Im Gesicht seines Enkels Zustimmung suchend, hielt er inne.

»Weißt du, was das ist?«

»Ein Gedicht«, antwortete Gaspar.

»Das ist klar, Mensch, ist das alles, was du mir sagen kannst? Es ist ein Gedicht, aber ein Totengedicht, genauso, wie es Liebesgedichte oder religiöse Gedichte gibt. Und diese Art Verse nennen wir Dichter Elegien. Sie werden auf den Tod einer geliebten Person verfaßt, es sind lyrische Klagen.«

»Aber Großmutter ist doch noch gar nicht gestorben«, erwiderte Gaspar erstaunt.

»Na, du erwartest ja wohl nicht, daß ich erst anfange, ein paar Verse zu improvisieren, wenn sie gestorben ist, dann kommt ein Riesenpfusch dabei raus. Außerdem, wenn deine Großmutter stirbt, kommt die Totenwache, die Beerdigung und all dieser Kram, und wer soll dann in diesem Moment noch Zeit haben, rasch ein paar Verse hinzuwerfen. So was will sehr gut vorbereitet sein, damit es einer so langjährigen Verbindung gerecht wird.«

Da Großmutter Alma sich einer guten Gesundheit erfreute, versprach sich die Vervollkommnung von Großvaters Elegien bis zum Meisterwerk auszudehnen. Nach dem Frühstück rief sie ihre Pflegerin und intonierte für alle hörbar in verdrießlichem Ton:

»Asunción, würde es dir etwas ausmachen, meiner Familie mitzuteilen, daß sie ihre verdammte christliche Pflicht des Großmutterbesuchs erfüllt hat und jetzt wieder nach Hause gehen kann? So kann ja kein Schwein lesen.«

»Also dann, gehen wir, Großmutter muß sich ausruhen«, vermittelte Félix.

»Genau, es bleibt viel zu tun zu Hause«, schloß Matías.

Felisín und Nicole waren noch nicht zu sehen, als sich die andern zu Tisch setzten. Niemand wagte, hinaufzugehen und die frisch Vermählten zu rufen. Schließlich erhob sich, väterliche Verantwortung wahrnehmend, der kleine Matías. Mit seinen zwölf blassen, kränklichen Jahren, ein Knirps für sein Alter und ziemlich mager, machte er von seiner unglaublich präzisen dialektischen Wendigkeit Gebrauch.

»Findest du nicht auch, daß es Zeit ist, sie aus dem Bett zu holen?« sagte er in vorwurfsvollem Ton zu seiner Mutter.

Die Mutter ging zum Schlafzimmer im ersten Stock hinauf, das gegenüber ihrem eigenen und dem Gästezimmer lag, und klopfte zaghaft an.

Unten alberten die Brüder herum.

»Bei denen muß es die ganze Nacht hoch hergegangen sein«, bemerkte Nacho. »Ich hab kein Auge zugekriegt. Man hatte mir schon gesagt, daß die Französinnen große Schreihälse sind.«

»Red kein dummes Zeug«, wies ihn der Vater zurecht.

»Die ist 'ne Superbiene«, bestätigte Basilio. »Wie mag er den Franzmännern bloß so 'n Juwel geklaut haben?«

»Was heißt denn Nicole? Nikola?« fragte Gaspar. »Klingt jedenfalls besser auf französisch.«

»Alles klingt besser auf französisch«, sagte der Vater mit einer gewissen Melancholie.

Lucas begann Nacho nachzuäffen, er wiederholte alle Bewegungen und Worte seines Bruders. Sosehr man es auch zu verhindern versuchte, der Junge setzte seine Imitationen immer bis zur Erschöpfung des Imitierten fort. Einmal hatte er sämtliche Gesten und Sätze von

Gaspar während sage und schreibe fünfzehn Stunden wiederholt, und niemandem war es gelungen, ihm Einhalt zu gebieten. Mit seinen neun Jahren war er ein abgebrühter, dicklicher Schwätzer, eine Art auf eins fünfzig reduzierter Bankbuchhalter.

»Fang bloß nicht wieder mit deinem Papageiengeschwätz an, ja?« bat Nacho.

»Fang bloß nicht wieder mit deinem Papageiengeschwätz an, ja?« plapperte Lucas ihm nach.

Bei Tageslicht war Nicole noch immer schön, aber wirklich. Sie hatte auch jetzt kastanienbraunes, in einer glatten Kaskade auf die Schultern fallendes Haar, weiße Haut und grüne Augen, doch nun sah man das Makeup, die ganze Verschleierungsrhetorik, die, in der Absicht, alle Makel zu verbergen, diese noch betonte. Felisín stellte ihr noch einmal seine Brüder vor. Jetzt, bei ihrem Gang um den Tisch, gab sie jedem zwei Küsse, außer Basilio. Sie vermieden es gegenseitig, sich nahe zu kommen, und bedachten sich mit einem Gruß aus der Distanz. Basilio war es gewohnt, von Besuchern nicht geküßt zu werden, und empfand den aufblitzenden Ekel als normal, den er in Nicoles Ausdruck erspäht hatte. Der Kuß zwischen Nacho und ihr wurde von einem nachahmenden »mmua und mmua« von Lucas begleitet.

»Felisín«, sagte seine Mutter unvermittelt zu ihm, »frag sie, ob sie Kartoffeleintopf mag.«

»Nein, Mama, bitte«, empörte sich ihr ältester Sohn, »nenn mich vor Nicole nicht Felisín. Für sie bin ich *Félix*.«

Etwas eingeschüchtert nickte die Mutter. Mit schiefem Mäusegrinsen hörte Lucas auf, alles, was Nacho machte, zu imitieren, da er kapiert hatte, wie er noch größere Verärgerung hervorrufen konnte.

»Felisín, Felisín, Felisín! Du heißt Felisín«, stichelte er zu Felisíns Verlegenheit wie eine lästige Schmeißfliege.

Da sie nichts mitbekam, schnitt Nicole eine vage Grimasse. Lächeln war ihr primäres Kommunikationsmittel. Ihre Unkenntnis der Sprache erlaubte ihr nicht, sich näher auf diese niedrige Zivilisationsform einzulassen, die eine zahlreiche Familie zur Essenszeit darstellt. Der Mensch ist das einzige Tier, das in der Familie keine Erholung, sondern nur unersättliche Ausplünderung erlebt.

»Felisín, Felisín.«

Matías versetzte Lucas einen Schlag ins Genick, der ihn zum Schweigen brachte.

»Iß und sei ruhig.«

Nicole suchte sichtlich nach einer Erklärung für Matías' autoritäres Verhalten, begegnete aber nur scheuen Blicken. Basilio senkte den Kopf, nicht, um sie nicht anschauen zu müssen, sondern, um nicht gesehen zu werden. Der Vater bemerkte Nicoles Erstaunen, und es gelang ihm, das Interesse auf einen andern Punkt zu lenken.

»Nun, jetzt kannst du uns endlich erzählen, wie ihr euch kennengelernt habt.«

Felisín trank einen Schluck Wasser aus seinem Glas und schickte sich an, mit absoluter Glaubwürdigkeit seine Familie zu belügen.

Drei

> In diesem Jahr beschert uns das Filmfestival von Cannes jeden Tag die Leidenschaft, die Erregung, die Sinnlichkeit, mit einem Wort: das Glück des guten Films.
>
> *Letzter Bericht von Felisín Belitre aus Cannes*

Liebe war für die Belitres ein Haupt-Wort. Jeder für sich war imstande, für diesen Gedanken die schlimmsten Greuel zu rechtfertigen. Verliebt zu sein war ein so gewichtiger Grund, daß er jede Schuld ausschloß. Noch wußten sie nicht, daß die Liebe zum erbärmlichsten, grausamsten, egoistischsten und tyrannischsten aller Gefühle werden kann. Ein verliebter Belitre war eine blinde, leidenschaftliche Lokomotive, die sich keiner Schiene fügte.

Deshalb kümmerte es niemanden allzusehr, als Felisín seine stürmische Romanze mit Nicole in Form eines Märchens darstellte. Seine Familie würde die genauen Details nie erfahren, wie sie sich kennengelernt hatten und wie der Anfang ihrer Beziehung in Wahrheit gewesen war. Sie hatten sich ineinander verliebt, und den Belitres genügte das.

Ich habe in Erfahrung bringen können, daß Nicole als Werbehosteß arbeitete. In weißer Bluse und blauem Röckchen, mit deutlichem Bezug zu den Farben der Zigarettenmarke, verteilte sie entlang der Croissette Zigarettenschachteln. Felisín schrieb Filmkritiken für eine Regionalzeitung mit geringer Auflage.

So gering, daß er für die Reise selbst aufkommen mußte. Die Zeitung übernahm nur die Auslagen für den Aufenthalt in einem drittklassigen Hotel, von dem aus man an klaren Tagen den Neonschriftzug des Carlton sehen konnte. Ihre Liebesgeschichte begann spektakulär. Sie schlossen sich im Hotelzimmer ein und verließen es nur, um Nahrung zu sich zu nehmen, eine Pflicht, auf die sie ebenfalls verzichtet hätten, wenn sie nach achtundvierzigstündiger Abgeschiedenheit nicht gespürt hätten, daß ihre Kräfte schwanden.

Felisín schickte seiner Zeitung nur gerade drei Berichte, und Nicole gab ihre Arbeit auf. Mit Felisíns Hilfe verbrannte sie ihr Hostessenkostüm im Papierkorb. Wenn es dunkel wurde, diktierte Felisín der Zeitung telefonisch seinen Bericht. Nicole zeigte ihm im Programmheft die Filme, die an diesem Tag im Wettbewerb vorgeführt wurden. Felisín improvisierte Kommentare, die aufgrund seines optimistischen Zustands fast alle positiv waren: »Der italienische Streifen ist ein Himalaja an Leidenschaft, Charme und Sinnlichkeit«, »Wie alles Französische ist auch dieser Film ein unendliches Lob der Schönheit«, Kommentare, die im allgemeinen zu den weniger wohlwollenden Meinungen seiner Kollegen im Widerspruch standen.

Es dauerte keine zwei Tage, bis ein anderer Kritiker und angeblicher Freund, der sich durch Felisíns mangelndes Berufsethos beleidigt fühlte, mit dessen Zeitung Kontakt aufnahm und den wirklichen Grund für soviel Großmut enthüllte. Er bemächtigte sich bei dieser Gelegenheit Felisíns Postens, ohne daß diesen die Entlassung im geringsten verdroß. Er raunte Nicole ins Ohr: »Jetzt bist du meine einzige Beschäftigung.«

Am Feuerwerk merkten sie, daß das Festival zu seinem Ende gekommen war, und in dieser Nacht umarmten sie sich noch inniger, auch wenn sie keine Liebe machten, denn Felisíns Eichel war schon wund. »*Ça ne va se terminer jamais*«, und der Älteste der Belitres meinte damit, ihre Beziehung werde nie zu Ende gehen.

Eine Richterin in Nizza, Busenfreundin von Nicole, sah über das Fehlen notwendiger Dokumente hinweg und traute sie. Sie nahmen einen Autobus nach Marseille, einen Zug nach Barcelona und wieder einen Bus nach Madrid. Als sie im Taxi vor dem Haus der Belitres vorfuhren, waren sie Mann und Frau und beide arbeitslos. Aber in ihrem Herzen spürten sie, vielleicht zum ersten Mal, die Flamme des Glücks. Das war die einzige Wahrheit in der Geschichte, die Felisín seiner Familie mit vielen Einzelheiten auftischte.

Um an diesem ihrem ersten Abend in Madrid ausgehen zu können, mußte er von seinem Vater Geld borgen.

»Ich geb's dir morgen zurück, ich bekomme nächstens Geld für ein paar kleine Dinge ...«

Felisíns Leidenschaft für den Film kannte keine Grenzen, obwohl ihm seine Gelegenheitsarbeiten als Kritiker keine eigenen Existenzmittel einbrachten. Er träumte davon, bei Filmen Regie zu führen, was er nie schaffen sollte, und machte sich andauernd Notizen für abgehobene analytische Bücher über das Werk von Meistern ihres Fachs, die er niemals verfassen würde. Mit seinen achtundzwanzig Jahren lebte er noch immer im Elternhaus – und das mit düstersten finanziellen Aussichten.

»In der Firma könnte ich was für dich finden«, pflegte ihm der Vater anzubieten.

»Papa, wenn man in diesem Leben tun will, was einem Spaß macht, muß man warten und darf sich nicht am Erstbesten festklammern. Die Welt ist voll verbitterter Menschen.«

»Verbittert schon, aber sie haben zu essen.«

»Essen ist für dich ein ausreichender Grund, um sein Leben zu ruinieren? Es gibt schließlich wichtigere Dinge.«

Insgeheim wünschte sich sein Vater sehnlichst, mit dem Ehestand und Nicoles Erscheinen möchte Felisín von seinem naiven Idealismus abkommen. Auch ihn hatte damals seine Heirat mit einem Schlag in die Wirklichkeit versetzt.

»Übrigens, Papa, kann ich auch den Wagen haben?«

Felisín und Nicole aßen in einem Restaurant in der Calle Arrieta eine Paella und sprachen dabei über die Zukunft als Allheilmittel für die Gegenwart. An diesem Nachmittag hatte sich Nicole gezwungen gesehen, die Sammlung bereits gelb gewordener Milchzähne zu bewundern, die die Mutter aus der Kindheit ihrer Söhne aufbewahrte und aus denen sie sich später eine Halskette machen lassen wollte. Mit müdem Lächeln ließ sie dreizehn Alben voll unscharfer Fotos über sich ergehen, die die von begeisterten mütterlichen Kommentaren gesäumte Lebensgeschichte der Familie zeigten. Nicole war ganz Ohr – oder besser: ganz fehlende Stimme. An diesem Abend wieder mit Felisín allein, fühlte sie sich etwas erleichtert. »Du hast eine wunderliche Familie«, *bizarre* war ihr Wort dafür, und Felisín übersetzte es für sich als Lob. »Ja, du wirst schon sehen, du wirst in kürzester Zeit ebenfalls dazugehören«; die Grimasse, die das bei ihr auslöste, interpretierte er lieber nicht.

Sie kannten sich noch nicht gut, schließlich hatte sich ihre gemeinsame Betätigung bisher aufs Bett beschränkt, aber Nicole fühlte sich von ihm beschützt, er war einer der wenigen Männer in ihrem Leben, die sie zärtlich behandelt hatten, und sein kehliges Gurgeln, das französische Aussprache sein wollte, amüsierte sie.

Und Felisín wurde nicht müde, ihr schöne Dinge zu sagen, ihr das Gefühl zu geben, sie sei die außergewöhnlichste Frau der Welt.

In einem Straßencafé auf der Castellana tranken sie jede Menge Gin Tonics, und nach dem x-ten Glas wagte Nicole vorzuschlagen: »Wir müßten dann auch an einen Ort für uns denken«, und Felisín stimmte energisch zu.

Bevor sie an diesem Abend von zu Hause aufgebrochen waren, war Felisín in Nachos und Gaspars Zimmer gegangen und hatte ihnen seinen Wunsch gestanden, sich sehr bald unabhängig zu machen.

»Typisch, jetzt, wo du endlich etwas Interessantes nach Hause bringst, willst du es gleich wieder mitnehmen?« sagte Nacho.

Felisín packte ihn am Kragen und schrie, während er ihn auf die Matratze warf:

»Schwöre, daß du nicht einmal in ihre Nähe kommst!«

»Aber spinnst du denn, Alter?« verteidigte sich Nacho. »Meinst du, ich spanne meinem Bruder die Frau aus?«

»Ich kenne dich, Nacho.«

Felisín wußte sehr wohl um Nachos in der Familie einmaligen Erfolg bei Frauen. Vielleicht beruhte der auf seinem durchdringenden Blick, welcher den Nebenbuhler sogleich kapitulieren ließ. Im Alter von zwölf hatte er seine Jungfräulichkeit bei der Leiterin eines Sommerlagers verloren. In seinem ebenso intensiven wie überstürzten Sexualleben war sein peinlichstes Erlebnis gewesen, daß man ihn dabei überraschte, wie er auf der Lehrertoilette von der Sprachdozentin der dritten Gymnasialklasse masturbiert wurde. Das Geklingel ihrer Armreife hatte die Aufmerksamkeit des Studienleiters auf sich gezogen, was zum Ausschluß der Lehrerin und zu einer beträchtlichen Verschlechterung von Nachos Noten in spanischer Sprache führte.

Als Nacho gegen ein Uhr nach Hause kam, fand er Gaspar im Licht einer Taschenlampe unter dem Laken in ein Buch vertieft. Die Drohungen seiner Mutter, solches Verhalten führe zu einem irreparablen Augenschaden, kümmerten ihn nicht – Gaspar wollte unbedingt eine Brille tragen. Sogar das Modell hatte er schon ausgesucht, eines mit rundem, kostbarem Gestell, wie er es auf einem Foto von James Joyce gesehen hatte, den er nach der Lektüre von *Ulysses* und *Ein Portrait des Künstlers als junger Mann,* Bücher, von denen er absolut nichts verstanden hatte, blind verehrte.

»Hast du gesehen, wie eifersüchtig Felisín geworden ist? Und alles wegen dieser kleinen Französin«, sagte Nacho. »Viel zu zickig, wenn du mich fragst, soviel Make-up und die ganze Scheiße... Ich sag's dir im Ernst, die ist nicht mein Typ.«

»Meiner auch nicht.«

»Ach was, du hast einen Typ? In deinem Alter kann man sich doch keine Vorlieben erlauben, man muß alles vögeln, was einem unter die Finger kommt. Da wirst du doch keine Unterschiede machen.«

»Ja, stimmt«, gab Gaspar kleinlaut zu.

»Was macht dein Roman?«

»Ich habe einen andern angefangen.«

»Hast du den von William Brown schon aufgegeben, wo er Großvater ist und seine Enkel Faschos werden?« fragte Nacho, sich an ein altes Projekt erinnernd.

»Ja. Jetzt werde ich eine Liebesgeschichte schreiben.«

»Eine Liebesgeschichte?« empörte sich Nacho. »Du spinnst ja. Liebesgeschichten schreibt jeder. Und was zum Teufel verstehst denn du von der Liebe?«

Gaspar gestand, daß er nicht allzuviel davon verstand. Deshalb bereiteten ihm auch bestimmte Szenen des Romans einige Schwierigkeiten.

»Beispielsweise, nachdem er lange in ein Mädchen verliebt war, ja? Dann ..., dann gibt sie ihm plötzlich einen Kuß auf den Mund, ja? Und der Protagonist weiß nicht, was er tun soll.«

»Bumst er sie denn nicht?«

»Er ist eben sehr schüchtern«, stammelte Gaspar. »Sie ist seine erste Liebe, und er weiß nicht, was tun.«

»Am besten links liegenlassen. Sich nicht mehr mit ihr treffen. Wenn sie ihm einen Kuß gegeben hat, dann, weil sie etwas von ihm will. Soll sie eben leiden. *Sie* soll es sein, die jetzt dem Jungen nachsteigt. Das funktioniert immer.«

»Und wenn sich das Mädchen doch nicht um ihn kümmert?«

»Verdammt, sie hat ihm ja einen Kuß gegeben, oder? Früher oder später wird sie schon aufkreuzen. Weiber geben nichts umsonst.«

Nacho hatte so eine Ahnung, daß es sich hier, wie auch in allen anderen Werken Gaspars, letztlich um etwas Autobiographisches handelte.

»Das ist dir also passiert. Hast du dich etwa verliebt?«

Gaspar verneinte glattweg und tat so, als schlafe er ein. Violeta war nicht wie die Mädchen, die sein Bruder Nacho aufriß. Auch nicht wie Nicole. Violeta war wild und wirklich, und verwegen mit ihren Pfirsichlippen. Pfirsich? ›Wie schmeckt denn ein Pfirsich?‹ fragte er sich. Für seine romantische Verblendung war die Metapher höchst anregend, aber tatsächlich hatte er sich nie damit aufgehalten, über den Geschmack eines Pfirsichs nachzudenken. Es ärgerte ihn gewaltig, daß er sich kaum an etwas Sinnliches von dem Kuß erinnern konnte, der seine zweijährige Verliebtheit gekrönt hatte. Es gelang ihm nicht, sich den Geschmack von Violetas Lippen, den Moment der Berührung in Erinnerung zu rufen.

»Willst du endlich aufhören, dich im Bett rumzuwälzen?« fauchte ihn Nacho in der Dunkelheit an. »Ich gebe dir einen Rat: Bei Mädchen darf man sich nicht in Hirngespinste versteigen, die stehen mit beiden Beinen auf dem Boden.«

Gaspar wartete, bis sein Bruder schlief, um seine Erregung zu stillen. Er masturbierte in eine Socke, die er der Wärme seines Pantoffels überließ, ehe er sich dem Schlaf ergab.

Im andern Zimmer war Lucas eben aus diesem aufgeschreckt; er sprang aus dem Bett und trat zu seinem Goldfischglas. Die Fütterung seiner Fische war für ihn ein Zeremoniell. Er nannte jeden bei seinem Namen, bevor er ein Stückchen gekochten Schinken an einen dünnen Draht steckte. Die Fische waren auffällig dick und bewegten sich träge durch das schmutzige Wasser ihres Glases, bis sie ihr Futter erwischten. In der Absicht, jedem gleich viel zu geben, hatte er sie überernährt, wo sich in dem kleinen Glas ohnehin schon eine solche Menge drängte, daß es aussah wie eine Unterwasserparodie auf die U-Bahn in der Hauptverkehrszeit. In der Stille der Nacht wiederholte Lucas die Namen seiner Fischchen, regelmäßig, wie der Mörder, der sein Opfer mit dem Hammer totschlägt.

Neben ihm brachte Basilio auf einem seiner Cartoons die letzten Striche an. Die Lehrerin und seine ganze Klasse in der Hochschule ertranken im Sperma, das er, auf einem der Tische hinten im Zimmer stehend, verspritzte. Sein Selbstbildnis war perfekt, er hielt einen Riesenpenis in den Händen. Kurz vor ihrem Untergang streckte die Klasse kaum noch den Kopf aus der schleimigen Soße heraus.

Leise schloß die Mutter die Tür ihres Zimmers, in dem sie den tief schlafenden Matías zurückgelassen hatte. Sie öffnete die Tür zum Gästezimmer und schlüpfte zu ihrem Mann unter die Laken. Sie umarmten sich wie ein heimliches Liebespärchen.

»Félix, ich mache mir Sorgen wegen Felisín. Ich weiß nicht, ob dieses Mädchen ...«

»So lernt er endlich, was das Leben ist.«

»Aber diese ganze Heiraterei war so überstürzt. Und sie ist doch überhaupt nicht vorbereitet.«

Hastig richtete sich Félix über seiner Frau auf.

»Hast du denn schon vergessen, wie du als junge Frau warst?«

»Bist du verrückt?« Sie hielt ihn zurück. »Heute nicht, auf keinen Fall. Matías könnte aufwachen.«

Die Mutter der Belitres ließ ihre Hand unters Bettuch gleiten, um den Mißmut des Vaters der Belitres zum Verschwinden zu bringen. Fünf Minuten später war sie wieder in ihrem Zimmer. Matías beanspruchte einen großen Teil des Ehebettes, und als sich seine Mutter zu ihm legte, umarmte er sie, ohne aus seinem tiefen Schlaf zu erwachen. Als pflichtbewußte Mutter konnte sie nicht einschlummern, bis sie Felisín und Nicole nach Hause kommen hörte. Es mochte drei oder vier Uhr früh sein. Einen Augenblick später bemühte sie sich, den aus ihrem Zimmer herüberdringenden Lärm zu ignorieren.

Jeder, der Großvater Abelardo wie allmorgendlich in der Cafeteria Manila in der Gran Via frühstücken und dabei mit sich selbst sprechen und gestikulieren sah, mochte denken, das sei ein Ausdruck schrecklichsten

Altersschwachsinns. Vielleicht stimmte das auch. Er behauptete, er frühstücke in der Gesellschaft Gottes und es sei »besser, für einen Verrückten gehalten zu werden, der Selbstgespräche führt, als den Allmächtigen nicht zu beachten, wenn er bei einem ist«. Mit Ihm führte er die besten Gespräche. Immer allein, denn laut seinen Worten haßte Gott die Massen, auch wenn er Fußball mochte und Fan von Atlético Madrid war, schon seit der Zeit, in der der Verein noch Atlético Aviación hieß: »Nicht einmal in meinen Hobbys mag ich den Unglücklichen verlassen.«

An diesem Morgen unterrichtete Gott den Großvater über den Einfluß der Wohnungen auf die Personen, die sie bewohnen. »Für deine Familie wird der Wechsel des Wohnsitzes sein, als schlüpfe sie in eine andere Haut. Bevor sie das neue Zuhause allerdings Heim nennen können, werden sie die Wände mit ihrem Unglück und ihren Freuden beflecken müssen.« Der Großvater konnte dabei nie verstehen, daß Gott beharrlich die Dichter verachtete, wo Er doch jemand war, der sich so lyrisch ausdrückte.

Er sagte voraus, er werde seiner Familie Feuerproben schicken, und der Großvater bat ihn, nicht allzu streng mit ihnen zu sein. Gott sprach von einer Frau, die ihr Leben in seinen Grundfesten erschüttern werde, und der Großvater dachte, er meine Felisíns französische Gattin, aber Gott griff seinem Gedanken vor und erklärte ihm, er meine keine Französin. »Es wird soviel Leid wie Lust, soviel Einsamkeit wie Geselligkeit, so viele Ohrfeigen wie Küsse geben.«

»Wenn's weiter nichts ist...«, tadelte ihn der Großvater mit ironischem Gelächter, und das neben ihm sitzende Paar verspürte Mitleid mit diesem verrückten Alten.

Gaspar, der nicht wußte, wie früh es noch war, ging auf die Veranda hinunter und setzte sich dort auf die Stufen. Im Sommerpyjama und mit nackten Füßen, dachte er an Violeta. Der Moment des Wiedersehens mit ihr rückte immer näher. Er verspürte den unwiderstehlichen Wunsch, sich hinzusetzen und das erste Kapitel des Romans zu schreiben, bei dessen frühmorgendlichem Getippe ihn Nacho mit einem »Wenn du noch ein einziges Wort schreibst, frißt du die Maschine!« unterbrochen hatte.

»Warum stehst du denn so früh auf? Du hast doch jetzt Ferien.« Der Vater setzte sich neben seinen Sohn auf die Stufen.

»Ich war nicht mehr müde. Außerdem will ich einen neuen Roman anfangen.«

»Na wunderbar. Ich erinnere mich noch, wie ich dich schreiben gelehrt habe ...«

»Aber das hast du gar nicht, Papa, das war Mama.«

»Oh, dann muß es einer deiner Brüder gewesen sein, ich weiß bloß nicht mehr, welcher.«

»Wahrscheinlich Felisín.«

»Kann sein.« Und ein Schauder lief dem Vater über den Rücken, als raschelte eine Hand mit sämtlichen schon gelebten Kalenderblättern.

Als sie das Haus betraten, drehte der Vater den Kopf und sah seinen im Garten geparkten Wagen. Ein Scheinwerfer war kaputt und der ganze rechte Kotflügel von einem Aufprall verbeult.

»Was ist denn da passiert, verdammt noch mal!« rief er, während er auf den Wagen zuging. »Verfluchter Mist. Dieser Felisín, man kann ihm einfach nicht trauen. Unmöglich, alles machen sie einem kaputt.«

Angestrengt versuchte er, den Kotflügel zurechtzubiegen. Der weiße Renault 18, Modell Kombi, gehörte zu den Autos, die ihren Fahrer sogleich als Familienvater identifizieren. Zwar gehörte Félix nicht zu der elenden Sorte Mensch, die ihren Wagen mehr pflegt als sich selbst, wöchentliche Wäsche, dauernde Revision, Regulierung, kontemplatives Entzücken und einziger Grund, sich auf Leben und Tod zu prügeln. Aber in seinem Beruf als Einzieher von Lebens- und Sterbeversicherungsprämien benötigte er den Wagen täglich.

»Als ob sie noch kleine Kinder wären«, klagte er. »Man kann ihnen einfach nicht trauen.«

In ihren Zimmern konnten die restlichen Familienmitglieder das Lamento des Vaters hören. Felisín erklärte Nicole auf französisch, sein Vater habe soeben *le p'tit coup d'hier soir,* die kleine Delle vom Vorabend, entdeckt. Nicole drehte sich um und zeigte als einzige Antwort ihren schönen nackten Rücken.

Felisín betastete seine Braue. Sie war geschwollen, aber die Platzwunde hatte sich bereits wieder geschlossen. In der vergangenen Nacht, als er, leicht alkoholisiert, Nicole zwischen den Schenkeln liebkost hatte, hatte er die Kontrolle über den Wagen verloren und war gegen einen Poller auf dem Gehsteig geprallt. Nichts Ernstes, außer der Platzwunde an der Braue, die von Nicole stammte, denn vor lauter Schreck hatte sie die Nerven verloren und begonnen, auf ihn einzuschlagen, bis er blutete.

Die Mutter setzte sich im Bett auf und lauschte dem Wehgeschrei des Vaters. Matías stellte sich schlafend – er schämte sich, ihr in die Augen zu schauen, nachdem er ins Bett gemacht hatte. Die Mutter deckte ihn zärtlich zu und ging die Treppe hinunter.

»Ich bitte dich, es ist ja nur ein Auto«, versuchte sie ihren Mann zu beruhigen. »Komm zum Frühstück und spazier nicht barfuß im Garten herum.«

Großvater Abelardo traf seinen Sohn dabei an, wie er eben den Kotflügel zurechtbog, bevor er zur Arbeit ging. Ohne seinen Gruß zu erwidern, machte der Vater das Licht an, um festzustellen, ob die Scheinwerferbirne noch zu gebrauchen war.

»Funktioniert sie?« fragte der Großvater. Der Vater schüttelte den Kopf. »Ich wußte es. Vergiß den Scheinwerfer. ›Ich bin das einzige Licht in der Wüste.‹ Das hat Er mir gesagt. Zum Glück leitet uns der Herr in unserer großen Trübsal, und unsere Autos benötigen keine Scheinwerfer.«

»Dann zerdepper ich den andern auch noch«, sagte der Vater bissig. Er war sichtlich verärgert.

Der Großvater nickte und schwang den Stock in der Luft, bevor er ihn auf den andern Scheinwerfer niedersausen ließ. Der Vater lenkte den treffsicheren Schlag noch rechtzeitig ab.

»Es war ein Scherz, Papa.«

»Mit Gott scherzt man nicht.« Der Großvater ging auf die Veranda zu. In der Küche setzte er sich neben Gaspar, seinen Lieblingsenkel, an den Tisch.

»Großvater, was hat dir Gott sonst noch gesagt?«

»Ich solle Ungläubigen oder Romanciers nichts von unserem Gespräch preisgeben. Gott spricht nur für Dichter, und deshalb ist Seine Stimme Gedicht, Wahrheit und Leben, drei Wörter, die Synonyme sind, falls du es noch nicht gewußt hast.«

Mit einer Handbewegung tadelte die Mutter Gaspar für sein spöttisches Grinsen. Aufmerksam hörten sie dem Großvater zu, der fortfuhr:

»Übrigens hat ihm meine Ode auf das neue Heim der Belitres sehr gefallen. Homerisch, das hat er gesagt.«

An diesem Morgen hupte der Vater nicht zum Abschied, wie es sonst seine Art war, bevor er zur Arbeit fuhr. Er war noch immer böse auf Felisín. Und überhaupt auf all seine Söhne. Er hatte sich noch nie gern mit ihnen angelegt, aber er spürte, daß sie, obwohl die Zeit verging, nicht älter wurden, nicht reiften, kein Verantwortungsbewußtsein hatten. ›Ich mag nicht ewig Vater sein‹, dachte er, ›irgendwann möchte auch ich einfach Mensch sein.‹

Vier

> Es war einmal ein so häßlicher Prinz, daß Aschenputtel das Fest schon um halb neun verließ.
>
> *Volksmund*

Basilio Belitre war kein guter Mensch, aber wie soll man gut sein, wenn die Leute angeekelt den Blick von einem abwenden oder die Bekannten einen als einzige Umgangsmöglichkeit abwechselnd grausam beleidigen und hinter dem eigenen Rücken verspotten.

»Offenbar hilft Ihnen Ihre krankhafte Fantasie nicht, diese Formel zu lösen, nicht wahr, Señor Belitre?« fragte ihn die neben seinem Pult stehende Physikdozentin herausfordernd. In den Händen hielt sie die Zeichnung, die sie zwischen den Seiten seines Buches gefunden hatte. Sie hatte nur eine Aufgabe zum Diktieren gesucht, aber dabei war ihr eine Karikatur von sich ins Auge gesprungen, die sie mit schlaffem, leichenblassem nackten Körper darstellte und mit einer Axt, die ihre Frisur scheitelte. Signiert B. B.

»Kommen Sie an die Tafel, Herr Humorist«, hatte sie ihm befohlen.

Jetzt tränkte Basilios Schweiß die Kreide in seiner Hand. Angesichts der Ironie der Lehrerin hielt die Klasse das Lachen zurück. Als er Blut von seinem Kinn tropfen sah, wußte Basilio, daß ihm ein Pickel aufgeplatzt war. Seine Kameraden rutschten angewidert hin und her. Basilio fuhr sich mit der Hand ins Gesicht, um den Quell einzudämmen.

»Sie können sich waschen gehen«, erlaubte sie ihm und hatte nicht einmal jetzt soviel Erbarmen, auf ein verschwörerisches Lächeln zur Klasse hin zu verzichten.

Basilio lief zu den Toiletten und wusch sich mit eiskaltem Wasser das Gesicht. Dann versetzte er der Tür eines der Kabäuschen einen Fußtritt, schloß sich ein und setzte sich aufs Klo, wo er sich damit beschäftigte, das ganze WC-Papier abzuspulen, so daß es sich auf dem Boden auftürmte. Er zog einen Filzschreiber aus der Tasche und zeichnete auf den schmutzigen Wandverputz leicht geneigte Striche ohne Bedeutung, Hunderte von Strichen, als wolle er die ganze Wand mit Schwärze bedecken. Das schien ihm ein guter Hintergrund für den Cartoon seines Lebens. Danach trocknete er sich mit dem letzten Blatt Papier die Tränen.

Immer wenn bei den Belitres das Telefon klingelte, geschah dasselbe: Lucas stürzte kopfüber die Treppe hinunter, um den Hörer abzuheben, und irgendwo streckte sein Bruder Nacho den Kopf heraus, um ihm zu sagen: »Wenn es ein Mädchen ist, bin ich nicht da.«

»Nacho? Nein, der ist gerade gegangen«, lautete Lucas' unveränderliche Antwort auf die enttäuschte weibliche Stimme am andern Ende der Leitung.

Natürlich mochte Nacho die Mädchen, aber es erschöpfte ihn, mit ihnen auszugehen, eine konventionelle Beziehung zu ertragen, sich in eine Kneipe zu setzen und zwei, drei Stunden zu verplempern, bevor sie schließlich machten, was beide zusammengeführt hatte: Sex. Nacho ging mit seinen Freunden aus, und wenn die Nacht in den Sog des Morgens geriet, wählte er das Mädchen, das ihn am meisten interessierte, und setzte zum Angriff an.

Wenn wir zusammen ausgingen, verkörperten er und ich entgegengesetzte Extreme. Ich bewunderte seine Skrupellosigkeit. Er trat zu einem Mädchen, nahm sie am Arm und sagte ihr den größten Blödsinn, der ihm gerade einfiel. Sie schaute ihm in die Augen, und die drohende Ohrfeige wurde zu einem Lächeln. Nach einer Weile, während ich meiner Freundin noch immer Drinks bezahlte, ohne die Hoffnung zu verlieren, wälzte er sich bereits mit seiner neuesten Flamme auf dem Rücksitz meines Wagens herum.

Ich bin sicher, daß dieses Mädchen später bis zur völligen Entmutigung am Telefon immer wieder Lucas' Stimmchen zu hören bekam: »Nacho? Nein, der ist gerade gegangen.«

Nacho spielte Gitarre. In seinem Sport-T-Shirt ließ er sich im Schaukelstuhl der Veranda nieder und vertrieb sich die Zeit damit, in die Saiten seiner akustischen Gitarre zu greifen. Wenn ihn Langeweile befiel, verabredete er sich mit uns und stürzte sich ins Nachtleben. Oder er versuchte es mit einem der Mädchen aus seinem Adreßbuch. Drei Minuten und zwei Ausreden später hatte er bereits ein anderes Rendezvous vereinbart.

Als er an diesem Abend bei Aurora klingelte, öffnete sie ihm mit nichts als einem seidenen Morgenrock bekleidet. Nacho zeigte ihr ein eben erstandenes Glas Himbeermarmelade und sein gewinnendstes Lächeln.

Aurora war schon über dreißig, eher verführerisch als attraktiv, sie war geschieden und hatte einen traurigen Blick. Schon seit fast drei Wochen trafen sie sich so regelmäßig, wie es Nachos Charakter zuließ. Sie beklekkerten das ganze Schlafzimmer mit Marmelade. Wie alle, die soviel herumhuren, wie sie wollen, hatte Nacho eine genaue Vorstellung von sexueller Freizügigkeit entwickelt. Wichtiger, als sich selbst zu amüsieren, war, den andern dazu zu bringen, sich zu amüsieren. Ihn so genießen zu lassen, wie es keiner zuvor auch nur hätte erahnen lassen. Überdies war das auch im Hinblick auf die Zukunft von Vorteil. Danach mußte er trotz Auroras Protesten immer so schnell wie möglich gehen. Er erschien bei uns mit dem mild entspannten Gesicht dessen, der gut gebumst hat.

Die Mutter, die sich der Illusion hingab, er sei noch Jungfrau, war sicher, daß er zur Zeit mit Gaspar bei der Großmutter zu Besuch war. Daß sein jüngerer Bruder seine Eskapaden geheimhielt, kostete Nacho eine saftige Bestechung. So stellte sich Gaspar zu dieser Stunde allein, aber mit tausend Peseten in der Tasche, glücklich bei Großmutter Alma ein. Asunción öffnete ihm die Tür mit dem Geständnis, sie sei eben erst von der Siesta aufgewacht. »Mit jedem Tag werde ich eine größere Schlafmütze, und dieser Schmerz in der Brust will einfach nicht verschwinden«, rechtfertigte sie sich und rieb sich die Augen, während sie ihn zum Schlafzimmer der Großmutter begleitete. Gaspar setzte sich schweigend neben das Bett. Die Großmutter schlief. Dann machte sie ein Auge auf.

»Schlaf nur weiter, Großmutter … Ich kann irgendwas lesen.«

»In meinem Alter ist es nicht gut, sehr tief zu schlafen, sonst wache ich gar nie mehr auf. Was macht dein Schreiben, mein Kleiner?«

Schamhaft drückte sich Gaspar um eine Antwort.

»Das gefällt mir, daß du mit Unbekannten nicht über dein Werk sprichst«, sagte die Großmutter in ihrem typischen Ton, der so schwer zu deuten war. »Nicht wie dieser aufdringliche Lorca. Immer rezitierte der seine Verse. Man mußte ihn nur kommen sehen, und schon begann man zu zittern.«

Gaspar vermutete, all diese Geschichten der Großmutter mit ihren berühmten Bekannten seien nur Erfindungen. Wenn sie zum Beispiel erzählte, sie habe sich, als Junge verkleidet, mit ihren Freunden in beliebte Bordelle eingeschlichen, oder wenn sie den Großvater damit empörte, daß sie an ihre leichtfertige Jugend im Wohnheim für junge Mädchen erinnerte.

»Suche in den Büchern keine Belehrungen«, sagte sie zu ihrem Enkel. »Gute Bücher müssen dir weh tun, dein Leben verändern.«

Dabei zog sie tief den Rauch ihrer Pfeife ein, der das Schlafzimmer mit angenehmem Geruch erfüllte. »Bevor dein frömmlerischer Großvater nach Hause kommt«, bemerkte sie. Der Großvater hielt ihr immer Reden über die Schädlichkeit des Rauchens und versteckte ihre Pfeifen an einem Ort, an dem sie sie nicht finden konnte. Den lieben langen Tag suchte Asunción sie im ganzen Haus. Wenn sie einmal an einem Nachmittag keine fand, stand die Großmutter auf, ging ins Zimmer ihres Mannes und trat mit wohlbemessenem Zorn auf seine Kruzifixe ein.

»Ist Großvater denn nicht da?« fragte Gaspar.

»Nein, dieser Trottel sagt, er geht einen Freund im Krankenhaus besuchen … Ein armer Teufel.«

Frömmler, Scheißkerl und Gotteslecker waren die gebräuchlichsten Beschimpfungen, mit denen sie ihren Mann bedachte. Der Großvater dagegen sprach von ihr immer mit erlesenem Erbarmen: große heruntergekommene Frau, entwürdigte Herrlichkeit aus anderen Zeiten, mittlerweile verweste Schönheit. Gaspar dachte, seine Großmutter Alma sei rettungslos verblödet. Aber er wußte nicht, wie recht sie hatte, als sie den vom Großvater besuchten Kranken einen armen Teufel nannte.

Am Fußende des Bettes seines Freundes Manolo sitzend, eines hoffnungslosen Bronchitikers, war der Großvater in eine widersprüchliche Anekdotensammlung von Episoden ihrer Freundschaft vertieft, während sich Manolo daran erinnerte, wie er vor Jahren energisch Abelardos Telefonnummer aus seinem Adreßbuch ausradiert hatte, um jeder Versuchung zu widerstehen, ihn wiederzusehen. Manolo streckte die Hand aus, zog eine Schachtel Zigaretten unter der Matratze hervor und zündete sich verstohlen eine an. Wie von der Tarantel gestochen riß ihm der Großvater den Glimmstengel aus dem Mund und zertrat ihn zornig.

»Was machst du denn da? Unglücklicher!« rief er zu Manolos Überraschung.

Großvater Abelardo war ein Antitabakkreuzritter. Im Sommer trug er jeweils ein T-Shirt mit der Aufschrift ›Auch ich rauche nicht‹; er zerbrach jede Zigarette, die ihm angeboten wurde, und duldete nicht, daß bei ihm oder bei seinem Sohn geraucht wurde, genausowenig bei Leuten, bei denen er zu Besuch war. Wo immer er eine Zigarette sah, ließ er seine inquisitorischen Tiraden vom Stapel.

»Begreif doch, wohin dich das Rauchen gebracht hat«, rief er seinem Freund belehrend zu. »Du bist eine Ruine, ekelst einen an, taugst zu nichts. Sieh mich an – und ich bin vier Monate älter als du.«

Hustend und gleichgültig verfolgte Manolo die Serie gymnastischer Beuge- und Streckübungen, die der Großvater begonnen hatte. Er zündete sich eine neue Zigarette an, aber Abelardo entriß sie ihm mitsamt der Schachtel und dem Feuerzeug, so daß sein Mund zu einem O erstarrte.

»Bist du wahnsinnig? Schluß damit! Kommt nicht mehr in Frage!«

Voller Zorn schrie der Großvater seinen Freund an, der sich kaum im Bett aufrichten konnte.

»Das Rauchen ist das tödlichste Gift dieser Welt. Los, heraus damit, gib alles her!«

Manolo zog die Nachttischschublade auf und klammerte sich an eine Stange Ducados, seinen geheimen Schatz, um ihn vor dem Großvater in Sicherheit zu bringen. Dieser dachte, es sei eine Geste der Reue und Manolo gebe ihm die Zigaretten freiwillig, und riß sie ihm aus den Händen, ohne seinen Widerstand zu beachten. Er warf die Stange auf den Boden und zertrampelte sie mit wilden Sprüngen.

In seinem Bett hustete Manolo haltlos. Die Bronchitis hinderte ihn daran, sich deutlich zu artikulieren, und doch waren seine Worte genau zu verstehen:

»Du Scheißkerl, du Hurensohn. Gib mir meine Zigaretten zurück«, zeterte er seinen Kriegskameraden an. »Was machst du da, Unglückseliger?«

Doch der Großvater interpretierte es ganz anders.

»Nein, du brauchst mir nicht zu danken. Ich tue es zu deinem Besten.«

»Gib mir meine Zigaretten, du Dreckskerl.«

»Das gefällt mir, daß du sie mir freiwillig gibst. Du wirst es nicht bereuen. Jetzt machen wir ein für allemal Schluß mit diesem Laster.«

Er las die Tabakmasse auf und warf sie in den Papierkorb. Vom Nachttischchen griff er sich einen Stapel Versicherungspolicen und Krankenhausblätter, warf alles in den Papierkorb und zündete dessen Inhalt an.

»Mach du mit dem Rauchen Schluß, bevor das Rauchen mit dir Schluß macht«, stieß er noch hervor, bevor der Papierkorb eine Stichflamme ausspuckte.

Manolo verspürte einen starken Schmerz in der Brust und wand sich im Bett. Der Gestank nach verbranntem

Karton, Rauch und Tabak überflutete das Krankenzimmer. Der Papierkorb brannte lichterloh. Der Großvater klopfte seinem Freund auf die Schulter. »Dreckskerl«, fauchte ihn Manolo hustend an.

»Nichts da. Wenn du erst wieder gesund bist, wirst du es mir danken.«

Der Feueralarm heulte los. Manolo hustete aus vollen Bronchien. Vom Rauch alarmiert, stürzte die Krankenschwester ins Zimmer. Aber da hatte sich der Großvater, stolz auf seine Tat, schon durch den Gang mit den Lungenkranken davongemacht und den Ausgang erreicht.

In Gedanken versunken marschierte er nach Hause: ›Kaum zu glauben, das dankbare Gesicht des armen Manolo, dabei bleiben ihm keine zwei Tage mehr.‹ Er verfluchte die amerikanische Zigarettenreklame an einer Autobushaltestelle und zertrümmerte mit einem gezielten Stockschlag die Glasscheibe davor. Vor den erstaunten Umstehenden rechtfertigte er sich: »Das ist reiner Selbstschutz.« Während er seinen Weg fortsetzte, atmete er die Stadtluft ein und suchte nach einem Mittel, der Verschmutzung der Welt ein Ende zu setzen.

Zum Glück fand er keines.

Als Gaspar nach Hause kam, herrschte die übliche Ruhe vor dem Abendessen. Er wollte ins Wohnzimmer, aber angesichts der Versammlung von Felisíns Freunden ließ er den Gedanken fallen.

»Es gibt keine bessere Dichtkunst als die der Stille«, sagte einer.

»Gaspar, hau ab«, befahl Felisín.

Dies war eher ein mobiler Filmklub als eine Diskussionsrunde. Felisíns fünf oder sechs Freunde, alle Filmfans, trafen sich, um zu schwatzen und sich alte 16-mm-Streifen anzusehen. Über einen Verbindungsmann in einem Studentenheim erhielten sie die Filme, die sie mit einem altmodischen Apparat Felisíns an die Wohnzimmerwand projizierten – fast ein anachronistischer Vorgang, aber diese Gralshüter der siebten Kunst hatten dem Video den Krieg erklärt. Einmal, als Nacho mit einem Gebrauchtrecorder nach Hause gekommen war, hatte Felisín sogar mit einem Hungerstreik gedroht. Er aß nur noch Sandwiches, bis Nacho das Gerät wieder abgestoßen hatte. Der einzige Widerspruch zur Geistigkeit dieser Treffen bestand darin, daß Felisíns Freunde immer sämtliche Getränke aus dem Kühlschrank räumten und einer von ihnen die schlechte Angwohnheit hatte, in der Nase zu bohren und den Rotz am Wohnzimmervorhang abzustreifen. Eine Unart, deren stets Lucas beschuldigt wurde, wenn die Familie die skurrilen Anhängsel an den Gardinen entdeckte. Sie alle hatten das ungepflegte, ja schlampige Aussehen von Leuten, die viele Stunden im Dunkeln verbringen. Beim Kommen und Gehen defilierten sie murmelnd wie Schneewittchens sieben Zwerge vorbei, obwohl der einzige Schnee, den sie je erblickt hatten, der auf ihren Schultern war. An diesem Abend sahen sie sich Dreyers *Gertrud* an, und Alberto Alegre, der sentimentalste von allen, zerdrückte seine Tränen, während ihm einer einen Vortrag über den Mystizismus der Ausleuchtung hielt.

Bei diesen Treffen duldete Felisín die Anwesenheit seiner Brüder nicht. Wenn sich Lucas hinter dem Sofa verschanzt hatte, wurde er von Felisín mit Püffen vertrieben, was ihn nicht hinderte, vor der Tür alle im Wohnzimmer gesprochenen Sätze zu wiederholen. Aber an diesem Abend war Nicole die einzige Unterbrechung. Als sie eintrat, verstummten alle. Sie bat Felisín um Geld fürs Shopping. Er mußte seine Freunde anpumpen, aber die brachten nur Ausreden vor. »Das Geld wird zwischen uns noch ein Problem werden«, brummelte er, nachdem er ein Darlehen seiner Mutter angenommen hatte.

Diese machte in der Küche das Abendessen und fragte Gaspar laut, ob Basilio die Tür noch immer verschlossen halte. Gaspar ging zu dem neben dem seinen liegenden Zimmer Basilios hinauf und stellte fest, daß es verriegelt war. Seit dem Mittag hatte sich Basilio abgekapselt. Umsonst hatte ihn die Mutter mehrmals zu überreden versucht, zum Essen herunterzukommen. Sogar Matías' Anordnung »Ich befehle dir, deiner Mutter zu gehorchen« war ignoriert worden.

Nach der Vorlesung hatte Basilio den Bus bestiegen, dann aber beschlossen, für den Heimweg die Abkürzung durch den Park vor dem Hotel Don Quijote zu nehmen. Im Park langweilte sich eine Schar Jungen beim Versuch, sich zu entscheiden, was sie spielen sollten, bis sie auf ihn aufmerksam wurden. Sie gingen ihm nach. Zuerst stichelten sie nur ein bißchen, dann wurden sie ausfallend. Basilio blieb stehen und wandte sich bittend zu ihnen um, damit sie ihn in Frieden ließen, aber das machte alles noch schlimmer. Schließlich gab er einem von ihnen eine Ohrfeige.

Da brach die Schlacht aus. Die Jungen riefen ihm Schmähungen zu und begannen mit Steinen nach ihm zu werfen. Neugierig wandten sich die Passanten dem jämmerlichen Schauspiel zu.

»Widerling, Widerling, Widerling«, schrien die Jungen.

Allmählich wurden die Steine zur handfesten Gefahr, so daß Basilio seine Mappe wie einen Schild vor den Kopf hielt und davonrannte. Zu Hause angekommen, schlug er hinter sich das Gartentor zu. Die Jungen klammerten sich an die Eisenstangen und spotteten unverdrossen weiter.

»Da wohnt die Familie Monster.«

»Fettsack.«

»Widerling, bleib bloß im Haus. Du bist ja ekelhaft.«

»Mißgeburt, Malaienfötus.«

Nacho und Gaspar, die in einer Ecke des Gartens mit ihrer Schrotflinte Schießübungen machten, kamen Basilio zu Hilfe. Nacho vertrieb die Burschen mit einer Ladung Schrot und versicherte später, einem habe er ein Auge ausgeschossen, aber bevor sie ihren Sieg über die einfältigen Jungen feiern konnten, war Basilio schon in seinem Zimmer verschwunden und hatte sich eingeschlossen.

Das war nicht das erste Mal. Er brach zusammen und begann zu weinen, die Festung, die er um sich errichtet hatte, bröckelte ab, und im Bewußtsein der nackten Wirklichkeit verschanzte er sich in seinen eigenen vier Wänden. Die Welt verachtete ihn, er war ein Ungeheuer, wie es ihm die kleinen Steinewerfer zugerufen hatten. Nach Stunden erst erschien er mit verweinten Augen wieder im Eßzimmer. Niemand ließ eine Bemerkung fallen. Man vertraute einfach darauf, daß ihn die Wärme der Familie umhüllen und ihm wieder Mut geben würde.

Fünf

Die Person des Vaters muß die Mängel der Mutter auf dem Gebiete der Autorität, der beruflichen Zuverlässigkeit, der Sicherheit und des Heimwerkens kompensieren.

Aus dem Ratgeber MUTTERSEIN HEUTE, S. 73

»Das fängt ja gut an«, klagte der Vater, bevor er zur Arbeit fuhr. »Das ist eine Höllenhitze.«

Zum ersten Mal in ihrem Leben erfreuten sich die Belitres im Sommer eines Gartens, und in erfrischenden Wasserschlachten legten sie gegenseitig den Schlauch auf sich an. Niemand vermißte die zwei Wochen am Mittelmeer, das Ölsardinenleben am Sandstrand, das schmutzige Wasser, aus denen ihr Urlaub immer bestanden hatte.

Als Nacho mit einem dieser zerlegbaren runden Schwimmbecken erschien, sommerlicher Nässetraum jedes Madriders, stellte keiner groß Fragen. Hätte man es getan, so hätte Nacho auch nicht gestanden, daß er ein paar Freunde angeheuert hatte, um in ein unbewohntes Ferienhaus einzubrechen und das Becken bei Nacht und Nebel mitgehen zu lassen. Sie verbrachten den Tag damit, herauszutüfteln, wie man das Ding zusammensetzen konnte. Dann bauten sie es im rechten Teil des Belitre-Gartens auf, wo es jahrelang stehenbleiben sollte, bis es, nach all den rücksichtslos ausschlagenden Badegästen zum Sieb geworden, unbrauchbar war.

Um Mitternacht stürzte sich die Familie in die Badehosen und wartete, bis sich das Becken gefüllt hatte, um hineinzuspringen. Basilio trug außerdem ein T-Shirt, denn er haßte es, seinen verpickelten Rücken den Blicken der anderen preiszugeben. Bei der Einweihung dieser tragbaren Pfütze schwappte das Wasser gefährlich über, und man kam überein, daß sich nie mehr als drei Personen gleichzeitig darin aufhalten sollten.

»Komm endlich raus, Nacho, ich will auch rein«, maunzte Lucas.

»Es ist herrlich hier drin.«

»Ich bin die Meereskönigin!«

Matías schaffte es, ein Kabel mit einer Glühbirne vom Wohnzimmer zu einem Ast in der Nähe zu ziehen, um die Szene zu beleuchten. Lucas holte eilends seinen kaputten Fotoapparat und nahm diesem Familienaugenblick für die Nachwelt die Schärfe.

»Schade, daß Nicole und Felisín nicht dageblieben sind«, wiederholte die Mutter. »Ich weiß auch nicht, warum sie immer auswärts essen müssen.«

Mit angezogenen Armen und Beinen sprang Nacho von der Trittleiter ins Wasser, so daß es zu einem großen Teil hinausspritzte. Alle krähten vor Freude. Der Vater rannte ins Haus ans Telefon, das schon seit einer Weile dauerklingelte.

Ein Nachbar, der seinen Namen nicht nannte, drohte mit der Polizei, falls der Radau nicht augenblicklich aufhöre. Verdutzt erschien der Vater auf der Veranda und informierte die Familie.

»So 'n Arschloch«, sagte Nacho und brüllte zu dem Apartmenthaus hinüber, das sich links von ihnen erhob: »Komm heraus, wenn du Mut hast. Ich zünde dir die Hütte an.«

»Nacho, sei bitte kein Dummkopf«, tadelte ihn der Vater. »Wo kommen wir noch hin!«

»Schöne Nachbarschaft«, jammerte die Mutter.

»Das fängt ja gut an«, fatalisierte der Vater.

»Ja, das fängt wirklich sehr gut an«, doppelte Matías nach.

»Los, los, alle raus«, befahl die Mutter. »Um diese Zeit badet man auch nicht.«

Sie wickelte jeden, der herauskam, in ein Tuch und hörte nicht auf, medizinische Erklärungen abzugeben.

»Trocknet euch die Haare gut, sonst funktioniert die Verdauung nicht richtig.«

Nacho simulierte einen Anfall von Querschnittslähmung, den seine Brüder alle laut belachten, außer Matías, welcher ihn streng zurechtwies: »Du sollst nicht spaßen mit dem, was deine Mutter sagt.« Nacho stand wieder auf und teilte sein Tuch mit Gaspar.

Felisín und Nicole aßen in einem französischen Restaurant in der Cava Baja zu Abend. Der Älteste der Belitres achtete kaum auf das Essen, die Preise hatten ihm den Appetit verschlagen. Er mußte dringend irgendwie zu Geld kommen. An diesem Nachmittag hatte er Nacho anflehen müssen, ihm welches zu pumpen. Er getraute sich nicht, seinen Vater um mehr zu bitten, nicht einmal um den Wagen, so daß zu seinem inflationären Bestreben, Nicole alle Annehmlichkeiten zu bieten, noch die Taxikosten hinzukamen. Er mochte ihr nichts abschlagen, wenigstens so lange nicht, bis sie sich an das unbekannte Land gewöhnt und sich in die ihr noch fremde Familie eingelebt hätte. Wenn es soweit wäre, hätte er bereits eine Arbeit gefunden, würde seine Schulden bezahlen, und sie könnten daran denken, eine Wohnung zu mieten.

Felisín schaute von seinem Teller auf und blickte Nicole an. Sie war reizend, und sie waren wirklich verliebt, lächelten sich an und hielten sich auf dem Tischtuch die Hand, was den Umgang mit Messer und Gabel schwierig machte. Nicole streckte ihm das Gesicht entgegen, um einen Kuß zu bekommen. Das waren glückliche Tage in ihrem Leben.

Nicoles Vergangenheit, eine Kette quälender Beziehungen, lag jetzt in weiter Entfernung. Ebenso Felisíns eher prekäre sexuelle Erfahrungen. Er hatte nur eine einzige feste, ernstzunehmende Freundin vorzuweisen, die er nach Beendigung seines Wehrdienstes in Saragossa zurückgelassen und pünktlich jedes Wochenende besucht hatte, bis sie es sattbekam, sich immer nur über Film zu unterhalten, und beschloß, ihn zu verlassen.

»Warum denn?« hatte er gefragt.

»Ich weiß nicht… Ich glaube, bei dir werde ich nie die Sicherheit finden, die eine Frau braucht«, war ihre einzige Antwort. Ein Jahr später heiratete sie einen Panzerschrankfabrikanten aus Huesca.

Sie kamen spät nachts zurück. Als sie das volle Schwimmbecken erblickten, traten sie überrascht näher, und in einer schelmischen Umarmung zog sie ihn langsam aus. Felisín ließ es geschehen, und schließlich siegte die Erregung über die Vorsicht. Nackt kletterten sie auf die Leiter. Schlaflos auf einer Stufe der Veranda sitzend, beobachtete sie der Vater. Sie glitten still zu ihrem späten Bad ins Wasser, umarmten und küßten sich. In langsamem, behaglichem Rhythmus liebten sie sich. Der Vater schlich sich treppauf zum Gästezimmer davon.

»Du bist ein Kind, du weißt noch nicht, was vögeln heißt«, redete Nacho in seinem Bett auf Gaspar ein.

»Wenn du's mal geschnallt hast, läßt's dir keine Ruhe mehr.«

»Ja, schon, aber mein Roman…« Gaspar vermochte seinen Bruder nicht zu überzeugen.

»Paß auf, wenn du wirklich berühmt werden willst, solltest du ein philosophisches Buch schreiben.«

»Ein philosophisches?«

»Genau. Alle schreiben über uns Jungs und die Kindheit, wenn sie schon über vierzig sind. Du kannst ein Buch darüber schreiben, wie vierzehnjährige Jungs wirklich sind, und niemand kann dir widersprechen, weil du vierzehn *bist*. Es ist klar, daß du mehr weißt als sie alle.«

In seinem Bett liegend, dachte Gaspar darüber nach. Er konnte sich mühelos vorstellen, wie er an Fernsehrunden und Radiodiskussionen teilnahm, inmitten von Professoren und Spezialisten seine Meinung äußerte, sein Buch signierte oder im ganzen Land Vorträge über die verschiedensten Themen rund um vierzehnjährige Jungen hielt.

»Einen Essay«, meinte Nacho.

»Er könnte heißen DAS LEBEN MIT VIERZEHN«, schlug Gaspar vor.

»Das ist ein guter Titel.«

Gerade der Titel war es, der Basilios Aufmerksamkeit auf ein Buch gelenkt hatte. Beim Durchblättern entdeckte er, daß ihm auf diesen fast fünfhundert Seiten Antwort auf einen großen Teil seiner ungelösten Fragen gegeben wurde. Von da an hatte er über dieser aufwühlenden Lektüre Stunden um Stunden verbracht. Jetzt mochte er nicht einschlafen, bevor er es ausgelesen hätte.

DIE SOZIALE AGGRESSION: EINE BEUNRUHIGENDE PROBLEMATIK stammte von einem jungen spanischen Psychiater namens Tristán Bausán. Basilio, sonst keine Leseratte, hatte seine Zeichnungen weggelegt, unterstrich ganze Abschnitte und las ihm rätselhaft erscheinende Seiten immer wieder von neuem.

Entschlossen, sich mit dem Autor in Verbindung zu setzen, brachte er das Thema bei seinen Eltern zur Sprache. Sie erinnerten ihn daran, daß er selbst es gewesen war, der keine weiteren Dermatologen hatte aufsuchen wollen und den Kassenpsychologen, einen Bekannten der Familie, der sich erboten hatte, mit ihm zu sprechen, rundweg abgelehnt hatte.

»Du warst es doch, der gesagt hat, Ärzte taugen nichts«, sagte der Vater.

»Einem Schwätzer, der ein Buch geschrieben hat, um für sich Werbung zu machen, darfst du nicht trauen«, argumentierte die Mutter.

Aber Basilio beharrte auf seinem Wunsch, mit diesem Mann Kontakt aufzunehmen und sich zu ihm in Behandlung zu begeben.

»Worin unterscheidet er sich denn von allen andern?« fragte der Vater.

»Mit den andern hat er überhaupt nichts gemein. Der nennt die Dinge beim Namen. Man versteht, was er meint.«

»Du bist doch ganz normal, du hast nichts Außergewöhnliches an dir«, sagte die Mutter. »Vergiß einfach die Kinder, die dich beschimpft haben, und benimm dich wie alle andern jungen Burschen.«

»Die Theorien dieses Arztes sind revolutionär«, verteidigte sich Basilio.

»Das macht ihn nur noch verdächtiger«, fiel ihm die Mutter ins Wort. »Gewiß gehört er zu irgendeiner Sekte, ich habe es satt, zu lesen, wie sie Problemkinder anlocken und unter Drogen setzen und so weiter. Dem

Neffen von Antonia, der von der Geflügelhandlung in Algete, haben sie alles Geld weggenommen, haben gemacht, daß er nichts mehr sah, und ihn dann sich selbst überlassen.«

Da Basilio seine Eltern nicht überzeugen konnte, ließ er sie in der Küche stehen und schmetterte die Tür hinter sich zu. In den folgenden Tagen weigerte er sich strikt, mit ihnen zu reden. Unter seinen Brüdern war bezüglich des Buches eine gewisse Neugier aufgekommen. Sie setzten sich bei den Eltern für Basilio ein, aber deren Mißtrauen war nicht auszuräumen.

»Laßt ihn doch selbst entscheiden, was er will«, hatte Felisín verfochten.

»Ich weiß zuviel vom Leben, um Wunderdoktoren zu trauen, die aus dem Nichts gekommen sind und anscheinend für sämtliche Übel ein Mittel haben«, sagte die Mutter. »Die machen einem weis, mit ein paar Kräutern könne man alles heilen.«

»Also von Kräutern habe ich ihn nichts sagen hören«, warf der Vater ein.

Nacho war in Basilios Zimmer hinaufgegangen und unterhielt sich mit ihm, um ihn zu beruhigen. Plötzlich sah er etwas durchs Fenster, was ihn ausrufen ließ: »O du gottverdammte Scheiße.«

Natacha, ein Mädchen aus unserer Juravorlesung, mit dem Nacho eines seiner Nebenverhältnisse unterhalten hatte, kam in Lucas' Begleitung durch den Garten. Nach Hunderten von Anrufen hatte sie beschlossen, ihn zu Hause aufzusuchen. Lucas, der wußte, daß das, was er tat, seinen Bruder auf die Palme bringen würde, führte sie mit frechem Grinsen die Treppe hinauf.

»Paß auf, was für eine Überraschung du ihm bereitest«, verhieß ihr der Kleine.

Sie gingen in den zweiten Stock hinauf, da trat Nacho

aus Basilios Zimmer und umarmte Natacha mit theatralischem Gehabe, nicht nur zu ihrem, sondern auch zu Lucas' Erstaunen.

»Natacha, was für eine Überraschung! Eben hab ich bei dir angerufen.«

»Ach«, sagte sie spöttisch, »und das soll ich dir glauben?«

»Jetzt versteh ich, warum sich niemand gemeldet hat.«

Er nahm Natacha bei der Hand und drückte ihr einen langen Kuß auf die Lippen, bei dem er seine Zunge über ihr Zahnfleisch gleiten ließ. Mit einer Handbewegung entließ er Lucas, der langsam die Treppen hinunterging und sich den Schutzhelm abnahm, unter dem er gewaltig schwitzte.

»Ich freue mich, daß du gekommen bist, ehrlich. Kannst du eine Sekunde warten?«

Sie nickte. Nacho öffnete die Tür zu Basilios Zimmer und bat das Mädchen einzutreten.

»Ich bin gleich wieder da.«

Natacha trat ein, setzte sich aufs Bett und betrachtete die Poster an den Wänden. Basilio hustete, um sich bemerkbar zu machen, und ein wenig erschrocken wandte sie sich um.

»Tag, ich heiße Basilio. Du bist Natacha, stimmt's?«

»Ja, woher weißt du das?«

»Nun, Nacho redet unaufhörlich von dir, und als ich dich sah, hab ich angenommen, du wärst es.«

Natacha zwang sich zu einem Lächeln, um ihren Ekel zu verbergen. Basilio ging zur Tür und schob den Riegel vor. Mit einem schiefen Lächeln trat er zu ihr, die sich versteifte wie eine Katze.

»Kein Wunder, daß du Nacho so gefällst, du bist sehr hübsch«, vertraute er diesem eher stämmigen und etwas ordinären jungen Mädchen an. »Ich würde dich gern nackt sehen.«

»Sorry, aber ich glaube, ich muß jetzt gehen.«

»Warte, hab's doch nicht so eilig. Ich möchte nur mit dir reden. Willst du dich wirklich nicht ausziehen? Es ist sehr heiß.«

Basilio stürzte sich auf sie, hielt sie kräftig fest und begann sie zu küssen. Sie zog ihre Lippen weg, so daß Basilios Aknehaut ihr Gesicht berührte. Das Mädchen stieß einen Schreckensschrei aus. Er packte sie noch fester.

»Laß mich deine Titten lecken«, flüsterte er heiser.

Sie war nun wirklich angeekelt, kurz vor dem Erbrechen, konnte sich kaum gegen die Hysterie wehren.

»Faß mich an, faß mich an«, sagte Basilio stöhnend.

Er stieß sie aufs Bett, und sie wußte, daß diese Bestie sie vergewaltigen würde. Als Basilio einen Moment nicht aufpaßte, konnte sie sich ihm entwinden und lief zur Tür. Sie schob den Riegel zurück, floh aus dem Zimmer und die Treppe hinunter, stürzte aus dem Haus, rannte durch den Garten und verließ das Anwesen der Belitres. Noch heute leidet sie unter Alpträumen, in denen ihr Basilios schreckliches Pustelgesicht erscheint, und sie schreit und klammert sich an ihren Mann, der ihr diese Geschichte nie abgekauft und immer vermutet hat, sie sei als Mädchen brutal vergewaltigt worden.

Nacho klopfte Basilio auf die Schulter, als sie sich auf dem Treppenabsatz vor seinem Zimmer trafen.

»Das ist perfekt gelaufen«, beglückwünschte er ihn. »Danke, mein Alter.«

»Wer war dieses Mädchen? Was war denn da los?« rief die Mutter aus der Küche.

»Jetzt bist du dran«, sagte Basilio.

Nacho nickte und ging hinunter. Mit empörtem Gesicht pflanzte er sich vor seiner Mutter auf.

»Das war eine Freundin von mir, aber sie ist weggelaufen.«

»Warum denn? Und diese Schreie?«

»Basilio hat sie angegriffen. Er wollte sie vergewaltigen.«

»Was?« rief die Mutter entsetzt.

»Du hörst schon richtig. Und das ist eure Schuld – wenn ihr ihn diesen Arzt aufsuchen lassen würdet... Eines Tages werden wir wegen ihm noch ernsthafte Schwierigkeiten bekommen.«

Der Mutter fiel es schwer, zu tun, was sie tat. Sie stieg die Treppen hoch und klopfte bei ihrem Sohn an. Basilio empfing sie auf seinem Bett hockend. Die Mutter setzte sich neben ihn. Der Moment war gekommen, anzuwenden, was sie bei ihrer Lieblingslektüre, dem Ratgeber MUTTERSEIN HEUTE, gelernt hatte. ›Geben Sie nie der Erpressung eines Kindes nach‹, stand da, ›aber bemühen Sie sich, Ihre Fehler einzugestehen, einen Rückzieher zu machen und in bestimmten Ausnahmefällen um Verzeihung zu bitten, indem Sie Ihr Kind behandeln, als wäre es tatsächlich das menschliche Wesen, zu dem es Ihre Arbeit als Mutter zu machen hat.‹

»Vielleicht war ich unvernünftig«, sagte sie schließlich zu Basilio, »aber für mich ist mein Sohn eben vollkommen normal, er hat nichts Krankes.«

Es überraschte ihn, daß ihn seine Mutter in der dritten Person ansprach, aber der Sieg, den er soeben verbucht hatte, ließ ihn alles andere vergessen.

»Du kannst diesen Doktor anrufen«, sagte die Mutter, ehe sie das Zimmer verließ. »Aber bevor du etwas mit ihm vereinbarst, müssen dein Vater und ich ihn kennenlernen.«

Als sie wieder in die Küche hinunterging, hörte sie auf dem Dachboden Geräusche. Sie stieg die wurmstichigen Treppen hinauf. Das Türchen stand offen, und unter dem Dachfenster war Gaspar zugange.

»Gaspar, darf man erfahren, was du da treibst?«

»Ich habe herumgesucht… Vielleicht gibt es irgend etwas Wertvolles.«

»Wir haben euch doch streng verboten, den Dachboden zu betreten, bis ihn ein Architekt untersucht hat. Siehst du denn nicht, daß der Boden ganz morsch ist?«

»Ja, Mama, ich komm schon«, maulte Gaspar auf dem Weg zur Tür.

»Siehst du den Boden? Wenn dein Vater nicht bald die Maurer kommen läßt, fällt er uns nächstens auf den Kopf. Wie bei dieser Familie aus Tarrasa, die man erst nach zwei Wochen unter den Trümmern gefunden hat.«

»Ich komm ja schon.«

»Versprich mir, daß du nicht wieder hinaufgehst.«

»Ich verspreche es«, sagte er widerwillig.

Am nächsten Morgen war Matías zuerst auf. Immer wieder hämmerte er auf den Wasserhahn in der Küche ein, um die Dichtungen in Ordnung zu bringen. Als der Vater zum Frühstück kam, war er überrascht, ihn da anzutreffen.

»Was machst du denn hier so früh?«

»Jemand muß ja wohl diesen ganzen Kram erledigen, wo kämen wir sonst hin?«

»Ich werde es am Wochenende schon reparieren, Matías. Du weißt nicht, wie das funktioniert.«

»Dann lern ich's eben. Wir können wirklich nicht immer einen Installateur rufen, wenn etwas kaputtgeht.«

Sein Vater sagte nichts mehr. Er frühstückte, während sein Sohn ganz selbstverständlich in der Werkzeugkiste wühlte. Es war ihm egal, daß Matías eine beträchtliche

Überschwemmung in der Küche angerichtet hatte und daß seine morgendliche Dusche unterbrochen worden war, da ohne Vorwarnung das Wasser abgestellt wurde. Das brachte das Vatersein eben so mit sich. Jeder andere Vater hätte dasselbe getan. Nicht das, was der Vater nun tat, sondern was Matías machte, der auf dem Boden lag, sich abrackerte und am frühen Morgen mitten im Sommer ein metallisches Geschepper veranstaltete. Genaugenommen hatten nicht alle soviel Glück wie der Vater der Belitres, der seine Fehler wiedererkennen konnte, indem er sie seinen zwölfjährigen Sohn begehen sah. Letzten Endes nahm Matías eine didaktische Reduktion an der Rolle des Familienoberhauptes vor: vier, fünf mit Autorität ausgesprochene Sätze, eine Kopfnuß zur rechten Zeit und völlige, wenn auch sporadische Hingabe an den Kleinkram des eigenen Heims. ›Wozu taugt ein Vater sonst noch?‹ fragte sich Félix Belitre. Und ging zur Arbeit.

Um zehn Uhr traf er Felisín auf dem Gang seines Büros und lächelte stolz.

»Danke, daß du gekommen bist«, sagte er. »Komm herein, wir wollen anfangen.«

Felisín setzte sich zu dem Dutzend junger Männer, die sich als Versicherungsvertreter einstellen lassen wollten. Der Vater war von seinem Vorgesetzten dazu bestimmt worden, einen einwöchigen Verkaufskurs abzuhalten. Wenn Felisín die Probezeit überstand, könnte er einen Posten bekommen.

»Also, in den nächsten Tagen werde ich euch eine kurze Einführung in den Beruf geben«, erklärte der Vater oberlehrerhaft, »und die erforderlichen Grundkenntnisse vermitteln, um diese Arbeit ordentlich auszuführen.«

Die andern hatten ein Notizbuch hervorgezogen, aber

der Vater betrachtete mit skeptischer Miene seinen geistesabwesenden Sohn. Mit dem heimlichen Wunsch, dessen Interesse zu wecken, setzte er seinen Unterricht fort.

»Ihr dürft nicht vergessen, daß wir über den Tod sprechen. Eine heikle Sache. Lebensversicherungen verkaufen heißt, die Leute daran zu erinnern, daß sie sterben werden, und das behagt niemandem. Deshalb lautet die goldene Regel, nie das Wort ›Tod‹ in den Mund zu nehmen. Den Kunden gegenüber werden wir von ›zwangsläufiger Abwesenheit‹, vom ›Unvermeidlichen‹, von dem, ›was kommen muß‹, reden, aber wir werden nie den Tod erwähnen. Gleichzeitig müssen wir an ihre edelsten Gefühle appellieren. An ihre Großzügigkeit gegenüber denen, die zurückbleiben. Im Grunde geht es darum, den Kunden zu überzeugen, daß er mit der Bezahlung unserer Rechnungen die Unsterblichkeit erlangen wird. Warum? Weil er für immer die Zuneigung und den Respekt derer erlangt haben wird, die ihn verlieren.«

Nachdem Felisín teilnahmslos auf seine Uhr geschaut hatte, beschloß er, aufzustehen, still durch das improvisierte Klassenzimmer zu gehen und den Unterricht zu verlassen. Vater und Sohn schauten sich nicht einmal an. Félix fühlte sich erniedrigt, beleidigt. Mit ungebrochenem Stolz und im Willen zur Selbstbestimmung seines Lebens bestärkt, entfernte sich Felisín durch die Bürofluchten.

Zur selben Stunde ergriff am andern Ende der Stadt der Großvater das Mikrophon, das ihm der Priester reichte, und sprach zu den Menschen, die sich in der Kirche versammelt hatten.

»Mein Schmerz über Manolos Tod ist sehr groß, denn mein letzter Besuch im Krankenhaus vor einigen Tagen ist mir noch gegenwärtig, und da konnte ich sehen, daß er eine menschliche Ruine war, zugrunde gerichtet vom Rauchen, diesem unheilvollen, dem Menschen feindlichsten Laster. Ich sehe noch, wie mir mein Freund Manolo seine Stange Zigaretten gab und mir zuhauchte: ›Abelardo, mein Freund, halte dieses Gift von mir fern. Vernichte meine Zigaretten.‹ Es war schon zu spät.«

Manolos Witwe gab einen verhaltenen Schluchzer von sich und versuchte, sich zu erinnern, woher sie diesen Mann kannte, der den Geistlichen um die Erlaubnis gebeten hatte, nach der Trauermesse vom Altar herunterzusprechen.

»Ich habe schnell einen letzten Abschiedsgruß für unseren Freund gedichtet«, fuhr der Großvater fort. »Ich weiß, daß ihr mir die Hast meiner Verse verzeihen werdet – ich habe diese Oktave gestern abend improvisiert.«

Er setzte sich die Brille auf, zog ein Blatt aus der Tasche, entfaltete es und begann seine dithyrambischen Verse zu lesen:

> Wenn Freundschaft und Tod im Kampfe liegen,
> Können sie dich nie und nimmer besiegen,
> Die Erinnerung an deine Seele, Manolo, klingt
> Im Geiste dessen weiter, der dich da besingt.
> Wir waren treue Gefährten im Kriege,
> Unsre Freundschaft überdauerte alle Hiebe,
> Und im Himmel als auch auf Erden
> Wird sie niemals zunichte werden.

Gaspar wurde von einem Aufruhr in seinem Zimmer geweckt; Nacho, Lucas und Basilio rannten auf den kleinen Balkon, von dem aus man in den Garten sehen konnte.

»Los, schnell, schau dir das an«, forderte ihn Nacho auf.

Gaspar stieg aus dem Bett und drängte sich zwischen seine Brüder, um hinunterzuschauen.

Neben dem Schwimmbecken lag Nicole in der Hängematte und nahm ein Sonnenbad. Sie trug nur das Bikiniunterteil und eine dunkle Brille und zeigte ihren jungen Schwägern trefflich gerundete, straffe Brüste mit rosigem Warzenhof, die die Form zweier großer Tränen hatten. Basilio nahm den Feldstecher zu Hilfe, der an Lucas' Hals hing, letztes Überbleibsel einer Forscherausrüstung, die er vor mehreren Jahren zum Dreikönigsfest bekommen hatte.

Nicole blieben die Kommentare nicht verborgen, sie wandte sich den Brüdern zu und schaute sie, die Sonnenbrille hebend, einen Moment lang an. Unauffällig versuchten sie sich zu verstecken, aber in ihrer Verwirrung verknäuelten sie sich bloß ungeschickt auf dem Balkon. Nicole schob sich die Brille auf die Nase zurück und saugte gleichgültig mit ihrem ganzen Körper die Sonne ein.

In seinen nässeplatschenden Pantoffeln trat Matías ins Zimmer und ging auf den Balkon hinaus. Seine Brüder machten ihm Platz, und er schloß sich dem jugendlichen Voyeurismus an. Nach einem Augenblick schüttelte er mit der Miene erwachsener Sorge den Kopf.

»Das fängt ja gut an«, murmelte er vor sich hin.

Sechs

> Bei seiner Geburt konzentriert jeder Mensch die Aggressivität seiner ganzen übrigen Gattung auf sich. Sein künftiges Glück wird ausschließlich von seiner Fähigkeit abhängen, nicht in die Rolle des Opfers zu fallen.
>
> *DIE SOZIALE AGGRESSION: EINE BEUNRUHIGENDE PROBLEMATIK, S. 21*

Die ganze Familie Belitre saß am Küchentisch beim Mittagessen, als Dr. Tristán Bausán zum ersten Mal ihr Haus betrat. Er war um die dreißig, groß und trug trotz der Hitze einen korrekten grauen Anzug und eine Krawatte über dem untadelig weißen Hemd. Mit seinen schwungvoll in die Stirn fallenden, tiefschwarzen Haaren und dem gepflegten Spitzbart, der ihm vollends ein exzentrisch-intellektuelles Aussehen verlieh, schien sein Gesicht etwas aus den Fugen geraten. Nur eine seltsam parabelförmige Narbe auf der Wange stand gleichsam im Widerspruch zu dem Eindruck, den seine Gesamterscheinung vermittelte.

»Dr. Tristán, ich bin Basilio. Ich habe Sie angerufen.« Basilio hielt es für angebracht, sich selbst und den Rest der Familie vorzustellen.

Nach der Begrüßung zog der Arzt einen leeren Stuhl heran, um sich zu ihnen zu setzen, aber der Großvater hielt ihn zurück.

»Dieser Stuhl ist besetzt.«

»Das tut mir leid, aber da ich niemand gesehen habe…«, entschuldigte sich der Arzt.

»Sie werden auch niemand sehen, aber der Stuhl ist besetzt«, erwiderte der Großvater, der die Verwirrung des Besuchers nicht bemerkte. »Nur wer glaubt, kann Ihn sehen.«

»Basilio, bring dem Doktor einen andern Stuhl«, sagte die Mutter.

»Der da«, fuhr der Großvater fort, »ist für Gott reserviert. Er kann jederzeit zum Essen kommen.«

»Ich mache Sie darauf aufmerksam«, hob der Arzt an, während er sich auf den Stuhl setzte, den Basilio ihm anbot, »daß die substanzlose Gestalt Gottes keine Bedürfnisse wie Essen oder Sitzen kennt.«

»Man sieht, daß Sie wenig von Gott wissen«, sagte der Großvater mit herausforderndem Lächeln. »Er ernährt sich durch uns. Das steht schon in der Offenbarung: ›Siehe, ich stehe vor der Tür und klopfe an. Wenn jemand meine Stimme hören wird und die Tür auftun, zu dem werde ich hineingehen und das Abendmahl mit ihm halten und er mit mir.‹ Ist doch sonnenklar.«

Der Vater warf dem Arzt einen beschwichtigenden Blick zu, der die Worte des Großvaters herunterspielen sollte und andeutete, daß sich die übrigen Familienmitglieder diesen verworrenen Theorien nicht anschlössen.

»Essen Sie bitte, essen Sie«, bat Dr. Tristán. »Entschuldigen Sie, daß ich nicht mithalte, aber ich pflege nur zum Frühstück und am Abend zu essen. Meine Jahre in Amerika natürlich. Ich habe in Palo Alto studiert ...«

»Eine schlechte Angewohnheit, Doktor«, sagte die Mutter vorwurfsvoll. »Es steht fest, daß es nichts Besseres gibt als drei Mahlzeiten am Tag.«

»Meine Arbeit, Señora, besteht darin, alles Feststehende anzuzweifeln. Aber essen Sie doch in aller Ruhe. Ich schaue gern zu.«

Als sie beim Kaffee angekommen waren, bestand

Matías darauf, daß auch dem Arzt eine Tasse gebracht würde.

»Los, steh nicht so herum«, tadelte er seine Mutter, »einen Kaffee wird er sicher trinken.«

»Sehr gern, danke«, stimmte der Arzt zu.

Als sich die Mutter wieder hinsetzte, hielt er den Moment für gekommen, mit der abwartenden Familie zu sprechen. »Ich nehme an, Sie erwarten von mir, daß ich die Karten auf den Tisch lege, aber ich spiele nicht sehr gern.«

»Vielleicht sollten Sie uns informieren«, stimmte der Vater zu.

»Genau«, sagte Matías.

»Sartre hat gesagt: ›Die Hölle sind die andern‹, und ich sage: ›Das Milieu ist die Krankheit.‹ Das heißt, nur die Gesunden sind die Auslöser dafür, daß es Kranke gibt, und wie bei jeder solchen Auslösung haben die einen viel mit den andern gemeinsam. Sie zu unterscheiden ist die einzige Aufgabe von Ärzten und Spezialisten. Für die übrigen Sterblichen ist das so schwierig, wie einen männlichen von einem weiblichen Floh zu unterscheiden.«

»Ich kann sie aber unterscheiden«, fuhr Lucas dazwischen und wurde von seinem Bruder Matías mit einem Schlag auf den Kopf zum Schweigen gebracht.

»Geh und spiel mit deinen Fischen.«

Gehorsam verließ Lucas den Raum. Dr. Tristán heftete seinen Blick auf Matías und suchte dann verstohlen in irgendeinem der Gesichter eine Antwort auf solch auffälliges Verhalten. Er fand keine.

»Ich leg mich ein wenig aufs Ohr, ich bin wie gerädert«, fügte Matías hinzu.

Sowie er die Küche verlassen hatte, wandte sich der Arzt an die Eltern.

»Ich weiß nicht, ob Sie es wissen, aber Ihr Sohn leidet offenbar an einem Latimer-Syndrom in weit fortgeschrittenem Stadium.«

Mit einem vagen Nicken gab die Mutter zu verstehen, daß sie es leider wußten. In diesem Augenblick änderte sich ihre Meinung über Dr. Tristán vollkommen. Spezialisten jeder Couleur waren erst nach jahrelangen Analysen und Untersuchungen auf Matías' Krankheit gekommen, und jetzt tauchte da dieser Mann auf, der sich über sein Bärtchen strich, und diagnostizierte in wenigen Sekunden die Krankheit des Kleinen. Der Arzt fuhr fort:

»Ich gestehe, daß Basilio einer meiner ersten Patienten sein wird. Ich versuche, Psychiatrie, Psychopathologie und Psychologie in ein und derselben Therapie zu vereinen. Meine Erfahrung ist noch gering, ich weiß, aber ich garantiere Ihnen, daß ich mich voll und ganz Ihrem Sohn widmen und mich seiner Behandlung mit Leib und Seele hingeben werde.«

Den Vater erfüllte es mit Besorgnis, daß das Honorar des Arztes für sein bescheidenes Einkommen unerschwinglich sein könnte, aber er verschwieg seine Befürchtungen, als er seine Frau rasch sagen hörte: »Doktor, ich möchte, daß Sie so schnell wie möglich anfangen. Ich glaube, Sie sind der Mann, den mein Sohn braucht.«

»Der einzige Mann, den Ihr Sohn braucht, ist er selbst«, sagte der Arzt mit siegesgewissem Lächeln. »Wir brauchen uns alle, aber manchmal fällt es uns schwer, uns zu finden.«

Als der Vater am andern Morgen zur Arbeit fahren wollte, traf er beim Gartentor auf Dr. Tristán. In einem Einkaufswagen hatte er einen großen Rucksack und sein obligates Köfferchen mitgebracht. Der Vater machte ihm das Tor auf, während ihm der Arzt seinen überraschenden ersten Therapieschritt erläuterte. Er hatte beschlossen, im Garten ein Zelt aufzustellen, das ihm für den Fall Basilio Belitre Wohnung, Hauptquartier und Praxis sein würde.

»Aber mein Lieber, ein Zelt aufzustellen …«

»Ich möchte nichts gegen Ihr Einverständnis tun. Wenn Ihnen meine Methoden suspekt sind, sagen Sie es am besten möglichst rasch.«

Der Vater erhob keine Einwände und stieg in seinen Wagen, von wo aus er beobachtete, wie der Arzt auf der Suche nach dem geeigneten Ort für sein Zelt den Gartenboden untersuchte. Beim Wegfahren wurde ihm klar, daß seine Arbeit manchmal ein Segen war, der es ihm erlaubte, den Exzentrizitäten seines Hauses zu entkommen. Und Dr. Tristán schien verdächtig gut ins Familienmilieu zu passen.

Die Brüder Belitre wurden vom Gehämmer des Arztes geweckt, der die letzten Heringe für sein Zelt in den Gartenboden rammte. Einen Augenblick später erhob sich neben dem Schwimmbecken, im Schatten des Kirschbaums, das Zelt, und der Arzt machte sich an die Einrichtung des Innenraums. Immer in seinem eleganten Anzug mit Krawatte verteilte er einen Schlafsack, einen Gaskocher und eine Taschenlampe als Leuchte. Dann breitete er die wenigen Bücher aus, die er mitgebracht hatte, und heftete an eine der Zeltwände ein großes Schwarzweißfoto mit zwei seltsamen Gestalten, die er als Friedrich Nietzsche und seine Mutter identifizierte. Die Mutter der Belitres getraute sich als einzige, diese ganze Maßnahme zu kritisieren.

»Sie können problemlos das Gästezimmer belegen, aber kommen Sie mir nicht auf den Gedanken, im Freien zu schlafen. Der Garten ist voller Ungeziefer.«

»Meine Wahl ist nicht zufällig, Señora. Sie stützt sich auf jahrelange Untersuchungen über die ideale Beziehung zwischen Patient und Arzt.«

»Na, die Maßnahme scheint mir etwas übertrieben.«

»Freud und sein Kreis haben entdeckt, daß ein liegender Patient zugänglicher ist. Daher die Erfindung der Couch. In diesen Zeiten der mobilen Kultur habe ich mich gegen den Gemeinplatz der unkündbaren Praxis aufgelehnt.«

»Ah, wenn es so ist«, lenkte die Mutter ein.

Schließlich stand die ganze Familie ums Zelt herum. Der Arzt streckte den Kopf heraus und gab Basilio ein Zeichen einzutreten.

»Ich glaube, der Moment für unsere erste Sitzung ist gekommen.«

Basilio schlüpfte ins Zelt, und der Arzt zog den Reißverschluß hoch. Diese erste Sitzung war nicht besonders intensiv. Nachdem er ihm den Thematischen Apperzeptions-Test von Murray vorgelegt hatte, verwandte der Arzt die meiste Zeit darauf, zuzuhören, wie Basilio ihm zuerst die Familiengeschichte und dann seine eigene schilderte. Dr. Tristán machte sich Notizen, schaute Basilio dabei aber unentwegt in die Augen – etwas, woran dieser nicht gewöhnt war und womit der Arzt sein ganzes Vertrauen gewann. Normalerweise blickten die Leute weg, wie man über den Gliederstummel eines Invaliden hinwegsieht, im Glauben, mit dem Ignorieren des Makels verschwinde er, so daß es zu dem kommt, was der Arzt den *unbehaglichen Kontakt* nannte.

»Ich glaube, wir sind uns darüber einig, daß dein Problem die andern sind – die Leute, die dich hassen, ablehnen, sich über dich lustig machen oder dir ein Mitleid entgegenbringen, das du gar nicht willst.«

Basilio stimmte zu.

»Das ist das eine, aber was sagst du mir über dich selbst?«

Später führte ihn Basilio in sein Zimmer, um ihm all seine Gemälde und Cartoons zu zeigen. Der Arzt lächelte und sagte:

»Jeder Freud-Schüler würde eine naheliegende Interpretation dieser Bilder vornehmen und damit seine Engstirnigkeit und geringe Bildung zeigen. Mir, wenn ich das sagen darf, erscheinen sie einfach grausam lustig, ein wenig simpel und mit der Moral von Comics, aber zeichnen kannst du jedenfalls.«

Zur Essenszeit fuhr der Vater mit dem Wagen in den Garten ein. Wie ein Monument für die moderne Psychiatrie erhob sich dort das Zelt des Arztes. Ein Monument, freilich ein ganz anders geartetes, war auch die neben dem Schwimmbecken liegende Nicole, die sich, unter ihrer dunklen Brille halb eingeschlummert, der Sonne darbot, als wolle sie alles Licht auf sich ziehen. Das war inzwischen ihre bevorzugte Art, die Zeit des familiären Zusammenlebens totzuschlagen. Im Wasser sitzend, hielt sich Felisín eine alte Ausgabe von UNSER FILM vors Gesicht.

Der Vater machte ihn auf sich aufmerksam und fragte, ob sie sich einen Moment unterhalten könnten. Felisín stieg heraus, hüllte sich in ein Tuch und begleitete ihn in einen entfernteren Teil des Gartens, wo sie reden konnten, ohne gehört zu werden.

»Du weißt«, sagte der Vater zu seinem Erstgeborenen, »daß ich deine rasche Heirat nie kritisiert habe. Ich finde, daß Nicole ein großartiges Mädchen ist, und auch das mit dem Auto ist vergessen, aber ...«

»Wenn du wegen der Geschichte mit der Arbeit noch böse bist, dann vergiß es. Ich bin nicht zum Versicherungsvertreter berufen.«

»Es ist nicht das.« Der Vater deutete auf Nicole. »Du wirst etwas mit ihr tun müssen.«

»Und was soll ich tun?«

»Begreif doch, deine Brüder sind noch klein, sie sind in einem Alter ... Du verstehst mich schon. Ein nacktes Mädchen im Garten, das geht nicht.«

»Sie ist nicht nackt.«

»Es fehlt nur wenig.« Der Vater warf einen Blick auf die reglose Nicole.

»Papa, sich oben ohne zu sonnen ist nicht so außergewöhnlich. Vor allem in Frankreich nicht.«

»Leider sind wir nicht in Frankreich.«

»Versteh doch, sie hat eine andere Mentalität als wir ...«

»Ich habe ja gar nichts dagegen, es ist nicht meinetwegen. Hast du denn nicht gesehen, wie deine Brüder sie anstarren? Sie sind noch Kinder, und das ist zuviel für sie.«

»Was soll ich denn tun? Ihr erklären, daß wir eine rückständige und reaktionäre Familie sind, die sich über solche Lappalien empört? Sie fühlt sich uns schon fern genug, als daß ich ihr jetzt auch noch verbieten könnte, zu tun, was ihr Spaß macht.«

»Etwas muß geschehen. So kann das nicht weitergehen.«

»Natürlich nicht, aber statt daß du sie zwingst, sich zu ändern, warum zwingst du nicht deine Familie, sich zu ändern? Sie werden sich schon daran gewöhnen, sie so zu sehen.«

»Ja, das stimmt auch wieder«, gab der Vater zu.

»Außerdem, Papa, habe ich zur Zeit kein Geld, um uns in der Stadt zu amüsieren oder öfter auszugehen.«

»Nun, du kannst von mir soviel haben, wie du brauchst, da mußt du dir kein Gewissen machen.«

»Ehrlich?«

»Ja, natürlich.«

»Da hilfst du mir aber wirklich aus der Klemme.«

Der Vater zog alles Geld aus seiner Brieftasche und reichte es Felisín. Lucas war mit einem Eimer zum Schwimmbecken gekommen, um zu spielen. Sein Lärm weckte Nicole, die aus der Hängematte kletterte, um sich zu erfrischen. Sie stieg auf die Trittleiter des Beckens und tauchte ins Wasser. Ihr Aufschrei durchschnitt die Ruhe des Augenblicks.

Als sie im Becken hatte aufstehen wollen, war sie ausgeglitten und hatte das Gleichgewicht verloren. Sie war auf einen von Lucas' Fischen getreten, die zu ihrem Schrecken im Wasser umherschwammen. Lucas kraxelte mit dem Eimer hinein, um seine Goldfische zu retten. Felisín rannte herbei, half Nicole heraus und bedeckte sie mit einem Tuch. Was er am wenigsten in einem zerlegbaren Schwimmbecken erwartet hatte, waren Fische.

»Wer kommt schon auf die Schnapsidee, Fische ins Schwimmbecken zu lassen, du Idiot?« Felisín gab Lucas eine vorwurfsvolle Kopfnuß.

Aber der Kleine zeigte den zertretenen Fisch auf seiner offenen Hand.

»Idiotin, dumme Ziege, bekloppte Französin, Rindvieh! Mit Titten wie eine Kuh, ekelhafte Tante, Scheißweib!«

Nicole verstand, was er sagte, und wollte sich auf den Kleinen stürzen, der eben aus dem Becken stieg, aber Felisín stellte sich dazwischen, hielt sie fest und beruhigte sie auf französisch. Von den Schreien alarmiert, stürzte die restliche Familie aus dem Haus.

»Ganz ruhig alle, ja?« bat der Vater.

»Dieser Junge ist ein Schwachkopf«, beklagte sich Felisín.

»Aber was ist denn passiert?« versuchte die Mutter zu vermitteln.

»Die dumme Kuh da hat Thor umgebracht.«

»Wer ist denn Thor?«

»Mein Lieblingsfisch.«

»Wie kommst du auf die Idee, die Fische ins Becken zu werfen?« fragte der Vater.

Matías trat zu Lucas, gab ihm eine Kopfnuß und wiederholte vaterhaft:

»Wie kommst du auf die Idee, die Fische ins Becken zu werfen?«

Aber Lucas zappelte wütend und schrie ihn an:

»Spinner, Spinner, rühr mich nicht an, du Spinner! Du bist nicht mein Vater, du Spinner. Du bist nicht mein Vater, du bist nur einer, der spinnt.«

Der Vater unternahm nichts, um den Kleinen zu beschwichtigen, der sich bedrängt fühlte und Matías ankrähte, Gesicht an Gesicht, den toten Fisch in der einen und den Eimer in der andern Hand. Matías gab ihm eine gestrenge Ohrfeige, die alle und alles verstummen ließ, sogar Lucas' Weinen.

In diesem Moment rannte, aufgeregt mit dem Stock in der Luft fuchtelnd, die traurige Gestalt von Großvater Abelardo durchs Gartentor und rief:

»Sie ist gestorben! Sie ist gestorben!«

Alle wandten sich zu dem keuchenden Großvater um und hatten ihn sogleich umringt.

»Ich habe sie tot im Bett gefunden. Sie ist gestorben«, wiederholte er, während er wieder zu Atem zu kommen suchte.

Die Mutter klammerte sich an ihn und brach in Tränen aus.

»Ich hab's ja gewußt, daß das kommen würde. Ich hab's ja gewußt.«

Ihre Tränen vereinigten sich mit der Aufregung des Großvaters. Allen ging die Erinnerung an die nun verstorbene Großmutter Alma durch den Kopf.

»Wenigstens hat sie nicht gelitten«, sagte der Großvater.

»Sie war eine wunderbare Frau«, bemerkte die Mutter.

»Ja, aber sie ist von uns gegangen«, konstatierte der Großvater.

Der Vater löste sich von der Gruppe und hielt mit Mühe und Not die Tränen zurück. Wie ein Dolch quälte ihn die Frustration, daß er seiner Mutter gegenüber nie die ganze Liebe hatte zum Ausdruck bringen können, die er für sie empfand. Nichts würde ihm die verschwendeten Jahre zurückgeben können. Lucas schniefte, er hatte wieder zu weinen begonnen.

Nacho, der ahnungslos aus dem Haus kam, gesellte sich zu der Gruppe und fragte seinen Bruder Felisín, welcher eine bestürzte Nicole umschlang, mit einem Kloß im Hals:

»Was ist denn geschehen?«

»Die Großmutter ist gestorben«, erklärte Felisín.

Als er das hörte, erwachte der Großvater aus seinem Grübeln, entwand sich der Umarmung der Mutter und sagte empört:

»Was, die Großmutter, verdammt! Asunción ist gestorben.«

Lucas zelebrierte die bescheidene Bestattung seines Fisches Thor in einer entlegenen Ecke des Belitre-Gartens und flocht zwei Äste zu einem Kreuz. Diese Beerdigung verschmilzt in seiner Erinnerung mit derjenigen der guten Asunción, der tapferen Pflegerin der Großmutter seit so vielen Jahren.

Nachdem der Priester auf dem Friedhof einige wunderschöne Psalmen gelesen hatte, in denen Gott mit einem Hirten und die Menschen mit Schafen verglichen wurden, ergab sich der Großvater dem Vortrag eines Gedichts, das er, wie er sagte, eigens für diese Gelegenheit improvisiert hatte:

> Wenn Edelmut und Tod im Kampfe liegen,
> Können sie dich nie und nimmer besiegen,
> Die Erinnerung an deine Seele, Asunción, klingt
> Im Geiste dessen weiter, der dich da besingt.

Weder Matías noch Lucas, noch Gaspar nahmen an der Beisetzung teil. Felisín blieb zu Hause und paßte mit Nicole auf sie auf. Die Mutter hatte darauf bestanden, daß Felisín als ältester Bruder zur Beerdigung ginge; Nacho hätte zu Hause bleiben können, um auf die Kleinen aufzupassen, aber Felisín mochte nicht einmal von der Andeutung der Möglichkeit hören, daß Nacho mit Nicole allein bliebe.

Auch Großmutter Alma verließ ihr Bett nicht, um Asunción ein letztes Lebewohl zu sagen. Sie wollte über sie nachdenken und ihr eher mit ihrer intellektuellen als ihrer physischen Gegenwart die letzte Ehre erweisen. Ihrer verstorbenen Freundin Ernestina schrieb sie: ›Wie Du, so geht auch ein anderes nahestehendes Wesen. Wenn Ihr Euch begegnet, bin ich sicher, daß Ihr Euch in dieser Langeweile, die das Vollkommene wohl ist, Gesellschaft leisten werdet.‹

Zum Glück dauerte es nicht sehr lange, bis jemand für Asunción gefunden wurde. Eine ihrer Nichten mit Krankenschwesternausbildung hatte sich freiwillig erboten, die Stelle ihrer Tante einzunehmen.

»Ich mache dich darauf aufmerksam, daß meine Pflege vielleicht das Langweiligste ist, seit Proust zu schreiben aufgehört hat«, hatte die Großmutter sie gewarnt.

»Manchmal ist es gar nicht so unnütz, sich ein wenig zu langweilen«, hatte ihr Sara entgegnet, denn so hieß das junge Mädchen.

Tag um Tag an unserer Seite,
Alles hat unsre Freundschaft überdauert,
Und wenn wir auch heute getrennt sind,
Immer wird sie weiterleben.

Zerstreut hörte Nacho am Grab auf die Verse seines Großvaters. Noch am selben Nachmittag erzählte er mir, wie gleichgültig ihn die nekrophile Zeremonie dieser Bestattung gelassen hatte, die erste, an der er teilnahm. Mit zwanzig paßte der Tod einfach nicht in unsere Pläne.

Sieben

> Und es wird keine Nacht mehr sein, und sie bedürfen keiner Leuchte und nicht des Lichts der Sonne; denn Gott der Herr wird sie erleuchten, und sie werden regieren von Ewigkeit zu Ewigkeit.
>
> *OFFENBARUNG 22,5*

Das Telefon klingelte, und Lucas lief ins Wohnzimmer, um abzunehmen. Nacho streckte den Kopf aus seinem Zimmer und rief durch die Treppenhöhlung hinunter:

»Wenn es ein Mädchen ist, bin ich nicht da.«

»Es ist Papa«, schrie Lucas zurück.

»Lucas, bitte, schrei nicht so, du ruinierst mir das Trommelfell«, sagte der Vater am andern Ende der Leitung zornig.

»'tschuldige, Papa.«

»Hör zu, sag Mama, daß ich heute mittag nicht zum Essen kommen kann. Ich habe einiges zu erledigen und werde dann in einem Lokal in der Nähe etwas essen.«

Die Mutter wußte sogleich, daß ihr Mann Sorgen hatte. Und dieser sechste Sinn, über den die Frauen in bezug auf ihre Männer und Kinder verfügen, täuschte sie nicht. »Ich hoffe bloß«, sagte sie zu Matías, der seine sämtlichen Werkzeuge auf dem Boden verstreut hatte und dabei war, die Türklinke zu ölen, »daß er nicht wieder in eines dieser Restaurants geht, wo alles mit Butter gekocht wird. Das ist verhängnisvoll für sein Cholesterin.«

Dieses Problem beschäftigte den Vater nicht. Nachdem

er am Vormittag im Zentrum von Madrid zwei Policen kassiert und über eine halbe Stunde im Wagen vor sich hingeschmort hatte, fuhr er zu seiner Mutter. Er wollte mit ihr sprechen, allein, nicht gestört vom Tumult seiner Familie wie sonst bei seinen seltenen Besuchen.

»Du bist bestimmt Sara, Asuncións Nichte, oder?« sagte er, als ihm die neue Pflegerin der Großmutter die Tür öffnete. »Ich bin Almas Sohn.«

»Oh, freut mich sehr«, begrüßte ihn Sara. »Sie ist zwar gerade eingeschlafen, aber kommen Sie nur herein. Sie hat sich nicht sehr gut gefühlt.«

»Nanu, dann komm ich eben später noch mal wieder.«

Félix ging in die zu dieser Stunde halbleere Cafeteria am andern Ende der Straße und setzte sich an die Theke. Der Scheintod seiner Mutter hatte ihn ins Grübeln gebracht. Auf das anfängliche Gefühl von Erleichterung folgte das dringende Bedürfnis, diese zweite Gelegenheit, die sich ihm nun bot, zu nutzen. Im dekorativen Spiegel sah er sein Bild; es war das eines grauen Mannes. ›Das ewige Grübeln‹, sagte er sich, ›ist die Ursache all meiner Übel.‹ Aber er konnte es nicht verhindern. Seine Familie war sein Leben, und seine Familie war der Grund für all seine Probleme. Obwohl sie letztlich immer auch deren Lösung war.

In der vergangenen Nacht war seine Frau wieder wie eine heimliche Geliebte zu ihm ins Gästebett gekrochen. Bevor sie jedoch auch nur an die Möglichkeit, sich zu lieben, hatten denken können, hatte sie wieder zu Matías ins Bett zurückgehen wollen. Das Latimer-Syndrom erwies sich als bleibend, und mit jedem Tag fühlte sich der Vater mehr und mehr verdrängt von seinem zwölfjährigen Nachahmer, der seine Rolle mit größerer Vehemenz und Autorität spielte, als er sie selbst je an den Tag gelegt hatte.

»Sie müssen auf diesen Jungen achtgeben«, hatte ihm Dr. Tristán gesagt. »Ich weiß nicht, ob Sie sich für das richtige Verhalten entschieden haben.«

»Was soll ich denn tun? Ich kann mich ja nicht mit ihm anlegen.«

»Das auf gar keinen Fall. Matías' Persönlichkeit zu widersprechen, kann schreckliche Konsequenzen haben. Anderseits kann man das Problem auch nicht ignorieren. Es ist, als müßten wir wegen einer Person, die sich für Napoleon hält, Josephine sein.«

Das stimmte, denn nachdem die Alternative der Einweisung verworfen worden war, hatte sich der Vater dazu durchgerungen, den Dingen ihren Lauf zu lassen. »Was habe ich eigentlich noch zu sagen?« fragte er sich oft.

Er lächelte, als er sich an seine jungen Jahre erinnerte, wie sehr er seine Frau geliebt und auf eine baldige Heirat gedrängt hatte, um nicht mehr mit seinem Vater zusammenleben zu müssen. Unterdessen hatte seine Mutter ihre ganze Liebe seinem jüngeren Bruder Alex zugewandt. Es erschien ihm wie eine Ironie: als Sohn vom Vater mit Füßen getreten; jetzt, da er Vater war, von seinen Söhnen mit Füßen getreten.

Wieder auf der Straße, ging er zum Blumenstand einer Zigeunerin. Er kaufte ihr einen Strauß rote Rosen ab, und die Frau hielt ihn hartnäckig am Arm fest.

»Weil du ein so hübscher Bursche bist, werde ich dir aus der Hand lesen.«

»O nein, danke.«

»Was ist denn? Macht's dir angst?« rief ihm die Zigeunerin nach, als er sich schon entfernte. »Ich mache dich darauf aufmerksam, daß es geschehen wird, auch wenn du's nicht wissen willst, denn was geschehen muß, geschieht immer.«

Wieder klingelte er an der Tür der Großmutter, und Sara teilte ihm etwas enttäuscht mit, daß diese noch immer schlief.

»So was, nun, dann werd ich sie an einem andern Tag besuchen«, brachte er knapp heraus. Er schaute dem Mädchen in die Augen und gab ihr den Rosenstrauß. »Was soll's, nimm du sie.«

Sara ergriff den Strauß und sah lächelnd Félix Belitre nach, der die Treppen hinunter verschwand, ohne ihr Zeit zu lassen, sich zu bedanken. Der Vater fuhr in seinen alten Wohnort Algete, um im Restaurant von ein paar alten Freunden zu essen, die tatsächlich mit zuviel Butter zu kochen pflegten.

Nachdem sie den Tisch abgeräumt hatte, wusch die Mutter alles ab, was im Geschirrspüler keinen Platz gefunden hatte. Sie befahl Lucas und Matías, Mittagsruhe zu halten, damit sie nach Tisch nicht unter der Hitze litten.

»Ich bin aber nicht müde, Mama«, protestierte Lucas.

»Auch wenn man nicht müde ist, muß man Mittagsruhe halten.« Und auf Matías deutend, der schon die Treppe hinaufging, fügte sie hinzu: »Du solltest von deinem folgsamen Bruder lernen.«

»Natürlich, ich muß ja mit gutem Beispiel vorangehen«, stimmte dieser stolz zu.

Auf der Veranda spielte Nacho Gitarre.

»Komm, Nacho, sing mir dieses schöne Lied von Charles Aznavour«, bat ihn die Mutter, während sie fertigspülte.

»Nicht im Traum, so ein schwülstiger Schmarren.«

»*La Bohème,* das erinnert mich an die Zeit, als dein Vater und ich verlobt waren.«

»Mama, diese Chansons sind älter als die Erfindung der Gitarre.«

Unauffällig hatte Nicole im Wohnzimmer den Fernseher leiser gestellt, um ihm besser zuhören zu können. Sie schaute lustlos eine Modezeitschrift durch, und das Blättern diente ihr eher als Fächer gegen die Hitze – ein Kampf, den zu verlieren sie nicht weiter bekümmerte. Felisín erschien und setzte sich neben sie aufs Sofa. ›Wir wirken wie ein Ehepaar‹, dachte Nicole, und die Vorstellung erschien ihr lächerlich.

»Rück etwas ab, du machst mir warm«, bat sie.

Ohne ein Minimum an Intimsphäre mit dieser Familie zusammenzuleben, zehrte allmählich an ihrer Geduld. Ganz offensichtlich hatte nie ein Mädchen unter diesen Leuten gelebt, und zum Glück hatten sie jetzt endlich zwei Badezimmer, so daß Nicole die langen Schlangen gar nicht erst kennenlernte, die sich in der Wohnung in Algete zur Stoßzeit jeweils gebildet hatten. Doch selbst jetzt begann unfehlbar immer jemand an die Tür zu hämmern und machte sich an der Klinke zu schaffen, wenn sie im Bad war, bis er endlich begriff, daß es besetzt war.

»Scheiße, diese Französin scheint auf dem WC zu wohnen«, lautete der übliche Kommentar.

Als er merkte, daß man ihm zuhörte, stimmte Nacho das einzige französische Chanson an, das er von einer alten Platte seines Bruders Felisín her kannte.

Quand je pense en Fernande,
Je bande, je bande,
Quand je pense en Felisín,
Je bande aussi,
Quand je pense en Nicole,
Alors je bande encore …

Im Wohnzimmer lächelte Nicole, und Felisín, der nicht eben begeistert war, sagte in einem Ton, der zu bedeuten schien: ›Was für ein schönes Lied, spiel uns noch eins‹:

»Willst du wissen, wie eine Gitarre klingt, wenn sie auf deinem Kopf zerschmettert wird?«

»Nein, danke.«

Nacho wechselte zu etwas weniger Verfänglichem, aber bald war er es leid und ging in den Garten, um auf einen Fußball einzutreten. Dr. Tristán gesellte sich zu ihm und entpuppte sich als ausgezeichneter Ballspieler.

»He, wo haben Sie das gelernt?«

»Ich habe es einmal bis zu den Junioren von Barcelona gebracht, aber ich mußte bald wieder aufhören, wegen meiner Rasenallergie.«

Und es gelang ihm das Unerhörte, nämlich Basilio für einen Sport zu begeistern. Bald schlossen sich ihnen Felisín und Gaspar an.

Nicole stand vom Sofa auf, um ein Bad zu nehmen, als sie aus der Küche die Stimme der Mutter hörte.

»Felisín, geh und sag deinen Brüdern, sie sollen nach dem Essen keinen Sport treiben.« Als sie Nicole kommen sah, unterbrach sie sich. »Ach, du bist es. Entschuldige, ich dachte, es wäre Felisín. Ich mag es einfach nicht, wenn sie nach dem Essen so herumtollen.«

Nicole antwortete ihr mit einem Lächeln, so daß die Mutter annehmen mußte, sie habe sie überhaupt nicht verstanden. Die Französin wollte schon die Treppen hinauf, aber die Mutter rief sie zurück, indem sie mit sorgfältiger Artikulation sagte:

»Nicole, meine Hübsche, komm doch mal her.«

Nicole verstand die Handbewegung und trat in die Küche. Die Mutter reichte ihr ein Tuch.

»Hilf mir beim Abtrocknen, mein Kind«, bat sie.

Einen nach dem andern reichte ihr die Schwiegermutter die gespülten Teller, die Nicole abtrocknete, ohne aufzumucksen. Ihr war heiß, und es behagte ihr gar nicht, in der Küche zu stehen und vom Geplauder der Mutter nur ab und zu ein Wort zu verstehen.

»Hier hilft nämlich nie jemand«, erklärte die Mutter, »obwohl ihr Vater ein Vorbild ist. Der einzige ist Matías, aber klar, er ist anders … Seid ihr viele Kinder in der Familie?«

»Pardon?«

In diesem Moment kam Felisín in die Küche, um sich mit einem Glas Wasser zu erfrischen, bevor er weiterspielte.

»Trink kein Wasser, wenn du schwitzt«, wies ihn seine Mutter zurecht.

Nicole warf ihrem Mann einen verdrossenen, flehentlichen Blick zu, damit er sie von dieser Qual befreie. Felisín begriff und nahm ihr das Tuch aus den Händen.

»Laß, ich mach das schon«, bot er sich an.

Doch das erlaubte die Mutter nicht. Sie hielt Nicole schroff fest, damit sie die Küche nicht verlassen konnte, riß Felisín das Tuch weg und drückte es ihr wieder in die Hand.

»Kommt nicht in Frage. Ich will, daß Nicole mir hilft«, befahl sie. »Wir haben uns über unsere eigenen Angelegenheiten unterhalten, nicht wahr?«

Von der Schroffheit der Mutter angesteckt, gab die junge Französin als einzige Antwort Felisín das Tuch zurück. Unbeeindruckt reichte ihr die Mutter einen triefenden Teller, den Nicole apathisch zu Boden fallen ließ, wo er zersplitterte.

Die Mutter hob die Hand, um ihr eine saftige Ohrfeige zu verpassen, aber Felisín stellte sich zwischen die beiden. Nicole verließ die Küche und machte sich treppauf zu ihrem Zimmer davon. Außer sich, zog die Mutter über sie her.

»So eine Faulenzerin, nie hilft sie mir. Was ist denn das für eine Frau?« rief sie am Rand der Tränen. »Sie meint wohl, sie ist in einem Hotel.«

Felisín versuchte seine hysterisch zeternde Mutter zu besänftigen.

»Das Fräulein ist wohl was Besseres, oder was?«

»Na, na, Mama. Mach es nicht noch komplizierter. Ich erledige das schon.«

»Ich will nicht, daß du es machst. Ich will, daß sie es macht.«

»Versteh doch, Mama, sie hat sich noch nicht eingewöhnt, sie versteht die Sprache nicht, ihre Lebensweise ist anders.«

Die Brüder hatten ihr Fußballspiel unterbrochen und verfolgten den Streit.

»Du mußt berücksichtigen, daß ihre Familie von alters her reich ist«, erfand Felisín in letzter Verzweiflung. »In Frankreich ist alles anders. Simone de Beauvoir und all das, du weißt schon.«

»Du bist ein Pantoffelheld«, schrie ihn die Mutter an. »Ich hab doch gesehen, wie du sogar das Bett gemacht hast.«

»Ich liebe sie, Mama…, ich erlaube dir nicht…«

»Nein, nein, ich wußte ja, daß soviel Sex nicht gut sein kann. Diese Nutte hat dich völlig in der Hand, und sie ist eine Nutte, da gibt es keinen Zweifel. Wer weiß, wo du sie aufgegabelt hast.«

Die Mutter ließ ihn stehen und trippelte ins Wohnzimmer. Gereizt folgte ihr Felisín und brüllte:

»Du bist doch einfach eifersüchtig. Du meinst, du kannst Nicole behandeln, als wäre sie deine Tochter. Sie ist aber nicht deine Tochter. Ich erinnere dich daran, daß du keine Tochter gehabt hast. Sie ist meine Frau, ob es dir paßt oder nicht.«

»Eine solche Tochter hätte ich nie gehabt.«

Die Mutter begann zu weinen und ließ sich aufs Sofa fallen. Felisín nahm sich Zeit für einen tiefen Seufzer, bevor er neben ihr niederkniete. Er ergriff ihre Hand und versuchte ihren Kummer liebevoll zu lindern.

»Entschuldige, Mama. Es tut mir leid, das wollte ich nicht sagen. Es ist diese Hitze ...«

Die Mutter gab sich Mühe, die Tränen zurückzuhalten.

»Verzeihst du mir, Mama?«

»Geh, stell den Fernseher an.«

Felisín gehorchte. Er ließ seine Mutter im Sessel zurück und ging in sein Zimmer hinauf. Still klopfte er an und trat ein. Nicole lag bäuchlings auf dem Bett. Felisín legte sich neben sie und umarmte sie.

»Komm, weine nicht«, sagte er in unschlüssigem Französisch. »Du mußt meine Mutter verstehen, sie wollte immer eine Tochter. Für sie bist du ...«

»Verlassen wir dieses Haus«, unterbrach ihn Nicole mit brüchiger Stimme.

»Ja, ja«, pflichtete er entschlossen bei. »Wir werden bald gehen. Ich werde eine Arbeit suchen und ein Apartment für uns ganz allein mieten.«

Nicole drehte sich zu ihm um. Das Bett war noch nicht gemacht. Felisín verspürte den unwiderstehlichen Drang, Liebe zu machen. Spitzfindig stieß sie ihn weg.

»Nein, zu heiß.«

Der Großvater traf die noch immer deprimierte Mutter vor dem Fernseher an und überredete sie, einen Spaziergang zu machen: »Ich werde hierbleiben und auf das Haus aufpassen.« Sie ging und schlenderte durch das ihr noch unbekannte Viertel. Wohin man sah, Baustellen, Apartmenthäuser. Es wurde ihr bewußt, welches Privileg es für ihre Familie war, in einem so prächtigen Einfamilienhaus zu wohnen, wie es Großmutter Alma geerbt hatte, mitten in einem belebten Stadtviertel.

Sie wurde von Matías und Lucas begleitet. Der Kleine rannte hierhin und dahin, trampelte auf Ameisenhaufen herum und trat Steine vor sich her. Matías dagegen ging an der Hand der Mutter und starrte ins Leere.

»Das war ja ein toller Streit mit Nicole«, sagte er.

»Na, nicht so schlimm. Eine Diskussion ohne jede Bedeutung. Das kommt in jeder Familie vor.«

»Felisín ist schuld. Immer nimmt er sie gegen uns in Schutz.«

»Das ist normal, Matías, sie sind eben verliebt. Und sie ist seine Frau. Ein Ehemann muß seine Frau in Schutz nehmen.«

»Natürlich, deshalb nehme ich dich in Schutz.«

»Schon gut, schon gut, alles wird sich wieder einrenken«, besänftigte sie ihn.

Die Vorstellung, mit ihrem zwölfjährigen Sohn an der Hand durch die Straßen zu spazieren, beunruhigte sie. Außerhalb des Hauses fühlte sie sich hilflos. Ihr Reich befand sich in den vier Wänden ihres Heims, und es zu verlassen war schon fast eine Tollkühnheit.

Als Matías, wieder zu Hause, den Garten rechte, klingelte es. Es waren zwei wunderliche Männer mit leutseligem Lächeln. Der erste war ein hoch aufgeschossener blonder Jüngling mit ganz weißer Gesichtshaut, der zweite war dick, trug eine Brille und sah ungepflegt aus. Beide steckten im gleichen etwas schülerhaften marineblauen Maßanzug mit je einem Schildchen am Revers, auf dem ihr Name zu lesen war: John und Paul.

»Ist dain Vatschu zu Hause?«

»Das bin ich«, antwortete Matías.

Die beiden aus England stammenden Männer wechselten einen verständnislosen Blick. Wieder sprach der größere:

»Mit uem könnten uia spruechen? Uia bruingen die Botschaft Gottes.«

»Ah, dann ist es mein Großvater, den ihr sucht.«

Eilig benachrichtigte Matías den Großvater, der einen Augenblick später mit einem herzlichen Lächeln erschien, welches die beiden Männer nicht zu erwidern brauchten, da es ihrem Gesicht auf ewig eingeprägt war.

»Gruüß Gott, mein Herr, uoaschainlik kännen Sie uns nikt«, sagte John mit seinem die R zermalmenden Akzent. »Ik bin John, und eruist Paul. Uia bruingen eine Botschaft für Sie und Irue Fämille.«

»Lassen Sie hören.«

»Paul uill sprueken.«

»Ja – Sie sollten unsere Sprache nämlich schon etwas besser lernen.«

Der Dicke ergriff das Wort. Sein Akzent war womöglich noch schlimmer.

»Uas uia Ihnän seign mektn ...«

»Um Gottes willen, den versteht man ja noch weniger.« Eingeschüchtert schauten sich die beiden an, und der Großvater forderte sie auf: »Weiter, weiter. Wie lautet die Botschaft?«

»Well ... uia mektn ihnän seign, daß die Kiruchen das Uorut Gottes falsch intschupschetiuren. Sie akten Gott und Dschiises Chruistes geruing.«

Ohne es zweimal zu bedenken, verpaßte der Großvater Paul eine schallende Ohrfeige, so daß dessen Brille auf dem Boden landete.

»In meinem Haus dulde ich keine Kritik an Unserem Herrn«, stellte er fest, sobald der andere seine Brille aufgelesen hatte.

»Aber mein Herr, uia kruitisieruen nicht Gott. Uia

glauben sainen Uoruten felsenfest. Uia sind Zeugen Jehouas. Haben Sie schon von uns gihörut?«

»Ah, die berühmten Erzeuger Jehovas«, horchte der Großvater auf. »Ich habe schon viel von euch gehört, aber ich traue euch nicht über den Weg. Gott ist ein- und dreieiig, da könnt ihr noch lange reden.«

»Das bischtruaiten uia ficklik nikt.«

»Er selbst sagt es: ›Ich bin das Alpha und das Omega, der Anfang und das Ende.‹«

»Unserue Känntnis van Gottes Uorut ist tief und rues…, ruespektvoll.«

»Aber sagt mal, ihr gehört doch zu denen, die an das dumme Zeug von der Evolution glauben? Der Mensch kommt aus dem Lehm, ja oder nein?«

»Am Anfang von allem ist Gott.«

Zu mehr ließ ihnen der Großvater nicht Zeit. Er verschmolz mit ihnen in einer brüderlichen Umarmung und forderte sie auf einzutreten. Am Tisch auf der Veranda bot er ihnen Platz an und bewirtete sie mit einer Coca-Cola.

»Seit Jahren suche ich in dieser großen Trübsal nach jemandem, der die Bibel kennt«, erklärte er ihnen.

»Uia haben geruade eine uanderfülle illustruierute Vööschn von der Äpecälipsis heruausgibruacht. Änd sehr billik.«

»Die Apokalypse? Das ist mein Lieblingsbuch. Und auch das Gottes, habt ihr das gewußt? Denn Er hat es mir selbst gesagt…«

»Uia glauben nikt an Eruschainungen.«

»Ach nein? Dann fragt nur, fragt mich alles, was ihr über ihn wissen wollt.«

Im Wohnzimmer fand die Projektion von *Brief einer Unbekannten* statt. Das Melodram brachte die Tränendrüsen des guten Alberto Alegre zum Überlaufen. Die andern ließen sich nicht von der Sentimentalität übermannen. Felisín war geradezu geistesabwesend. Alberto hatte ihm eine Stelle als Urlaubsvertretung eines festangestellten Kritikers verschafft, und jetzt verzehrte er sich danach, es Nicole zu erzählen, sobald sie vom Einkaufen zurückkäme. Und das war erst der Anfang der Glückssträhne, da war er sicher.

In der jüngsten Behandlungssitzung hatte Dr. Tristán Basilio vor einem Spiegel plaziert und ließ ihn fast fünf Minuten in vollkommenem Schweigen vor seinem Bild schmoren. Dann begann er ihm Fragen zu stellen, erlaubte ihm aber nicht, den Blick vom Spiegel abzuwenden. Was würdest du für jemand empfinden, der so aussieht? Widerwillen. Glaubst du, er ist verantwortlich für sein Gesicht? Ja. Wenn er versuchen würde, sich dir zu nähern, was würdest du tun? Davonrennen. Würdest du jemandem mit diesem Aussehen trauen? Nein.

Was Dr. Tristán seinem Patienten einzuprägen versuchte, war, daß die soziale Abweisung, unter der er litt, nichts Außergewöhnliches war und nicht auf einem Haß gegen seine Person beruhte, sondern auf dem Widerwillen von außen. Auf diese Art wollte er ihm beweisen, daß man, wenn man an sich selbst arbeitete, eine gute Beziehung zu den andern herstellen konnte. Das Schlüsselwort lautete Selbstwertgefühl. Lernte sich Basilio einigermaßen selbst schätzen, so wäre er auch in der Lage, dieses Vertrauen auf die andern Menschen zu übertragen.

»Die Gesellschaft weist eher einen häßlichen Menschen ab als einen Idioten, aber mit seinen Taten kann der Häßliche soziale Zuneigung gewinnen, während der Idiot sie nur verlieren kann«, sagte der Arzt.

»Ja, ja, Doktor, aber in Ihrem Buch sprechen Sie von

einer radikalen Methode, um dieser Situation ein Ende zu setzen. Das ist es, was ich möchte.«

»Wenn man stolpert, dann nicht, weil man schlecht, sondern weil man zu schnell geht«, sagte der Arzt bestimmt. »Hab Vertrauen zu mir.«

Aber genau das war der springende Punkt: daß Basilio es eilig hatte. Er war die Erniedrigungen leid. Vor einigen Tagen hatte er beschlossen, nicht mehr auf die Hochschule zu gehen. Er hatte sich dort immatrikuliert, weil er versuchen wollte, im Septemberexamen in irgendeinem Physikfach die Prüfung zu bestehen, aber seine Dozentin hatte alles darangesetzt, ihm das Leben schwerzumachen. In den Vorlesungsstunden flüchtete er sich in ein Kino oder eine Bibliothek, obwohl er an keinem der beiden Orte willkommen war.

Bevor man überhaupt etwas schrieb, mußte man das Ende der Geschichte kennen. Das wenigstens hatte Gaspar in einem Interview mit einem russischen Schriftsteller gelesen. Sein Roman würde mit einem Kuß enden, bei dem sich der Bursche und das Mädchen geständen, daß sie sich liebten, seit sie sich zum ersten Mal gesehen hatten. Genauso, wie es an diesem Nachmittag zwischen Violeta und ihm sein würde.

Je näher der Autobus der Haltestelle auf der Plaza de Algete kam, desto nervöser wurde er. Wie in einer Schachpartie hatte er sich die kleinste seiner Bewegungen zurechtgelegt und sogar die genaue Zeit einkalkuliert, die Violeta brauchte, um mit ihren Figuren die Verteidigung zu eröffnen, beide mit ihrer kleinen Kontrolluhr, die schon zwei Jahre nachging. Zwei Jahre seit dem Tag, da er in ihre Kneipe gegangen war und sie nichts für seine Zeche verlangt hatte.

Für Violeta war es reiner Zufall, daß sie an diesem

Nachmittag Gaspar traf. Sie war eben mit einem Kasten Bier aus dem Lokal gekommen, als sie sich auf der Straße begegneten. Er schien geistesabwesend und sah sie nicht, bis sie ihn ansprach.

»Gaspar, Hallo!«

»Hallo, Violeta…, äh…, ich bin gekommen, um meine alten Freunde zu besuchen«, erklärte er, noch bevor er gefragt wurde.

»Ah, super. Wie ist denn das neue Haus?«

»Phänomenal. Ein klasse Haus, du kannst es jederzeit anschauen kommen…«

»Sag mal«, fragte sie, »hast du's sehr eilig?«

»Nein, nein, nein. Keine Spur. Ich habe den ganzen Nachmittag…«

»Könntest du mir einen Gefallen tun? Würde es dir etwas ausmachen, diesen Kasten auf die Baustelle neben dem Burger zu bringen? Er ist schon bezahlt.«

»Nein, natürlich nicht«, sagte er enttäuscht.

Eine Minute und einen kurzen Abschied später sah er Violeta nach einem »Gott sei Dank, ich war nämlich schon spät dran« davongehen. Er trug den Kasten mit den Bierfläschchen zu einer nahe gelegenen Baustelle. Wie hatte ihm das nur passieren können? Er hatte das Gefühl, der unglücklichste Mensch auf der Welt zu sein.

Anschließend suchte er die Buchhandlung auf, in die er all die Jahre immer gegangen war. Der alte Buchhändler begrüßte ihn vertraulich und schenkte ihm eine gebrauchte Ausgabe von DIE KARTAUSE VON PARMA. Er kaufte zwei Romane von Wodehouse und ließ den LEHRGANG DER EUROPÄISCHEN LITERATUR und DADA AUS DEM KOFFER mitgehen. Dann lungerte er auf der Straße vor der Kneipe herum, in der Hoffnung, Violeta würde sich noch einmal zeigen. Einmal mehr war sie ihm entglitten. Einmal mehr befand sich die Wirklichkeit nicht auf der Höhe seiner Romane. Er war mit dem festen Vorsatz gekommen, Violetas Herz zu erobern, und das einzige, was er bekommen hatte, waren hundert Peseten Trinkgeld von einem der Arbeiter, als er den Kasten Bier abgegeben hatte.

Es wurde langsam spät, und Gaspar, der entschlossen war, sein ganzes Leben hier auszuharren, um Violeta noch einmal zu sehen, merkte, daß er gehen mußte. Er rannte zum Bus und setzte sich in die hinterste Reihe. Als der Bus abfuhr, lehnte Gaspar den Kopf an die Scheibe und machte in der Ferne Violeta aus, die die Straße hinunterging. Kein Zweifel, sie war es. Ihre Lokken und die langen Beine unter dem schwarzen Röckchen. Sie küßte einen Kerl, der deutlich älter war als sie, mit dunklen langen Haaren und sonnengebräuntem Gesicht, abgewetzten Jeans und grauem Hemd. Er sah sie davonschlendern, sie den Arm um seine Hüfte, er den seinen um ihre Schulter gelegt. Bei jedem Schritt küßten sie sich, und ihr Rocksaum tanzte dazu. Gaspar ließ sich vom Bus davontragen.

Am liebsten hätte er geweint, aber er konnte nicht. Er war zu nervös. Im Stadtzentrum von Madrid stieg er aus und ging zwischen den Leuten vor sich hin, so einsam wie noch nie. Er hatte seiner Mutter versprochen, die Großmutter zu besuchen, aber er mochte niemanden sehen. Er wollte sterben. Er haßte die Welt. Aber er liebte Violeta. Trotz ihres Verrats, trotz des endgültigen Lebewohls würde er sie nie vergessen können.

Als wäre jede Stufe ein Hammerschlag auf seine Knie, stieg er mühsam die Treppe hinauf, einen Tritt nach dem andern, wo er doch sonst immer drei auf einmal nahm. Vor der Tür begrüßte ihn das Relief ›Gott behüte dieses Haus‹ mit einer Ironie, die ihm entging. Er klingelte und mußte einen Moment warten. Am besten würde er gleich wieder umkehren, er hatte hier nichts verloren. Er bezweifelte sogar, daß ihn der Schmerz überhaupt würde sprechen lassen.

Sara öffnete die Tür. Langsam hob der geknickte Gaspar den Kopf. Die Niederlage, das Ende mit Violeta lastete ihm bleiern im Nacken. Das junge Mädchen schaute ihn neugierig an, sie kannten sich noch nicht.

»Ich bin Gaspar«, würgte er heraus.

»Ich bin Sara, komm rein. Du willst deine Großmutter besuchen, nicht wahr?«

Er nickte vage, obwohl er die Frage gar nicht gehört hatte. Saras Gesicht – woher kam dieses Mädchen bloß? – blieb vor ihm stehen wie eine Vision, und in diesem Augenblick gab es nichts anderes mehr auf der Welt.

›Mein Gott‹, dachte er, ›sie ist wunderschön.‹

Zweiter Teil

Jemand, der sich andauernd bitterlich darüber beklagt, daß er sein Kreuz auf sich zu nehmen hat (Gatte, Gattin, Vater, Mutter, Großvater, Großmutter, Onkel, Tante, Bruder, Schwester, Sohn, Tochter, Stiefvater, Stiefmutter, Stiefsohn, Stieftochter, Schwiegervater, Schwiegermutter, Schwiegersohn, Schwiegertochter), ist zugleich das Kreuz des andern, der sich darüber bitter beklagt, daß er andauernd das Kreuz zu tragen hat (Schwiegertochter, Schwiegersohn, Schwiegermutter, Schwiegervater, Stieftochter, Stiefsohn, Stiefmutter, Stiefvater, Tochter, Sohn, Schwester, Bruder, Tante, Onkel, Großmutter, Großvater, Mutter, Vater, Gattin, Gatte), das ihm in diesem Leben aufgebürdet worden ist, und so ein jeder nach seinen Fähigkeiten und einem jeden nach seinen Bedürfnissen.

Augusto Monterroso,
DAS ZUSAMMENLEBEN

Acht

Darf sich der vierzehnjährige Junge in eine ältere Frau verlieben?
Er darf nicht nur, er soll.

Gaspar Belitre,
DAS LEBEN MIT VIERZEHN, Kap. 3

Ich lernte Sara einige Zeit, nachdem sie Gaspar Belitre die Tür geöffnet hatte, kennen und verliebte mich, glaube ich, auf der Stelle in sie. Ich könnte nicht erklären, warum. Wer will so was wissen. Manchmal kommt das vor, wenn einen die Augen eines Menschen nicht nur anschauen, sondern aufsaugen und in einen Tunnel hineinziehen, wo man sich nur noch an den Schwindel klammern kann. Was zwischen ihr und mir geschah – nun, das ist eine andere Geschichte, die zu erzählen hier nicht der Ort ist.

Als Gaspar an diesem Abend das Haus seiner Großmutter verließ, war Violeta wie von einem Windstoß aus seinem Kopf geweht, und in seinen Gedanken gab es kein anderes Gesicht, keine andere Frau mehr als Sara. Auch noch Jahre später war er so und konnte sich mit derselben kindlichen Leichtigkeit verlieben und wieder entlieben. Am nächsten Morgen setzte er sich vor die Schreibmaschine, gab sich romanhafter Lyrik hin und legte wissenschaftliche Erkenntnisse über Vierzehnjährige dar. Darf sich der vierzehnjährige Junge in eine ältere Frau verlieben? schrieb er in seinem persönlichen Stil. Dann erklärte er über ein paar Seiten hinweg, daß sich ein junger Mensch in seinem Erwachen zum Leben an der Seite eines Erwachsenen üben muß, an der Seite einer Person, die ›seinen Schritten im Wald der Unwissenheit Orientierung gibt‹. Nachdem er diese Apologie der Liebe zwischen verschiedenen Altern hinter sich gebracht hatte, fühlte er sich mit sich und der Welt im Einklang.

Aber soviel älter war Sara gar nicht. Sie war zweiundzwanzig, sah wie ein junges Mädchen aus und vermittelte überhaupt kein Bild der Reife. Sie hatte blaue, fast durchsichtige Augen und blonde, ins Hellbraun spielende Haare. Auf ihrem blassen Teint bildeten die Lippen eine willkommene rosa Zäsur. Ganz offensichtlich besessen, war der vierzehnjährige Essayist nur bestrebt, seine eigene Erfahrung in Allgemeingültigkeit umzumünzen. Denn mit ihren kräftigen Beinen und ihrer immer nachlässigen, männlichen Kleidung war Sara nicht so weit von einer Jugendlichen entfernt. Sie fuhr mit ihrer 125er-Honda und einem halbkugelförmigen Helm durch die Gegend, der ihr hübsches Kinn frei ließ.

»Und dieser Helm?« hatte die Großmutter sie gefragt. »Du wirst doch nicht etwa motorradfahren? Laß dir gesagt sein, daß ich es satt habe, daß meine Pflegerinnen vor mir das Zeitliche segnen.«

»Keine Sorge, ich werde auf Sie warten«, entgegnete Sara, die sich schnell an den ironischen Umgang mit der Großmutter gewöhnte.

Inzwischen waren die Dinge im Schoß der Familie Belitre keineswegs wieder ins rechte Gleis gekommen.

Der kleine Lucas hatte Frankreich, also Nicole, der Fischmörderin, wie er sie nannte, den Krieg erklärt. Schon am Vormittag, wenn sie in den Garten ging, um sich zu sonnen, verfolgte er sie mit seiner höhnischen Leier. Wenn sie ihn ignorierte, paradierte er an ihr vorbei und sang dazu die Marseillaise. Jeden Satz, den sie bei Tisch oder im Gespräch mit Felisín fallenließ, wiederholte er spöttisch. Nicole hatte nie sehr viel gesprochen, aber diese dauernde Quälerei ließ sie schließlich fast ganz verstummen. Jedesmal wenn sie den Mund aufmachte, wo immer sie sich befand, wiederholte Lucas ihre Worte. Manchmal hörte man über mehrere dazwischenliegende Stockwerke hinweg sein Geschrei, mit dem er immer wieder die Fischmeuchlerin verspottete. Er hatte sich Rache geschworen und mobilisierte im Krieg gegen die Schwägerin seine ganze Artillerie.

Außerdem beobachtete er seit einigen Tagen das seltsame Verhalten seiner Goldfische, die an der Oberfläche des Aquariums dahintrieben, ohne einzutauchen, und nicht das geringste Interesse an den Foie-gras-Häppchen zeigten, die er ihnen offerierte.

»Ihr haßt die Französin auch, nicht wahr?« fragte er sie. »Wir werden ihr nie verzeihen, daß sie Thor umgebracht hat.«

Felisín intervenierte bei seinen Eltern, damit sein kleiner Bruder zum Schweigen gebracht würde, aber längst hörte die Familie den Wortschwall nicht mehr, den der Schwätzer Lucas seit seiner zartesten Kindheit ununterbrochen von sich gab. Jetzt folgte jedem von Nicole schüchtern geflüsterten *»passe-moi je pain«* schon routinehaft Lucas' aufreizendes »pass mua lö peng«.

Nicole sah keine andere Lösung, als vermehrt aus dem Haus zu gehen. Nun verbrachte sie noch weniger Zeit bei der Familie und schlenderte dafür durch die Stadt oder machte Einkäufe. Felisín schickte der Zeitung seine Filmkritiken, und wenn er sie gedruckt sah, schöpfte er Hoffnung, eines Tages doch noch das Elternhaus verlassen zu können. Eine Hoffnung, die sich in Filzschreiberkreisen um unerschwingliche Mietangebote auflöste, welche *Der Wohnungsmarkt* publizierte.

Nacho und ich trafen uns in der Bodega, wo wir jeweils das erste Bier des Abends tranken. Seit Tagen versuchte ich ihn zu überreden, in unserer Band mitzuspielen.

»Wir haben die Schnauze voll von unserem Gitarristen.«

»Ich mag nicht in einer Band spielen. Außerdem kann ich nach dieser Nacht in aller Ruhe sterben. Ich werde mir den Traum meines Lebens erfüllen.«

»Was ist ...«

»Erinnerst du dich noch an Aurora?«

Es überraschte mich, daß er sie erwähnte. Ich dachte, seine Beziehung mit ihr habe kaum zwei Nächte überdauert. Schon früher war Nacho mit älteren Frauen gegangen, aber immer auf seine übliche unstete Art. Selbst für seine Freunde glich er am ehesten einem Stück Seife.

»Neulich hat sie mich gefragt, was mein sexueller Traum sei. Sie sagte, wenn ich ihren erfülle, würde sie auch meinen erfüllen.«

»Und was war ihrer?«

»Ist ja wurscht. Jedenfalls hab ich ihr erzählt, meiner sei es, es mit zwei Weibern gleichzeitig zu treiben, und sie hat schon eine Freundin dafür organisiert.«

»Aber dann hast du ja auch ihren Traum erfüllt. Was war's denn?« drängte ich.

»So 'ne Nervensäge, verdammt. Ich mag in keiner Band mitspielen, ich hab's dir doch schon gesagt.«

John und Paul, die beiden Zeugen Jehovas, kannten die Welt kaum. Gleich nach ihrer Geburt mitten in Bristol vor der Tür eines Children's Home ausgesetzt, waren sie schon als Kinder in die von Ch. T. Russell über hundert Jahre zuvor gegründete Gemeinschaft eingetreten. Von da an waren sie einer strikten Disziplin unterworfen, die die Geringschätzung der Fahne, der Geburtstage oder des Weihnachtsfests ebenso einschloß wie das Verbot, zu rauchen, einen Bart zu tragen, fernzusehen oder Schach zu spielen. Diese strengen Sitten waren das einzige Leben, das sie kannten, und jetzt, mit dreißig, war ihre Hingabe an Gott absolut. Man konnte sagen, daß Großvater Abelardo außerhalb der Gemeinschaft Jehovas in der Stadt ihr einziger Freund war. Deshalb schien ihnen die Gewohnheit keineswegs verwerflich, ihn fast jeden Nachmittag zu besuchen und sich mit ihm über Theologie zu unterhalten.

Der Großvater fand in ihnen vier hingebungsvolle Ohren, in die er seine Mystik stopfen konnte. Früher hatte er in frommen Gruppen verkehrt, mit denen er zelten gegangen war, und sich sogar seinen Traum, nach Fátima zu reisen, erfüllt. Nach einem Versuch christlichen Zusammenlebens in der Nähe von Badajoz untersagte ihm die Familie solche Zusammenkünfte. Er war von Wanzen befallen zurückgekommen, seinen einzigen Gefährten in der Betzelle, die sich so rasend vermehrten, daß man die ganze Wohnung der Großmutter desinfizieren mußte.

Seit einigen Tagen sprachen John und Paul mit dem Großvater über ein Ereignis, das die religiösen Strukturen des Landes aus dem Lot brachte. Eine Frau behauptete, jeden ersten Samstag im Monat auf einer Wiese in El Escorial neben einer alten Eiche die Heilige Jungfrau zu sehen. In Autobussen kamen Gläubige aus allen Ecken des Landes, um Zeugen zu sein, wie die Frau, auf dem Boden kniend, mit ihren Gebeten die pünktlich erscheinende Jungfrau empfing.

»Wir sollten uns persönlich an den Ort des Geschehens begeben«, ermunterte sie der Großvater, »und die Hand in die Wunde legen wie der heilige Thomas.«

»Uia könnten am näksten Uokenände gehen«, schlug John vor.

Die Mutter hatte ihnen ein paar Sandwiches gemacht und eine Thermosflasche mit Fleischbrühe gefüllt, damit sie eine warme Mahlzeit hätten. Am Mittag setzte sie der Zug im Bahnhof von El Escorial ab, und dank ihrer Reisegefährten und der Stimmung in der Stadt fanden sie mühelos die etwas außerhalb liegende Wiese, wo die Erscheinungen stattfanden. Der Verkehr war zum Erliegen gekommen und das ganze Gebiet mit Bussen und Autos von Neugierigen und Gläubigen verstellt. John und Paul trugen ihren üblichen Anzug, allerdings ohne die Namensschildchen. Sie hatten nicht vergessen, wie ihnen einmal nach einer Demonstration gegen die Abtreibung eine Gruppe junger Christen Fußtritte gegeben hatte. Die Beziehungen zwischen den Zeugen Jehovas und ihren Glaubensgenossen waren nicht sehr ersprießlich, und man durfte das Schicksal nicht herausfordern.

Der Großvater hatte sich eine Cordmütze aufgesetzt, trug ein kariertes Hemd und schwang wie immer seinen Stock. Er glich eher einem exzentrischen Engländer als einem autochthonen Gläubigen auf der Suche nach dem Kontakt zu Gott. Nach langem Drängen brachte er John und Paul endlich dazu, Jacke und Krawatte auszuziehen und die Hemdsärmel hochzukrempeln.

Auf einmal senkten die Heiligenbild-, Rosenkranz-, Reliquien- und Papst-Kassetten-Verkäufer ihre Krämerstimme, und augenblicklich herrschte vollkommene Stille. Die von der Quelle mit verseuchtem Wasser tranken, das sie für wundertätig hielten, hörten auf zu schlucken. Der Großvater und seine wunderlichen Gefährten gewannen Terrain, bis sie die Protagonistin der Visionen im Blickfeld hatten. Die Frau kniete im Gras und betete, und dank eines Mikrofons, das ihr Mann hielt, und eines Systems professionell in den Bäumen verteilter Lautsprecher war ihr Gebet bis in die hinterste Ecke der Wiese zu hören. Mit unleugbarer Pünktlichkeit unterbrach die Frau ihr drittes Ave Maria, streckte die Arme aus und rief mit kehliger Stimme immer wieder. »Jungfrau Maria, meine Heilige Jungfrau, danke, daß du gekommen bist.« Ergriffenheit durchschauerte die Stille aller Versammelten. Sie hoben die Köpfe. Zwar konnten sie nichts sehen, aber durch ihre Gebärden war die Glaubensgemeinschaft vollkommen, und sie erlebten die Vision dieser guten Frau wie ihre eigene.

Skeptisch beobachtete Großvater Abelardo die Leute um sich herum. In diesem Augenblick war Gott vor ihm erschienen, und sie unterhielten sich.

»Herr, was bedeutet das alles?« fragte der Großvater. »Ich sehe die Heilige Jungfrau nirgends.«

»Laß sie, Abelardo, du und ich, wir wissen, daß sie nichts Böses tun«, antwortete Gott. »Es ist, als hörten die Leute auf zu rauchen, weil sie befürchten, sich den Mund zu verbrennen. Das ist falsch, aber auf die Dauer vermeiden sie noch schlimmere Übel. Die Lüge kann so gut sein wie die Wahrheit, wenn sie mit Güte angewandt wird.«

Doch der Großvater konnte nicht glauben, was er nicht sah, und protestierte brummelnd weiter. Eine Alte versuchte ihn mit einem »Pscht!« zum Schweigen zu bringen.

»Dieser Hexensabbat macht mich ganz konfus.«

»Abelardo, beurteile den Inhalt nicht nach der Form. Denk an die Schönheit der Leere. Selbst wenn nur ein einziger der hier versammelten Menschen das, was er empfindet, dazu gebrauchen würde, in diesem Leben das Gute zu schaffen, würde sich dieses ganze Schauspiel schon lohnen, welches dir dantesk vorkommt.« Mit seinem ungeheuren dialektischen Geschick vermochte ihn Gott zu besänftigen.

Jetzt gab die Frau, das Mikrofon in den Händen, den versammelten Gläubigen die Worte weiter, die die Heilige Jungfrau an sie richtete. »Was willst du von uns, Heilige Jungfrau? Daß wir für den Frieden auf der ganzen Welt beten? Das werden wir tun. Und was sollen wir dir beten, Unsere Liebe Frau? Ein Ave Maria?« Und sie hub an zu beten, und alle, die hinter ihr standen, taten es ihr wie ein Mann gleich. Großvater Abelardo konnte sich nicht mehr beherrschen und stürmte wütend auf sie zu.

»Man gebiete dieser Komödie Einhalt!« rief er, aber die Leute waren an Saboteure bei diesen Veranstaltungen schon gewöhnt.

Die Aufseher, die die Visionärin schützten, traten hinzu. Großvater Abelardo flehte alle Anwesenden an:

»Wie kann Unsere Liebe Frau bitten, wir sollen ihr ein Ave Maria beten? Merkt ihr denn nichts? Das ist menschliche Egozentrik. Es ist, als ob sie sagte. ›Ich bin gesegnet unter allen Frauen, ich bin die Beste‹, das ist unmöglich. Eitelkeit ist eine Todsünde. Diese Komödiantin beleidigt die Jungfrau Maria …«

Diejenigen, die direkt bei ihm standen, beschimpften ihn und versuchten ihn zum Schweigen zu bringen. Eine Frau gab ihm Püffe, so daß er beinahe gestürzt wäre. Wütend hob er seinen Stock. Die andern Gläubigen übertönten mit ihrem Sprechgesang des ›Unsereslebenswonneunserehoffnung‹ den Tumult. John und Paul versuchten sich zwischen die Menge und Großvater Abelardo zu stellen. Jemand rief: »Es sind Mormonen! Auf sie!«

Die Leute wollten sich auf sie stürzen, aber die Aufseher waren rechtzeitig zur Stelle, um sie am Arm zu nehmen und von der Wiese zu führen. Wütend riefen die aufgebrachten Gläubigen: »Raus, raus, raus« und »Christus, Christus, Christus«. Eine Frau verletzte Paul mit dem schneidenden Peitschenhieb ihres Rosenkranzes an der Wange. Einige spuckten ihnen ins Gesicht, und in einem Schwächeanfall kniete der Großvater nieder und flehte zum Himmel empor: »Herr, ich ertrage diese Strafe nur, um die Wahrheit zu verteidigen.« Die Aufseher hoben ihn hoch und trugen ihn aus diesem Dickicht von Gläubigen weg, die ihrer christlichen Empörung mit Beschimpfungen und Spucke Ausdruck verliehen.

»Das Vernünftigste ist wohl, Sie gehen«, riet ihnen der Gefreite der Guardia Civil.

»Wir werden gehen«, lenkte der Großvater ein. »Aber Sie sollen alle wissen, daß Gott mit uns kommt.«

Als Abelardo, John und Paul den Ort verließen, wurden die Gebete lauter. Noch auf dem Bahnhof, während sie auf den nächsten Zug warteten, konnten sie die frommen Lobgesänge vernehmen. Mit vibrierender Stimme und nur von Bandurria und Tamburin begleitet, intonierten die exaltierten Mädchen einer Klosterschule aus Abertura, einem kleinen Dorf der Estremadura, die erste Strophe eines schönen Liedes, das der Großvater auswendig wußte:

> Maria ist diese Frau,
> Die der Herr schon immer für sich vorbereitet hat,
> Um geboren zu werden wie eine Blume
> Im Garten, die Gott Liebe einflößte.

Gaspar wurde von seiner Mutter mit einem liebevollen Kuß auf die Wange belohnt, als er ankündigte, er gehe die kranke Großmutter besuchen. Und so brach er dorthin auf mit der edlen Bestimmung, dem kranken Menschen in traurigen Stunden Gesellschaft zu leisten, und in der niederträchtigen Absicht, Sara in Erwartung süßer Stunden nahe zu sein. Er klingelte, und mit einer grazilen Begrüßung bat sie ihn herein. In ihrem Sporthemd und der weiten weißen Leinenhose sah sie reizend aus. Sie fuhr ihm durchs Haar, während er ihr erklärte, er sei der einzige der Brüder, der die Großmutter regelmäßig besuche.

»Meine Brüder mögen sie nicht«, sagte er mit theatralischer Miene. »Ich dagegen besuche sie sehr, sehr gern. Jetzt, in den Ferien, macht es mir nichts aus, fast jeden Tag zu kommen.«

»Schau an, du bist ja ein vorbildlicher Enkel«, lobte ihn Sara. »Hoffentlich hab ich auch jemand wie dich, wenn ich einmal alt bin.«

»Da kannst du sicher sein.« Gaspar errötete.

»Wirst du lange bleiben?«

»Nun, einige Stunden.« Er war inspiriert. »Mit ihr vergeht mir die Zeit nämlich wie im Flug. Da kann es sogar Nacht werden.«

»Ach ja?« Sara war angenehm überrascht. »Könntest du mir einen Gefallen tun?«

»Aber natürlich.«

»Könntest du bei ihr bleiben, bis ich zurück bin? Es wird nicht lange dauern.« Sara schaute ihm in die Augen und wartete auf eine Antwort.

»Nun …« Gaspar versuchte nachzudenken. »Nun ja, natürlich, ich weiß nicht …«

»Mein Freund ist nämlich krank, und ich möchte ihn besuchen.«

»Oh, du hast einen Freund?« fragte Gaspar scheinbar gleichgültig.

»Ja, Julio. Und du? Gibt es da auch ein Mädchen?«

»Wie?« sagte er erstaunt. »Nein, nein ... Das heißt, ich bin mit einer gegangen, aber na ja, du weißt schon ... Sie bekam genug von mir.«

»Ach, ich bin sicher, das wird ihr leid tun.«

Gaspar genügte diese Schmeichelei, um über den Nachmittag zu kommen. Daß Sara einen Freund hatte, war schließlich nicht so außergewöhnlich. ›Solche Mädchen laufen nicht allein in der Welt herum‹, dachte er. Außerdem hatte sie gesagt, er sei krank. Das ließ ihn hoffen. Womöglich hatte dieses Schwein von Julio eine unheilbare Krankheit und krepierte daran. ›Hoffentlich‹, dachte er. ›Manchmal führt ein harmloser Schnupfen zu Komplikationen und dann zum Tod.‹

Lustlos trat er ins Zimmer der Großmutter.

»Du schon wieder? Hast du alle Bücher gelesen, die ich dir ausgeliehen habe? Keine Sorge, bevor du mit der Bibliothek zu Ende bist, werden meine Tage zu Ende sein.«

An diesem Nachmittag war die Großmutter, erfreut über Gaspars Besuch, liebevoller zu ihm als sonst. Sie sagte, sie habe schon immer gewußt, daß er ein intelligenter Enkel sei und daß man dem Glanz seiner Augen ansehe, daß er einmal ein guter Schriftsteller würde.

»Weißt du, wer diesen Blick hatte? Dorothy Parker.«

Gaspar mußte gestehen, daß er niemand dieses Namens kannte. Die Großmutter war empört. Sie hieß ihn den Wandschrank öffnen und aus der untersten Schublade einige Umschläge voller Fotos ziehen. Eins nach dem andern zeigte sie ihm die unzähligen Bilder, auf denen sie neben einer schrecklichen alten Frau zu sehen war, die einen Dutt hatte und in abscheulichen Kleidern steckte.

»Dieses Foto wurde in Valencia aufgenommen. Ein

wunderhübscher Bursche, der damals mein Freund war. Hier habe ich irgendwo ein meisterhaftes Buch, das er über seine Reise schrieb und in dem er unablässig von mir spricht. Liest du englisch?«

Gaspar schüttelte den Kopf.

»Nachher sagst du Sara, sie soll in der Rumpelkammer suchen. Dort muß noch eine alte Schreibmaschine stehen, die Hemingway benutzte.«

»Eine Smith-Corona?«

»Ja, eine tragbare, und auf der einen Seite sind seine Initialen eingraviert: E. H.«

»Großvater hat sie mir zum letzten Geburtstag geschenkt.«

»Was?«

»Er sagte, sie habe einem Freund von ihm gehört.«

»Ja, José María Pemán – dieser Mistkerl, wie er sich seine Enkel kauft ... Der ichsüchtige Bastard vertrödelt sein Leben damit, Gedichte für meine Beerdigung zu schreiben, aber ich habe vor, nach ihm zu sterben und auf seiner Beerdigung eine Jota zu tanzen.«

»Sie hat also Hemingway gehört ...«

»Der war ein Idiot, aber, mein Junge, wie es in der Kunst so ist, auf diesen Tasten schrieb er *Die Hauptstadt der Welt*, eine der genialsten Erzählungen der modernen Literatur. Hast du sie gelesen?«

Gaspar wollte schon lügen, verneinte dann aber etwas beschämt.

»Aber was zum Teufel läßt man euch denn in der Schule lesen?«

Gaspar verließ das Haus der Großmutter nach Saras Rückkehr. Ein letztes Mal schaute er sie an, bevor er in die warme Nacht hinaustrat. Er war wirklich verliebt in sie. Er hatte der Großmutter versprochen, ihre alten Bücher zu holen, und obwohl er es sich nicht eingestehen wollte, würde das sein Alibi sein, um Sara oft sehen zu können. Er konnte nicht umhin, diesen Julio zu hassen. Wenn er nur schon daran dachte, daß ein anderer die zarte Sara berührte ... Aus tiefster Seele wünschte er sich das Verschwinden dieses hundsföttischen Schönlings, denn sicher war er auch noch hübsch; er wünschte sich, daß er in eine Schlucht hinunterstürzte oder von einem Auto überfahren würde. Oder irgendein unheilbares Fieber, warum nicht? Er haßte diesen Unbekannten, der das Privileg hatte, Sara das Haar aus dem Gesicht zu streichen, wenn sie sich bückte, und das Vergnügen, von diesen ewigen Augen angeschaut zu werden.

Nachts im Bett träumte er von ihr. Sie lebten zusammen in einem Landhaus, er mit Schreiben und Angeln beschäftigt, wie Hemingway. Sie las ergriffen die schreibmaschinengeschriebenen Seiten seines neuen Buches, während er mit dem Gehabe eines Schriftstellers, dessen Ruf gefestigt ist, an einer Tabakspfeife knabberte. Er lächelte im Traum und kostete die nächtliche Vision von Sara aus, die nach beendeter Lektüre vom Sofa aufstand, zu ihm trat und ihn mit einem langen, warmen Kuß auf die Lippen belohnte.

Neun

> Liebe: Die Torheit, viel von einem anderen zu halten, ehe man sich selbst im mindesten kennt.
>
> *Ambrose Bierce,*
> *Aus DEM WÖRTERBUCH DES TEUFELS*

Der Kinosaal, halbleer in der ersten Vormittagsvorstellung, war noch frostiger als das Lächeln der Kartenverkäuferin. Im Sommer fror Basilio in allen Kinos jämmerlich, so daß er sich auf seine Hände setzte, um die Wirkung der Klimaanlage abzuschwächen. Dem Film schenkte er keine große Beachtung – auf diese Art verbrachte er täglich seine beiden Vorlesungsstunden an der Hochschule. Nach dem glücklichen Ausgang des Streifens trat er auf die Straße hinaus, um sein unglückliches Leben weiterzuleben.

Neben dem leichenhaften Kinoplakat mühte sich eine junge Frau damit ab, einen großen, mindestens zwei Meter langen Spiegel richtig einzupacken. Basilio sah, wie sie anschließend versuchte, ihn allein die Straße entlangzuschleppen. Als sie sich zu ihm umwandte, schaute er weg, wie es seine Gewohnheit war. Aber sie sprach ihn an:

»He du, sorry, kannst du mir helfen? Es ist nur ein kleines Stück.«

»Natürlich.«

Er nahm das eine Ende des Spiegels, sie das andere. Sie ging voran, wandte sich aber ständig um und versuchte, die Verpackung des Spiegels, die sich dauernd löste, wieder in Ordnung zu bringen.

»Ich dachte, ich kann ihn allein tragen, aber das verflixte Ding ist so schwer…«

»Ja, er ist wirklich schwer…«

Etwas erschrocken ging ihr auf, daß sie Basilio überrumpelt hatte, und sie begann sich in Entschuldigungen und Dankesworten zu ergehen.

»Au weia, 'tschuldigung, ich hab dich entführt, ohne dich darum zu bitten, wie es sich gehört, wir sind gleich da…, du mußt wirklich entschuldigen, aber ich…«

»Nein, nein, schon gut.«

Ganz automatisch hatte er einen diskreten Blick auf ihre munteren Beine unter dem kurzen Leinenkleid geworfen. ›Fehlt nur der Schläger, und sie ist eine Tennisspielerin‹, dachte er. Ihre Haare waren ungekämmt und das Gesicht ungeschminkt, aber in ihren alles andere als vollkommenen oder regelmäßigen Zügen verbarg sich ein gewisser Liebreiz. Basilio sprach wenig und nur, um die Anstrengung herunterzuspielen und dadurch die Entschuldigungen des Mädchens abzuschwächen. Sie betraten ein Mehrfamilienhaus und schleppten den Spiegel zu einer Wohnung im zweiten Stock hinauf. Sie schloß auf und sagte:

»Ich wohne noch nicht lange hier – ich habe mich eben erst getrennt…«

Basilio schaute zu, wie sie den Spiegel an eine Wand lehnte und mit einem geschickten Ruck das Papier wegriß. ›So jung und schon verheiratet gewesen‹, dachte er, während er das Ende ihrer Schenkel entdeckte, als sie sich auf die Zehenspitzen stellte, um den letzten Fetzen Papier zu entfernen.

»Na, wie findest du ihn?« fragte sie und wandte sich zu ihm um.

Dabei schaute sie ihm so tief in die Augen, als wäre

ihr seine Meinung wirklich wichtig. Basilio sah sich zu einer Antwort genötigt:

»Groß. Ich finde ihn groß.«

Sie lächelte zuerst ihm zu, dann dem Spiegel und erklärte, während sie dessen Stellung geringfügig veränderte:

»Ich liebe Spiegel, ich liebe es, überall welche hinzuhängen, man hat irgendwie den Eindruck, sie machen die Wohnung größer, findest du nicht? Wahrscheinlich weil man alles doppelt sieht.«

Basilio zögerte einen Augenblick und stimmte dann zu. Er blickte sich um. Irgendwo stand ein großes, leeres Bücherregal.

»Aber natürlich schaue ich mich auch gern an. Ich bin ..., äh ..., wie sagt man?«

»Zu was?«

»Na, wenn du das Gefühl hast, du bist ..., ach ja: eitel. Au weia, wir haben uns nicht einmal vorgestellt. Ich heiße Mayka, und du?«

»Basilio.«

»Ich habe dir gar nichts angeboten, Basilio. Was möchtest du trinken?«

»Nichts, danke, ich geh gleich wieder.«

Einen Moment herrschte Schweigen. Sie beharrte auf ihrer Einladung. Höflich lehnte er ab. Mayka begleitete ihn zur Tür, gab ihm die Hand und sagte, sie sei erfreut, ihn kennengelernt zu haben. Basilio verließ die Wohnung und ging langsam die Treppe hinunter. Da hielt ihn die von oben kommende Stimme des jungen Mädchens zurück.

»Wie war übrigens der Film, den du gesehen hast? Ich hatte vor, morgen hinzugehen, aber ich hasse es, allein ins Kino zu gehen«, sinnierte sie laut. »Du hast wohl keine Lust, ihn dir noch mal anzuschauen, wie?«

Basilio schwieg einen Augenblick, dann wagte er zu sagen, was er dachte: »Mit dir schon.« Sie lachte laut auf, so daß es in der Tiefe des Treppenhauses widerhallte.

»Sieh mal einer an, am Ende bist du noch galant.«

Basilio trat auf die heiße Straße hinaus. Unwillkürlich breitete sich auf seinem Pickelgesicht ein Lächeln aus. Er war überzeugt, bei dem Mädchen Chancen zu haben. *Sie* hatte ja alle Schritte unternommen. Auf dem Nachhauseweg wurde er von Optimismus gepackt – bis er in einem Schaufenster sein Bild erblickte. Die Wirklichkeit hatte ihn wieder. Wie war er bloß auf einen solchen Gedanken gekommen? Unmöglich konnte sich ein Mensch auf Erden, am allerwenigsten ein Mädchen, von ihm angezogen fühlen. Das gab es einfach nicht. Es lohnte sich nicht einmal, mit dem Arzt darüber zu sprechen.

Dr. Tristán betrat die Küche, öffnete den Eisschrank und zog eine große Tüte heraus, in der er seinen grauen Anzug verwahrte.

»Gehen Sie weg?« fragte ihn die Mutter.

»Nein, ich will mich für die Sitzung mit Basilio umziehen.«

»Aber Basilio und Sie haben sich doch schon angefreundet, Doktor. Ich glaube nicht, daß Sie sich so förmlich geben müssen – obwohl bei dieser Gewohnheit der Anzug gewiß angenehm kühl ist.«

»Tatsächlich, das ist er. Außerdem sollen Patient und Arzt immer eine gewisse Distanz wahren. Aber eigentlich wollte ich mit Ihnen über Lucas sprechen.«

Mit wenigen Worten legte er ihr dar, daß Lucas' Erziehung eine grundlegende Vernachlässigung väterlicherseits erkennen lasse, die die Ursache von Hunderten von Problemen sei. Wenn sich dafür nicht sehr bald eine Lösung finde, werde Lucas' Persönlichkeit für immer geschwätzig, aufreizend und gemein sein. Die Mutter fand, er übertreibe, aber wie der Kleine Nicole peinigte, ging allmählich wirklich zu weit. Von morgens bis abends verfolgte und imitierte er sie, und dieses Verhalten schrie geradezu nach Korrekturmaßnahmen. »Immer in wissenschaftlichem Rahmen«, stellte Dr. Tristán klar. Die Mutter verließ sich auf seinen guten Stil und ließ ihn infolgedessen gewähren.

Am selben Nachmittag brachte der Arzt eine erstaunliche Vorrichtung mit. Alle saßen bei Tisch; Lucas imitierte Nicoles Schweigen. Der Arzt trat in die Küche und bat Felisín und Basilio, Lucas festzuhalten. Als der sich, obwohl er zeterte und um sich schlug, nicht mehr rühren konnte, faßte ihn der Arzt am Kopf und legte ihm die Vorrichtung an. Es handelte sich um zwei zusammengenähte Lederriemen, die in eine Schnalle mündeten. Sie wurden Lucas so um den Kopf gelegt, daß der eine wie ein Schnurrbart unter seine Nase zu liegen kam und rund um den Schädel lief; der andere fixierte das Kinn, überquerte die Backen und endete oben auf dem Kopf in einem Vorhängeschloß. Dieses ließ der Arzt zuschnappen, so daß Lucas' Kinnladen zusammengepreßt blieben, was ihm das Sprechen unmöglich machte. Sein Blick begegnete dem Nicoles, in dem ein stummer Dank lag.

»Doktor, ich bitte Sie, das scheint mir doch übertrieben.«

»Ich finde es perfekt«, ermutigte sie Felisín, der sich auf ruhige Stunden mit Nicole freute.

»Als Mutter kann ich das nicht zulassen. Lucas ist noch ein Kind, er muß sprechen, sich ausdrücken können ...«

Der Arzt reichte ihr den Schlüssel und sagte:

»Sie verfügen über das Schweigen Ihres Sohnes. Nutzen Sie es so, wie Sie wollen.«

Damit war Lucas' Mittagessen beendet. Von diesem Tag an – und noch viele Jahre lang – war er an seinen Maulkorb gebunden, den ihm die Mutter zum Essen und Schlafen abnahm. In den ersten Tagen sorgte er für Proteste und Gezänk, aber dann wurde Lucas' Schweigen als etwas Notwendiges und Heilsames geschätzt. Mit dem Maulkorb und dem Schloß auf dem Kopf führte der Junge sein normales Leben. Wollte er draußen mit seinen Freunden spielen, so ging er zur Mutter und verständigte sich mit einem Notizblock, der ihm um den Hals hing.

»Das ist überhaupt keine Grausamkeit«, erklärte der Arzt. »Diese Methode ist in arabischen Ländern jahrhundertelang angewandt worden, um den Charakter der Kinder zu stählen.«

Jahre später war ein veränderter, weichherziger Lucas Dr. Tristán für dieses seiner Charakterentwicklung so förderliche Zwangsschweigen dankbar. Und noch heute ist er, obwohl unfähig, sich einen Sturzhelm aufzusetzen, ein umgänglicher, zurückhaltender, ja schüchterner Mensch.

Matías hatte Gaspar befohlen, nach dem Essen den ganzen Garten zu rechen, doch Gaspar protestierte. Mit väterlicher Autorität bestand Matías darauf und drückte ihm schließlich den Rechen in die Hand. Als Gaspar diesen von sich warf, ging Matías kurzerhand ins Haus, um mit seiner Mutter zu sprechen. Er sagte, Gaspar respektiere seine Autorität nicht, was für Söhne sie da eigentlich erzögen, sie solle versuchen, mit ihm zu reden, um ihn zur Vernunft zu bringen. Die Mutter ging in den Garten und rief Gaspar zu sich. Liebevoll erklärte sie ihm die Krankheit seines Bruders und bat ihn zu gehorchen. »Er verlangt ja nichts Schlechtes von dir.« Aber Gaspar hatte für diesen Nachmittag ganz andere Pläne, Pläne mit einem Namen: Sara.

»Ich hatte vor, die Großmutter zu besuchen.«

»Dann wirst du eben morgen gehen. Bereite deinem Bruder nicht solchen Kummer.«

Mit verhaltener Wut hob Gaspar den Rechen auf und begann das Laub zu einem Haufen zusammenzuharken. Seine Tränen trocknend, setzte sich Matías auf die Veranda. Je mehr die Ermüdung seinen Unwillen verdrängte, desto besser verstand Gaspar, wie krank sein Bruder war und in welch schwieriger Lage sich seine Eltern befanden. Er sah seinen Bruder Matías weinerlich wie ein kleines Kind auf Nacho einreden, damit der ihm ein Lied auf der Gitarre beibrächte.

»Laß mich in Ruhe«, sagte Nacho. »Du hast verdammt noch mal keine Ahnung vom Spielen.«

»Dann bring es mir bei.«

»Damit du mir wieder die Saiten wegreißt, wenn dir etwas nicht gelingt, wie neulich?«

Gaspar beobachtete, wie Nacho schließlich nachgab und Matías ihn umarmte, bevor er die Gitarre nahm. Keiner wollte, daß ihr Bruder wieder eingewiesen würde.

»Also, beginnen wir mit einem ganz leichten. Drei Akkorde ...«

»Was sind Akkorde?«

Unter Matías' Händen gab die Gitarre greuliche Dissonanzen von sich.

»Das beginnt ja schon zu klingen«, schwindelte Nacho und blinzelte Gaspar auf die Entfernung verschwörerisch zu.

Niemandem war entgangen, wie bedrückt der Vater der Belitres war, den verwirrten Blick ins Leere gerichtet, den üblichen Streitereien während der Mahlzeiten entrückt. Er hatte sich nicht einmal weiter geäußert, als er bei der Rückkehr von der Arbeit seinen jüngsten Sohn in einem Maulkorb stecken sah. Auf Fragen reagierte er mit Verzögerung. Seine Frau kannte die depressiven Zustände ihres Mannes genau und wußte, daß sie jeweils bald wieder verschwanden, aber sie empfahl ihm immer, einen Arzt aufzusuchen oder, wie jetzt, mit Dr. Tristán zu sprechen.

»So schlimm ist es wirklich nicht.«

»Soll ich heute nacht zu dir kommen, wenn Matías schläft?« schlug sie ihm schelmisch wie ein junges Mädchen vor. »Das heilt dich sicher von allem Übel.«

Félix lächelte, nicht allzu begeistert.

»Das ist nur momentan«, beruhigte er seine Frau. »Heute nachmittag habe ich meine Mutter besucht, es geht ihr nicht sehr gut. Der Kopf, du weißt ja.«

Wie funktioniert der Mechanismus des Sichverliebens? Dr. Tristán erklärte es mit wissenschaftlichem Gewäsch: Ein visuelles Zeichen gelangt zum Gefühlsschalter und von dort auf die intellektuelle Ebene, die die Information verarbeitet. Diese unterteilt sich in verschiedene Dateien, wie kindliche oder Ödipuskomplexe, Traumata, Tabus, visuelle Lust, Adrenalin und sexuelles Begehren. Überschreitet die neue Vision in diesen Dateien die mittlere Stufe, so schießt der ganz einfach gebaute Liebesthermostat in die Höhe. Gaspar würde das unendlich viel poetischer beschreiben können, da er ja gewohnt sei, Verliebtheit mit Selbstgefälligkeit zu verwechseln.

Als Basilio nicht länger beim Kinoeingang auf Mayka warten mochte, ging er wieder zur Kartenverkäuferin, doch diese wollte ihm den Betrag für den Eintritt nicht zurückerstatten, da ihr das Pustelgesicht des jungen Mannes nicht geheuer war. Sie bildete sich etwas darauf ein, dank ihres Berufs die Leute nach ihrem Aussehen beurteilen zu können – was sie freilich nicht daran gehindert hatte, einen gewalttätigen Typ zu heiraten, der nach zwanzig Jahren ehelicher Aggression mit ihrer eigenen Tochter abgehauen war, mit der er jetzt zwei Kinder hatte.

Basilio setzte sich weit nach vorne, um sich den Film noch einmal anzuschauen und so seine Ausgabe zu amortisieren. Der übellaunige Platzanweiser beleuchtete die dritte Reihe vor ihm, und eine junge Frau setzte sich in die Dunkelheit. Als Basilio Mayka erkannte, richtete er sich im Sessel wieder auf und heftete seinen Blick auf ihren Nacken. Während der restlichen Filmmeter hustete und räusperte er sich, in der Hoffnung, sie so auf sich aufmerksam zu machen.

Als er schon befürchtete, der Streifen würde ewig dauern, ging das Licht an, und das spärliche Publikum stand auf. Mayka gewahrte Basilio und trat ganz freundlich zu ihm:

»Na, du bist also gekommen.«

Unter den Blicken von drei, vier exzentrischen Zuschauern gingen sie auf den Ausgang zu.

»Der Film hat mir wirklich gut gefallen – ich habe sogar weinen müssen. Dummerweise saß hinter mir einer, der die ganze Zeit gehustet hat. Seinetwegen habe ich mich nicht konzentrieren können.«

»So was«, würgte er hervor.

»Ich wollte mich schon umdrehen, aber der Film hat mich verzaubert. Logo, die amerikanischen Schauspieler sind ja sehr gut ausgebildet, viel besser als die spanischen.«

»Natürlich«, entgegnete Basilio unbestimmt.

»Unglaublich, die, die wir in diesem Film gesehen haben. Alle waren Amerikaner und haben perfekt spanisch gesprochen. Stell dir vor.«

»Das ist die Synchronisation.«

»Ja, ja, ich weiß schon, daß sie es syn …, synchronieren. Aber das Erstaunliche ist, daß sie so gut sprechen. Alle Amerikaner, die ich kennengelernt habe, sprachen entsetzlich spanisch.«

Sie setzten sich an einen Tisch in einer nahe gelegenen Cafeteria. Mayka erzählte ihm, sie habe sich vor vier Monaten von ihrem Mann getrennt, weil er sie hintergangen habe: »Und ich ertrage es nicht, wenn man mich belügt. Es gibt zwei Dinge, die ich nicht ertrage: wenn man mich belügt und wenn man mich hintergeht.« Basilio zupfte eine Papierserviette aus dem klebrigen Ständer und warf mit seinem Bleistift ein Porträt von Mayka hin. Als sie sah, was er machte, hielt sie still, um wie ein Profi Modell zu sitzen.

»Das bin ja ich – genial.«

»Für dich.«

»Für mich? Und ich? Ich muß dir auch was schenken.«

Das Bett knarrte. Mayka legte sich auf Basilio, und sie begannen sich zu küssen, während er ihre Brüste streichelte. Langsam begann sie ihm das T-Shirt auszuziehen, aber er hielt sie zurück.

»Ich habe Pickel auf dem Rücken.«

Sie bestand nicht darauf und machte sich dafür gleich an seinem Reißverschluß zu schaffen. Mit nervösem Gekicher löste sie ihm die Hose und streifte sie nach und nach hinunter, bis sie sie ihm mitsamt den Schuhen über die Füße zerren konnte. Basilio zog ihr den Slip aus, und während sie nicht aufhörten, sich zu küssen, griff sie in seine Unterhose, tastete nach seinem Geschlecht und begann es zu stimulieren. Außer sich, unfähig, sich zu beherrschen, ergoß er sich über ihre Schenkel.

»Tut mir leid.«

»Ach, i wo, was ich nicht ertrage, sind diese Typen, die nie kommen, wie sehr du dich auch anstrengst. Du gibst mir Zärtlichkeit.«

Mayka nahm ihn in die Arme, damit er sich erholen konnte. Dann änderte sie die Stellung und setzte sich auf ihn. Während sie warteten, flüsterten sie stockend miteinander. Mayka rückte etwas von ihm ab und berührte mit den Fingerspitzen ganz sacht die Pickel in seinem Gesicht.

»Tun sie dir weh?«

Basilio schüttelte den Kopf und ließ sie gewähren. Sie hauchte einen stillen Kuß auf die Pusteln.

»Ekelt es dich davor?«

»Hast du wirklich das Gefühl, es ekelt mich?«

Basilio zuckte nur die Schultern. Er spürte Maykas Brüste auf seinem T-Shirt und umfaßte mit beiden Händen ihr Gesäß. Sie fühlte sein wiedererwachendes Begehren, glitt beweglich zwischen seine Beine hinunter und küßte ihm die Schenkel ebenso sanft wie einige Sekunden zuvor die widerliche Akne. Basilio hatte die Augen geschlossen und rührte sich nicht.

Das war das erste Mal, daß er mit jemandem Liebe gemacht hatte. ›So ist es also, wenn man die Jungfräulichkeit verliert‹, überlegte er auf dem Heimweg. Er brauchte einige Zeit, um herauszufinden, wie er sich wirklich fühlte. »So wahnsinnig ist es auch wieder nicht. Eigentlich, wie wenn man onaniert, nur viel besser.‹ In seinen Gedanken schwang eine gewisse Ernüchterung mit. Das war's denn also.

Zu Hause fiel ihm der seltsame Blick seiner Mutter nicht auf. Er blieb fast eine halbe Stunde unter der Dusche, ließ sich das Wasser auf den Kopf prasseln und hatte nur einen Gedanken: sie wiederzusehen.

Als er aus der Dusche kam, sah er Dr. Tristán mit seiner Mutter sprechen. Sowie sie ihn erblickten, verstummten sie. Basilio war nicht bewußt, wie merkwürdig sie sich benahmen.

Vier Tage zuvor hatten seine Eltern und Dr. Tristán eine harte Diskussion geführt. Listig hatte letzterer die beiden in sein Zelt gelotst und über seinen strategischen Plan ins Bild gesetzt. Offensichtlich improvisierte er nicht. Er erzählte die Legende, wie Georg Groddeck, unerfreulicher Freud-Schüler, diese Therapie mehr als einmal anwandte. Aber Groddeck war seiner Zeit voraus. Aus dem Kreis der psychoanalytischen Intelligenz jener Jahre vertrieben, beschloß er seine Tage in der Schweiz, von wo aus er Hitler schriftlich einen gemeinsamen Plan zur Ausmerzung des Krebses in der Welt unterbreitete. Aber das war eine andere Geschichte.

»Meine Idee besteht darin«, teilte Dr. Tristán den Eltern mit, »Basilios Selbstwertgefühl zu heben. Dazu habe ich einen Plan ausgearbeitet, für den ich ihre elterliche Zustimmung und finanzielle Unterstützung brauche.«

»Doktor, wir werden alles tun, was in unserer Macht steht, um Basilio zu helfen«, erklärte die Mutter.

»Die Idee ist glänzend – entschuldigen Sie meine Unbescheidenheit. Was denken Sie, was hat diese ganze Zeit in Basilios Leben gefehlt?«

Der Vater zuckte die Schultern, die Mutter zögerte.

»Liebe«, sagte der Arzt.

»Basilio hat soviel Liebe bekommen wie seine andern Brüder auch«, entgegnete die Mutter.

»Verwechseln Sie Liebe nicht mit Zuneigung. Ich spreche davon, daß sich eine Frau in Basilio verlieben muß. Das würde seine Persönlichkeit stärken.«

Überzeugt von der Logik des Gedankens, stimmten Mutter und Vater zu. Doch der Arzt holte sie in die Wirklichkeit zurück.

»Aber wer will sich schon in Ihren Sohn verlieben? Offensichtlich keine.« Da die Eltern ein verdrießliches Gesicht machten, fügte er hinzu: »Wenigstens nicht so schnell, wie es für die therapeutische Behandlung vonnöten ist.«

»Ich glaube, Sie sind sehr hart mit Basilio«, wagte Félix anzudeuten.

»Seien wir ehrlich. Keine Frau würde sich in Ihren Sohn verlieben. Also muß ich derjenige sein, der diese Beziehung stiftet. Und wie?« fragte er mit unfehlbarer Rhetorik. »Indem ich eine Prostituierte engagiere, die sich in überzeugend realistischer Weise in ihn verliebt.«

»Das ist schändlich«, rief die Mutter. »Mein Sohn ist fähig, jedes Mädchen auf der Straße in sich verliebt zu machen – nicht ein Straßenmädchen, wenn Sie verstehen, was ich meine.«

»Natürlich, aber er schafft es nicht. Auch ich glaube an Basilio, aber er glaubt nicht an sich selbst. Und dieses Selbstvertrauen müssen wir hinkriegen.«

»Schon, Doktor, aber Sie gehen da sehr weit«, sagte der Vater entschuldigend.

»Ein Arzt kann dem Wandel der Zeiten nicht den Rücken kehren. Um die Heilung seines Patienten zu erreichen, muß er sogar mit dem Abschaum der Gesellschaft arbeiten. Schauen Sie sich bloß die Drogen an.«

»Aber warum eine Prostituierte?« fragte der Vater.

»Seien wir ehrlich. Heutzutage ist eine Beziehung ohne Sex nichts wert. Wenigstens nicht bei unserem

Problem. Aber treiben Sie mir mal eine Frau auf, die bereit ist, morgen mit Ihrem Sohn Basilio zu schlafen, na, treiben Sie sie mir auf.«

Der offensichtlichen Schwierigkeit dieser Forderung bewußt, schauten sich die Eltern an.

»Ich habe die ideale Person«, enthüllte ihnen der Arzt. »Jung, sauber, ehrenwert. Ich brauche nur Ihre Zustimmung – und natürlich müssen Sie für die Kosten aufkommen.«

»Wo hat man schon mal einen Vater gesehen, der seinem Sohn die Nutten bezahlt?« klagte der Vater.

Dr. Tristán schaute die beiden aufmerksam an und sagte in seinem dramatischsten Ton:

»Das stimmt. Man muß ein sehr guter Vater sein, um so was zu tun.«

Zehn

> Was dank deiner Anziehungskraft auf Basilio gefördert werden soll, ist seine Eitelkeit; vergiß nicht, daß Liebesbeziehungen letztendlich eine Bestärkung der Egozentrik sind.
>
> *Notiz von Dr. Tristán an Mayka*

Als Gaspar ankündigte, diesen Nachmittag werde er die Großmutter besuchen, und Nacho sich erbot, ihn zu begleiten, dachte er nicht, daß es seinem Bruder damit tatsächlich ernst war. Aber da Nacho in der U-Bahn nicht mehr darauf zurückkam, wagte Gaspar die Initiative zu ergreifen.

»Mach dir keine Sorgen, heute brauchst du mir nichts zu bezahlen, damit ich Mama belüge.«

»Belügen?«

»Ja, du weißt schon, damit ich ihr sage, du hättest mit mir die Großmutter besucht.«

»Aha, nein«, bemerkte Nacho gleichgültig, »heute bin ich mit niemand verabredet. Ich habe Lust, Großmutter zu sehen.«

Eilig mußte Gaspar seine Strategie ändern.

»Ich verspreche dir, ihr nichts zu sagen. Außerdem schläft die Großmutter den ganzen Tag. Neulich hat sie mich nicht einmal erkannt.«

»Die Ärmste.«

»Ja, ich glaube, es ist fatal, wenn wir sie besuchen. Wir verschieben es besser auf einen andern Tag.«

Als sie schon die Treppen zur Wohnung der Großmutter hinaufstiegen, sagte Gaspar noch einmal, es wäre besser, gar nicht erst hineinzugehen, aber Nacho packte ihn an der Schulter und schob ihn vor sich treppauf. Gaspar klingelte und hörte Saras Schritte näher kommen. Sie begrüßten sich, und als er ihr seinen Bruder vorstellte, geschah, was er hatte kommen sehen. Mit einem angedeuteten Lächeln und seinen ganzen Charme entfaltend, sandte Nacho einen seiner tödlichen Blicke aus und schnitt Sara damit von jedem andern vorhandenen Wesen in einem Umkreis von acht Kilometern ab. Sie sagte schlicht guten Tag und verschwand in ihrem Zimmer, was Gaspar mit Erleichterung zur Kenntnis nahm und was Nacho überhaupt nicht begeisterte. Eine seiner unwiderstehlichsten Eigenschaften war, daß er sich seines natürlichen Charmes nicht bewußt war.

Gaspar verkniff sich jede Bemerkung, und sie traten ins Zimmer der Großmutter. Um der Wahrheit die Ehre zu geben, es war ein kurzer Besuch. Eine halbe Stunde später kamen die beiden Brüder schon wieder heraus und blieben unschlüssig im Wohnzimmer stehen, ohne Sara irgendwo zu erblicken.

»Kommt sie uns nicht verabschieden?« flüsterte Nacho. Gaspar zuckte die Schultern, was ihm einen verschwörerischen Blick von Nacho eintrug, der ihm zuraunte: »Sie ist wahnsinnig hübsch, nicht wahr?«

»Ooch, nicht übel.«

»Nicht übel? Gefällt sie dir denn nicht? Diese Augen?«

Wortlos deutete er auf Saras Tür. Sie war nur angelehnt. Er trat näher, und Gaspar folgte ihm dichtauf. Plötzlich nagelte etwas sie fest. Im Zimmer hörten sie Sara schluchzen. Sie wechselten einen Blick. Kein Zweifel, Sara weinte. Kurz entschlossen und absichtlich unbekümmert stieß Nacho die Tür auf.

»Also denn, wir gehen und wollten nicht ..., ohne uns zu verabschieden ...«

Sara saß auf der Bettkante. Sie blickte auf und versuchte ihre Tränen zu verbergen.

»Bist du okay?« fragte Nacho.

Sie nickte. Die beiden Belitre-Brüder sahen, daß ihre blauen Augen feucht und verweint waren. Nacho schwieg, und sie brachte kein Wort über die Lippen und wich ihrem Blick aus. Gaspar wollte die Initiative nicht aus der Hand geben.

»Du weinst?«

Nacho schaute ihn strafend an, was Gaspar aber nicht einschüchterte. Kein Belitre würde das sinkende Schiff in einem solchen Augenblick verlassen, schon gar nicht ein verliebter.

Nacho setzte sich auf die eine Seite neben Sara und Gaspar, der kein Terrain preisgab, auf die andere. Sie bedrängten sie mit ihren Fragen, und Sara konnte nur sagen: »Julio ...« Nacho warf seinem Bruder einen fragenden Blick zu.

»Was ist los?« fragte Gaspar. »Habt ihr euch gestritten?«

Sara schaute ihn an. Nie würde er diese Augen vergessen, die ihn anblickten, als sie den Kopf schüttelte und sagte:

»Er ist gestorben.«

Da saßen sie nun, die beiden Belitre-Brüder, einer wunderschönen Sara zur Seite, die dagegen ankämpfte, mehr Tränen zu vergießen als unbedingt nötig. Außerstande, etwas Taugliches zu sagen, nahmen sie an Saras Schmerz teil, indem sie ihr den Rücken streichelten und dazu seufzten. Nacho traf es noch am besten mit den Worten: »Nun, komm schon, na, na, wer wird denn gleich zusammenbrechen, du mußt jetzt stark sein«, was ziemlich übertrieben klang angesichts dessen, daß sie sich erst seit einer halben Stunde kannten. Gaspar, der sie in die Arme genommen und in den Schlaf gewiegt hätte, wäre er mit ihr allein gewesen, fühlte sich in diesem geteilten Schmerz unbehaglich und wie ein Holzklotz.

Auf einmal wurde ihm klar, daß er diesem armen, unbekannten Julio noch vor zwei Tagen den Tod gewünscht hatte. Er kam sich schuldig und schmutzig vor, wie er so dasaß. Soeben war ihm aufgegangen, daß der Wunsch der schlimmste und grausamste aller Mörder ist. Aus den Augenwinkeln beobachtete er Sara, die sich die Tränen trocknete, und er begriff, daß er nicht würdig war, neben ihr zu sitzen. Er haßte sich selbst und begann zu weinen. Beschämt stand er auf und stürzte aus dem Zimmer.

Er rannte die Treppen hinunter und wurde bei der Tür von heftigem Weinen geschüttelt. Auf der untersten Stufe sank er zusammen. Dort fand ihn Nacho und versuchte ihn zu trösten. Den wahren Grund für Gaspars Tränen konnte er freilich nicht verstehen. Die Jungfräulichkeit zu verlieren bedeutet in gewisser Weise, zu begreifen, daß die Liebe auch grausam, mörderisch, egoistisch und elend sein kann.

Dr. Tristán hatte Mayka angeheuert und unterrichtete sie täglich bis ins kleinste Detail über jeden Schritt, den sie zu tun hatte; auf einem Zettel schrieb er ihr entsprechende Anweisungen und Vorschläge auf. Jede Situation bis hin zur Symbolik der Gegenstände legte er sich sorgfältig zurecht, um bei Basilio die Wirkung zu erzielen, die dieser ihm jetzt schilderte:

»Ich fühle mich gut, wie neu – wissen Sie, Doktor, sie ist kein perfektes Mädchen, ziemlich unwissend und nicht besonders hübsch, aber …«

»... aber sie ist auf dich aufmerksam geworden«, beendete der Arzt seinen Satz; dann fuhr er fort: »Ich gebe dir einen Rat, Basi, sei nicht zu anspruchsvoll. Denk daran, daß sie dich in einer Welt gefunden hat, wo dir alle den Rücken kehren. Erkenn das an und schau dich selbst an – auch du bist keineswegs perfekt.«

Der Arzt wußte ganz genau, was er mit seinen Worten im besonderen und mit seinem Plan im allgemeinen erreichen wollte. Natürlich sollte diese Beziehung kein dauerhaftes Pflaster in Basilios Leben sein, ganz im Gegenteil, er wußte, daß ihre Tage gezählt waren. Sie sollte im Endeffekt dazu führen, daß Basilio Mayka verließ, allerdings mit gestärktem Ego.

Es störte ihn nicht, daß ihm Basilio sexuelle Details vorenthielt, um die er von Mayka wußte, noch daß er ihm Wort für Wort wiederholte, was er Mayka aufgeschrieben hatte und was diese wie ein Profi, und der war sie schließlich, auswendig lernte.

»Basi, es ist von vitaler Bedeutung, daß du mir immer wieder deine Empfindungen übermittelst.«

Mit Erfolg versuchten die Eltern, sich Basilio gegenüber ungezwungen zu verhalten. Nicht alle sind imstande, ungezwungen zu bleiben, wenn sie ihrem Sohn eine Nutte finanzieren.

Auch Gaspar fiel es nicht leicht, ungezwungen zu bleiben, als sein Bruder Nacho in dieser Nacht im Nebenbett mit ihm zu sprechen begann.

»Mir gefällt Sara schon sehr.«

»Mir nicht besonders«, log Gaspar. »Sie ist ein bißchen weinerlich.«

»Verdammt noch mal, weinerlich? Dein Freund ist ja nicht gestorben. Aber sogar du hast zu weinen begonnen, als du sie sahst. Und das erstaunt mich nicht, man hätte sie am liebsten umarmt...« Noch selten hatte ihn eine Frau in einen so nervösen Zustand versetzt. »Weißt du, Gaspar, ich glaube, ich werde es bei ihr versuchen.«

Unruhig wälzte sich Gaspar in seinem Bett.

»Du meinst, du willst versuchen, mit ihr anzubändeln?« Nachos Ja fuhr ihm wie ein Dolch in die Brust. Er dachte: ›Dreckskerl, Schweinehund, und ich?, verdammte Sau, geile, Mädchenschänder‹, sagte aber nur. »Ich an deiner Stelle würde das nicht tun, soeben ist ihr Freund gestorben, sie ist sehr empfindsam.«

»Eben darum, gerade jetzt braucht sie einen andern, der die Lücke ausfüllt, sonst entdeckt sie noch, daß man sich allein sauwohl fühlt.«

Gaspar spürte förmlich, wie die glänzenden Augen seines Bruders in der Dunkelheit funkelten. Bevor er verstummte und sich schlafend stellte, sagte er noch:

»Du bist ein Mistkerl. Ich finde das eine Schweinerei. Tu's nicht, Nacho.«

Auch Basilio fand es eine Schweinerei, aber deswegen nicht weniger erregend. Nachdem ihm Mayka beigebracht hatte, was ein Neunundsechziger war, lenkte sie ihn geschickt, damit er von hinten in sie eindrang.

Das waren neue Lektionen in seinem Sex-Crash-Kurs. Mayka sagte ihm immer wieder, ein guter Liebhaber sei der, welcher jeden seiner Stimuli kontrolliere und nicht umgekehrt. Basilio bemühte sich, seine Instinkte zu schulen. Um sein vorzeitiges Ejakulieren zu bremsen, bestrich sie ihm die Eichel mit Zahnpasta, die ihn unempfindlich machen sollte »und mir nachher außerdem einen besseren Geschmack im Mund gibt«. So unterwies sie ihn oft mit wenig effizienten und recht unsinnigen professionellen Methoden.

Keiner der beiden hielt Dr. Tristán über ihre sexuellen Heldentaten auf dem laufenden – Basilio mochte solche

Details nicht preisgeben, und Mayka erstattete zwar über alles Bericht, behielt aber das, was sie als ihre strikte Intimsphäre betrachtete, für sich. Hätte der Arzt davon erfahren, so hätte er es kurzerhand unterbunden. Schon in einer seiner Mitteilungen hatte er es Mayka verboten: »Vermeide es, dich vor Basilio als absolute Sexexpertin zu gebärden. Das könnte ihn Verdacht schöpfen lassen.« Doch er hatte weder von ihrer Meisterschaft noch von den nützlichen Lektionen, die die Eltern Basilio bezahlten, die geringste Ahnung.

Der ergreifendste Moment fand am zweiten Nachmittag statt, als Mayka darauf bestanden hatte, Basilio das T-Shirt auszuziehen. Sie versicherte ihm, die Pickel stießen sie nicht ab und sie liebe ihn so, wie er sei. »Geben wir ihm das Gefühl, er sei keine Mißgeburt der Natur«, hatte ihr Dr. Tristán in seinen Anweisungen geschrieben.

Dank ihrer Skrupellosigkeit paßte sich Mayka der Arbeit perfekt an. Natürlich war sie angeekelt, aber ihr Beruf hatte sie gezwungen, schlimmere, viel schlimmere Dinge zu tun, und sie hatte weit abstoßendere Menschen ertragen. Außerdem war Basilio ein Gewinn für ihre verkümmerte Gefühlswelt, sie konnte ihm die ganze in ihr schlummernde Zärtlichkeit schenken. Sie wollte zärtlich sein, und jetzt durfte sie es – Dr. Tristáns Plan verlangte von ihr, es zu sein. Aber nicht immer. Für spätere Tage hatte er angeordnet, daß sie ihm, wenn auch nicht brüsk, gestehen sollte, daß ihr die Pickel einen gewissen Ekel einflößten.

»Ich habe es dir nicht vorher gesagt, um dich nicht zu verletzen.«

»Ich verstehe dich«, antwortete er und zog sich das T-Shirt wieder über.

Mayka begriff nicht, warum Dr. Tristán sie nach den

erzielten Fortschritten zu diesem Schritt zwang. Das schlimmste war aber die Maske.

»Würde es dir etwas ausmachen, das aufzusetzen?«

Basilio nahm die Plastikmaske, die sie ihm gab, eine lachende Karnevalslarve. Als sie sie gesehen hatte, hatte Mayka bei Dr. Tristán protestiert, aber der hatte ihr klargemacht, daß die Dinge so zu tun waren, wie er anordnete: »Du wirst in Basilios Leben eine Ausnahme sein. Die andern werden einen natürlichen Widerwillen empfinden. Er muß lernen, seine Fantasie zu gebrauchen, und ich befürchte sehr, ich bin deine und auch seine Fantasie.«

»Bist du sicher?« fragte Basilio.

»Komm schon, wir wollen bloß ein wenig Fantasie reinbringen. Es gibt zwei Dinge, die ich bei den Leuten nicht ertrage: wenn sie keine Fantasie haben und wenn sie der Einbildungskraft nicht freien Lauf lassen mögen.«

Basilio setzte sich die Maske auf und begann mit Mayka Liebe zu machen. Nackt lagen sie zwischen den Bettüchern, sie ihren ewigen Kaugummi kauend, er im T-Shirt und die Maske wie Lucas seinen Maulkorb mit einem Gummiband vors Gesicht gebunden. Sie war diskret – ein Mann mit dichten Augenbrauen und großer Nase, lächeln. Die Hitze, das T-Shirt, die Plastikmaske, die Verausgabung, all das verwandelte ihre Liebesturniere in ein Schweiß- und Sexbad.

»Heute hat sie von mir verlangt, daß ich mir beim Liebemachen eine Maske aufsetze«, erzählte Basilio Dr. Tristán.

»Eine Maske?« fragte dieser erstaunt. »Ein gutes Zeichen. Ich glaube, das Mädchen fühlt sich bei dir schon genügend wohl, um dir ihre geheimsten Schwächen einzugestehen. Ein sehr gutes Zeichen, und ob.«

Maskenlos hingegen traten Großvater Abelardo und seine unzertrennlichen, blaugewandeten Zeugen Jehovas, John und Paul, der Welt entgegen. Von ihrer stillen Apokalypse-Lektüre auf der Veranda des Belitre-Hauses waren sie zur Tat geschritten. John und Paul vernachlässigten ihre Pflicht, mit Broschüren ihrer Lehre zu hausieren, und unternahmen statt dessen mit dem Großvater lange, ausgiebige Spaziergänge durch den Dschungel Madrids. Abelardo hatte sie mit praktischen Farbspraydosen versehen, mit denen sie nun hingebungsvoll die Wände beschrifteten.

Die Straßen füllten sich mit Graffiti, die besagten: ›Gott sieht dich‹, ›Dein Geist sündigt‹, ›Leg deinem Hochmut Zügel an‹ oder ›Ich bin es, der die Nieren und Herzen erforscht, und ich werde geben einem jedem von euch nach euren Werken‹. Dieser letzte Satz erschien weniger häufig, da es an genügend großen Mauern fehlte. Bei den Passanten lösten die drei Autoren weit eher überraschendes Gelächter aus als Empörung. »Lacht nur, lacht nur«, pflegte Großvater Abelardo zu entgegnen. »Auch Gott lacht, aber nur über gute Witze, niemals über die Sünde. Deshalb werde ich Ihn loben und Seinen Namen preisen immerdar.«

Eines Nachmittags hatten sie auf Gaspars Schreibmaschine sechshändig eine aktualisierte Version der sieben Plagen verfaßt, die die Offenbarung ankündigt, und die der Gesellschaft unserer Tage die schrecklichsten Katastrophen prophezeite: 1. Süchte wie Rauchen, Trinken usw., 2. unüberlegte Benutzung des Autos, 3. mangelnde Leibesertüchtigung, 4. das Fernsehen als Goldenes Kalb, 5. der falsche Glaube der Scheinheiligen, 6. Unkenntnis der Bibel, 7. Mangel an Poesie und Exzeß im Alltag.

Oft sah man sie am Ausgang von Kirchen, Schulen

und Fabriken Fotokopien des Manifests verteilen – Abelardo mit seinem Stock und die Zeugen Jehovas krawattiert und elegant in ihren blauen Anzügen –, wenn der Großvater nicht gerade aufs Dach eines Autos stieg und den eher spärlichen Massen eine Ansprache hielt.

»Freunde im Glauben«, sagte er an diesem Tag, »ich werde euch die Geschichte des Mannes erzählen, der in einem Glas Wasser ertrank. Er verspürte keinen Durst, doch er wollte trinken und begehrte so sehr nach dem Wasser, daß er, je mehr sein Begehren wuchs, desto kleiner wurde, bis er, als er trinken wollte, ins Glas hineinfiel, das jetzt kein Glas mehr war, sondern der größte aller Stauseen, und ertrank. Wisset also, daß das Begehren die Dinge vergrößert und sie noch weiter entfernt. Nur Bescheidenheit bringt das Begehrte.«

»He, du Arschloch, komm auf der Stelle von meinem Wagen runter …«

Im allgemeinen wagte niemand, einen fünfundachtzigjährigen Greis anzugreifen, außer ab und zu einem wutentbrannten Katholiken, der den Verdacht hegte, da werde sein Gott beleidigt.

Obwohl ihnen die theologische Guerilla des Großvaters fern lag, gelang es auch seinen Nachkommen nicht, in Frieden zu leben. Lucas' Maulkorb hatte ihnen zwar Stille, nicht aber Ruhe beschert. Er fand andere Mittel, um den natürlichen existentialistischen Protest eines zehnjährigen Jungen zum Ausdruck zu bringen. Matías war es, der in seiner Vaterfunktion den kleinen Bruder am stärksten überwachte. Immer wieder hörte man die Mutter zu ihm sagen: »Matías, sorg dafür, daß Lucas aus dem Wasser kommt.« Denn der Kleine verbrachte viel Zeit im Schwimmbecken und entstieg ihm mit violetten Nägeln und schrumpeligen Fingerkuppen, außerdem mußte man das Schloß an seinem Maulkorb trocknen, damit es nicht rostete.

An diesem Vormittag kam Matías in die Küche zurück, nachdem er seinen Bruder aus dem Wasser geholt hatte, und half der Mutter weiter beim Ausnehmen der Sardellen fürs Mittagessen.

»Wie es scheint, benimmt sich Lucas mit dem Maulkorb besser«, sagte er zu ihr.

Lucas nutzte eine Unachtsamkeit von ihnen und huschte in die Küche, schnappte sich ein paar Fische, versteckte diese in seiner Badehose und entwischte wieder in den Garten. Langsam pirschte er sich an Nicole heran, die ohne Bikinioberteil in der Sonne lag, und ließ ihr die Sardellen auf die Brust gleiten. Sie schoß schreiend auf und verfolgte ihn bis auf die Veranda, wo sie ihn am Arm festhielt und ihm zwei schallende Ohrfeigen verpaßte. Die Mutter stürzte aus der Küche und gab Nicole ihrerseits zwei Maulschellen.

»Meinen Sohn schlage nur ich.«

Felisín bekam gerade noch die Ohrfeigen seiner Mutter mit. Er erhob die Hand gegen sie, doch Matías stellte sich zwischen die beiden und ihr Geschrei:

»Was geht hier vor? Was ist das eigentlich für eine Familie? Immer im Streit«, rief er den Tränen nahe. Dann lief er ins Haus und die Treppen hinauf und warf sich aufs Ehebett, das er mit seiner Mutter teilte.

Lucas greinte und floh, um seine toten Fische vor der Killerfranzösin in Sicherheit zu bringen. Felisín tröstete Nicole, während er ihre Brüste bedeckte und sie so Gaspars und Nachos Blicken vom Balkon herunter entzog. Im Reißverschluß des Zelts erschien Dr. Tristáns Kopf. Die Mutter eilte ins Schlafzimmer hinauf und warf sich neben dem weinenden Matías aufs Bett. Seinen Kopf an ihre Schulter gebettet, versuchte sie ihn zu trösten.

»Eine saubere Familie, eine saubere Familie haben wir da«, wiederholte Matías unter Tränen.

Die Mutter zog ihn fest an sich, so daß er sich nicht mehr rühren konnte und nicht sah, daß auch sie weinte. Matías küßte sie aufs Haar.

Bevor das Drama in ein vollkommen wortloses Essen mündete, traf der Vater beim Gartentor mit Basilio zusammen. Es war schon spät, beinahe halb vier.

»Du kommst erst jetzt von der Arbeit?« fragte Basilio.

»Ich bin noch bei der Großmutter vorbeigegangen, du weißt ja, es geht ihr nicht sehr gut. Und warum kommst du erst jetzt?«

»Ich war noch mit einigen Freunden zusammen.«

Der Vater, ebenso errötet wie sein Sohn, bereute seine Frage sogleich. Er wußte mit Sicherheit, daß ihn Basilio belog. Was dieser jedoch nicht wußte, war, daß auch sein Vater log, daß er hinter seinem ernsten, müden Gesicht sein eigenes Geheimnis verbarg. Gemeinsam gingen sie auf das Haus zu, an Nachos Zielscheibe, dem runden Schwimmbecken, dem Zelt und dem Schaukelstuhl auf der Veranda vorbei, und traten ein. Eine Sekunde später erwartete sie das zähe, gewaltsame Schweigen, das auf jedes Familiengewitter folgt.

Elf

Haben Sie gewußt, daß wegen der Hitze die Zahl der Verbrechen in den Sommermonaten um mehr als das Doppelte zunimmt?

Ein Taxifahrer zu Felisín

»Was macht denn eine wie du mit dieser Mißgeburt?« rief einer der Bauarbeiter, den Mund voller Brot und Tortilla.

Basilio beschleunigte seinen Schritt. Die Anweisungen des Arztes befolgend – »Beweise ihm öffentlich deine Zuneigung« –, nahm Mayka ihren Arm nicht von Basilios Hüfte.

»He, Kleine, was ist? Stehst du auf Pickel? Ich hab auch einen am Arsch…«

Herausfordernd zeigte ihnen Mayka den Mittelfinger. Sie entfernten sich von den Gerüsten mit den Arbeitern. Der Vorfall bestärkte Basilio in seinem Widerstand, zusammen spazierenzugehen. Bisher hatte er seine Zeit so geschickt aufgeteilt, daß er Mayka nur gerade für ihre gemeinsamen Sexstürme sah. Heute hatte sie jedoch unbedingt ausgehen wollen. Und ihre Kleidung, immer äußerst provokativ, trug nicht dazu bei, daß man die beiden übersah.

Mayka bemerkte Basilios Verwirrung und versuchte ihn zu beruhigen:

»Kümmere dich doch nicht um ihr Geschwätz. Mir schreit man immer hinterher. Im Grunde ist es nichts als Neid.« Basilio gab keine Antwort.

Je mehr sich seine sexuelle Asynchronie abschliff,

desto mehr nahmen ihre persönlichen Differenzen zu. Basilio fand nichts, worüber er sich mit ihr hätte unterhalten können. In ihren Augen habe die Welt, gestand er dem Arzt eines Nachmittags, mehr oder weniger in einer Kichererbse Platz. Da Basilios Selbstwertgefühl nun gehoben war, bestand Dr. Tristáns Plan darin, zu warten, bis sein Patient Maykas überdrüssig würde.

Besonders nach dem Orgasmus ging Basilio jeweils der Gedanke durch den Kopf, sie nicht wiederzusehen. Ihr positiver Charakter, ihre Allzeitbereitschaft erschöpften ihn. Liebe machen und gleich wieder abhauen, das war die einzige Möglichkeit, es bei ihr auszuhalten. Er begann sie als reines Sexobjekt zu sehen, zu dem jeder Mann seine erste romantische Liebe macht. Als ihn alle Welt beschimpfte, mied und floh, hatte diese Frau sein Geschlecht in den Mund genommen. Das war eigentlich ein gewichtiger Grund, sie liebzubehalten. Basilio war das bewußt, aber sobald er sexuell auf seine Rechnung gekommen war, trug ihn irgend etwas in seinem Kopf fort, weit weg von dieser Frau, die kaum lesen konnte, nie aus Madrid herausgekommen war und nicht einmal wußte, welche politische Partei in Spanien an der Macht war (»Nun, so genau weiß das auch niemand«, hatte er geistesgegenwärtig abgelenkt).

Ihr hatte er seine Rückkehr auf die Welt zu verdanken. Sie hatte sein Herz geöffnet, wie man eine Sardinendose öffnet. Sie hatte ihm ihr Vertrauen geschenkt, als er sich vor Besuchern versteckte, auf Fotos mit dem Rücken zur Kamera posierte und unter jedermanns Verachtung litt. Deshalb empfand er sich, wenn er sich dabei ertappte, wie er über Mayka die Nase rümpfte, als das widerwärtigste Geschöpf auf Erden. Er hatte keine Ahnung, wie sehr dieser erbärmliche Zug Dr. Tristán mit Stolz erfüllte, denn er war entscheidend bei der Arbeit an der Hebung seines Selbstwertgefühls.

Basilio schlug vor, nach Hause zurückzukehren. Er ging einige Schritte voraus, aber Mayka holte ihn ein und legte ihm wieder den Arm um die Taille. Plötzlich stand ein lächelnder Gaspar vor ihnen.

»Hallo.«

»Gaspar, was machst du denn hier?«

Gaspar zuckte die Schultern und warf einen fragenden Blick auf Mayka. Basilio stellte sie einander vor.

»Ich hätte nicht gedacht, daß du einen so kleinen Bruder hast.«

»Na, so klein bin ich nicht mehr«, antwortete Gaspar.

»Oh, wie sympathisch.«

»Ja, sehr sympathisch«, sagte Basilio zusammenfassend. »Jetzt entschuldige, wir müssen weiter. Bis dann.«

»Auf Wiedersehen, Gaspar. Ich hoffe, wir sehen uns mal wieder.«

»Sicher«, brachte Gaspar heraus, während sie sich schon entfernten.

Zu Hause kam er nicht einmal dazu, von Nacho für die Nachricht einen bescheidenen Geldbetrag zu verlangen. Sein Bruder quetschte ihn aus, um die endgültige Bestätigung dafür zu bekommen, daß dieses Mädchen kein menschliches Wesen war.

»Ach wo«, entgegnete Gaspar. »Sie ist sogar hübsch. Und mit superkurzem Mini – du kannst alles sehen.«

»Bist du sicher, daß sie was mit ihm hat?«

»Na klar. Sie hatte ihm doch den Arm umgelegt.«

»Unserem Basilio? Dr. Tristán erreicht wirklich tolle Fortschritte.«

»Glaubst du, er bumst sie?« fragte Gaspar, bevor er das Thema fallenließ.

Immer noch ungläubig, zuckte Nacho die Schultern.

Genau in diesem Augenblick hockte Basilio mit Maske und T-Shirt rittlings auf Mayka, dem großen Spiegel gegenüber. Mayka hatte ihn überredet, sich dort zu lieben, damit sie sich dabei zuschauen könnten. In Wirklichkeit war auch das eine von Dr. Tristáns therapeutischen Auflagen.

Als Basilio vor dem Mittagessen nach Hause kam, stürmten Nacho und Gaspar seine Bude.

»Los, red schon. Stimmt es, was Gaspar mir da erzählt hat?«

»Du kannst aber auch gar kein Geheimnis für dich behalten.«

»Ach, das war ein Geheimnis?«

»Du bist ein Vieh, eine Vögelmaschine, laß uns auch eine übrig, du Herzensbrecher«, feuerte ihn Nacho an.

Wenn auch mit einem stolzen Lächeln, bat sie Basilio, das um Himmels willen geheimzuhalten.

»Ich glaube, das würde Papa und Mama gar nicht gefallen«, fügte er hinzu.

Damit täuschte er sich nicht. Vater und Mutter hatten noch immer ihre Zweifel bezüglich der Behandlung, aber Freude, was man wirklich als Freude bezeichnen kann, die hatten sie nicht daran. Vor allem nicht an dem Morgen, an dem der Arzt dem Vater gegenübertrat, als er zur Arbeit fahren wollte, und ihn über seine Ausgaben unterrichtete.

»Hundertfünfzigtausend Peseten?« fragte der Vater verdutzt.

»Es war fast der ganze Juli – und dann die…, das Mädchen. Ich finde das günstig.«

»Aber soviel Geld habe ich nicht jeden Monat, Doktor. Nicht einmal diesen Monat.«

»Wenn alles läuft wie erhofft, werden Sie Mitte August auf meine Dienste verzichten können.«

»Und wenn es nicht so läuft, ebenfalls.«

Am selben Nachmittag empfahl Nacho, noch immer beeindruckt, seiner dreißigjährigen Geliebten Aurora Dr. Tristáns Dienste.

»Kennst du ihn? Ist er ein guter Psychoanalytiker?«

»Gut kenne ich ihn nicht, aber er wirkt wahre Wunder.«

»Ich bin mir noch nicht sicher, ob ich meinen aufgeben soll. Es sind immerhin schon fünf Jahre.«

»Na, wenn du mit ihm bumst, glaube ich nicht, daß er dir viel hilft.«

»Nein, und offen gesagt verlangt er weiterhin ein Heidengeld.«

»Ach, er geht mit dir ins Bett und kassiert obendrein?«

»Er ist eben ein Profi.«

Nacho gab ihr Dr. Tristáns Visitenkarte, eine Karte, die dieser munter überall verteilte, und während Aurora sie in ihr Adreßbuch steckte, huschte er ins Bad.

»Nacho, warum schließt du dich ein? Du weißt, ich hasse es, wenn du dich einschließt.«

»Ich hab's eilig.«

»Sag nicht, daß du schon gehen willst.«

Nacho stand lieber allein unter der Dusche. Zu seinem Schrecken hatte er entdeckt, daß er an Sara dachte, als er mit Aurora Liebe gemacht hatte. Und das gefiel ihm gar nicht. Seit wir uns kennengelernt hatten, hatte er sich immer gehütet, sich zu verlieben, als wäre das die schlimmste Krankheit. Und vielleicht war's das auch.

Das beharrliche Hämmern an der Tür und Auroras Schnurren erweichten sein Herz nicht. In aller Ruhe trocknete er sich ab, zog sich an und kämmte sich vor dem Spiegel. Er parfümierte sich sogar, um den penetranten Geruch nach Frau zuzudecken, der ihn wie ein Schatten verfolgte.

»Mach auf, ich will's unter der Dusche treiben«, rief Aurora, die nicht von der Tür wegzubringen war.

Drinnen versprach ihr Nacho, wenn sie wieder ins Bett ginge, würde er ihr eine angenehme Überraschung bereiten. Zuerst traute sie ihm nicht, aber als er ihr versprach, die ganze Nacht bei ihr zu bleiben, trippelte sie unterwürfig ins Bett zurück und bot sich ihrem Geliebten wie ein ausgewickeltes Bonbon dar. Nacho öffnete die Badezimmertür und schaffte es, im Laufschritt die Wohnung zu verlassen.

Aurora verfolgte ihn bis zur Schwelle und stoppte gerade noch rechtzeitig, um nicht nackt ins Treppenhaus zu rennen.

»Du bist ein unreifer Kerl«, rief sie ihm nach. Dann schloß sie die Tür und brach in Tränen aus.

Völlig frei von Gewissensbissen machte sich Nacho auf den Weg zur Großmutter. Aurora war für ihn nicht mehr als die am leichtesten verfügbare Option. Großmutter Alma würde schön überrascht sein, wenn er sie schon wieder besuchte, aber in diesen letzten Momenten ihres Lebens mußte man sie sehr liebhaben. Das wenigstens wollte er Sara erklären. Doch die Überraschung war auf seiner Seite, als ihm Gaspar öffnete.

»Was machst du denn hier?«

»Und du?«

Sara war Gaspar dabei behilflich, eine Liste von Büchern zu erstellen, die ihm die Großmutter schenken wollte. Nacho setzte sich zu ihnen und vermied jede Bemerkung über den Tod ihres Freundes. Unbeholfen erzählte er, er sei gerade vorbeigekommen und habe beschlossen, die Großmutter zu besuchen. Er mußte die skeptischen Bemerkungen des eifersüchtigen, besitzergreifenden Gaspar über sich ergehen lassen, hielt sie aber nur für dumm und kindlich.

»Das ist ja wie in der U-Bahn«, sagte Sara scherzhaft, als es erneut klingelte.

Félix, der Vater, trat über die Schwelle und wechselte mit Sara einen ironischen Blick.

»Na, ich bin angenehm überrascht, wieviel Interesse meine Söhne an ihrer Großmutter zeigen.«

Matías hatte gerade die achtlos ums Schwimmbecken verstreuten Tücher, Bälle, Sonnencremes und übrigen Utensilien eingesammelt, als sein Vater und die beiden Brüder von der Großmutter zurückkamen.

»Läßt denn hier jeder einfach alles liegen?« begrüßte er die drei.

Der Tisch in der Küche war gedeckt, und die Mutter wartete, bis sich alle gesetzt hatten, um das Abendessen aufzutragen. Dr. Tristán und Basilio plauderten über ein Buch, in dem sie während der Sitzung gelesen hatten. Felisín und seine Freunde brachten das Wohnzimmer in Ordnung, nachdem sie sich den Film des Tages angesehen hatten: *Jennie,* ein altes Schwarzweiß-Melodram, das alle entzückt und Alberto Alegre zu hemmungslosen Tränen gerührt hatte; er gestand, er habe von drei, vier defekten Stellen im Zelluloid und einem durch die Erzählung nicht gerechtfertigten Näherfahren im Travelling nichts bemerkt. Überzeugt, daß das Kino tot war und solche Filme nie mehr gedreht würden, verließen sie das Wohnzimmer.

Felisín verabschiedete seine Freunde an der Tür. Vollzählig um den Tisch sitzend, wartete seine Familie auf ihn. Er nahm den Projektor und trug ihn in sein Zimmer hinauf. Als er sich bückte, um ihn unters Bett zu schieben, entdeckte er auf der Matratze einen Zettel. Es war ein sorgfältig gefalteter Bogen, abgefaßt in Nicoles persönlicher, spitzer französischer Schrift: ›Die Situation ist unhaltbar für mich. Ich gehe nach Hause zurück. Versuch nicht, mich zu finden. Unsere Flamme ist immer schwächer geworden, bis sie ganz erloschen ist, und ich habe mir nicht länger etwas vormachen können. Ich hoffe, du bist mir nicht böse. Ich habe dich geliebt. Nicole. PS. Ich nehme nichts mit, alles hat dir gehört.‹

Auch ohne Wörterbuch durchbohrten die Worte Felisíns Herz wie ein Schwert. Als er versuchte, wieder in normalem Tempo zu atmen, rief seine Mutter nach ihm. Er faltete den Bogen zusammen, versteckte ihn unter dem Kopfkissen und ging in die Küche hinunter.

Dort setzte er sich zwischen seine Brüder; Nicoles jetzt leerer Platz war eine Ohrfeige für seine Eigenliebe. Als sie an diesem Nachmittag, wie es ihre Gewohnheit war, sein Zusammensein mit den Freunden gestört und ihm mitgeteilt hatte, sie wolle einen Spaziergang machen, war ihm an ihr nichts Besonderes aufgefallen.

»Ich bin zum Abendessen wieder zurück«, hatte sie gesagt, und diese Lüge war für den ältesten Belitre-Bruder jetzt unerträglich.

So sehr hatte sich die Beziehung abgekühlt? So schlecht war alles gelaufen? So blind war er gewesen, daß er nicht gemerkt hatte, wie morsch ihre Gemeinschaft geworden war? Er war nicht in der Lage gewesen, ihr die Sicherheit zu bieten, die eine Frau braucht. Der Geldmangel, die Unmöglichkeit, das Elternhaus zu verlassen, hatten die schönste aller Liebesbeziehungen ruiniert. Oder am Ende war sie das gar nie gewesen. Vielleicht war dieses idyllische Bild nur eine optische Täuschung gewesen. Was wußte er denn von ihr? Daß sie aus Nizza stammte – aber weder eine Adresse noch eine Telefonnummer. Nichts. Da gab es nur einen

Namen, eine heiße Bettgeschichte während eines Flimfestivals und die Erinnerung an die Liebkosungen dieses sanften, zarten, begehrenswerten Körpers. Und eine Eheurkunde, auf deren Rückseite er jetzt seinen Abschiedsbrief schreiben konnte, bevor er sich umbrachte.

Lucas, von seinem Maulkorb befreit, damit er das Abendessen verschlingen konnte, schaute zu seinem ältesten Bruder hinauf und fragte:

»Wo ist Nicole? Kommt sie nicht?«

Alle wandten sich Felisín zu und warteten auf eine Antwort, die den leeren Platz am Tisch ausfüllen sollte. Wütend blitzte Felisín seinen kleinen Bruder an.

»Halt den Schnabel, du Scheißzwerg, und laß mich in Frieden.«

Lucas verstummte, alle verstummten. Dem Kleinen kullerte eine Träne über die Wange. Felisín kam sich wie ein Idiot vor, weil er einen zehnjährigen Jungen für diesen Fehlschlag in seinem Leben büßen ließ. Er wandte sich zu seiner Mutter um und erklärte kaltblütig:

»Sie hat angerufen und gesagt, sie bleibt bei einer Freundin.«

Der Vater schaute ihn streng an und entgegnete:

»Sprich nie wieder so mit deinem kleinen Bruder.«

»Genau, siehst du denn nicht, daß er noch klein ist?« fügte Matías hinzu.

Felisín fühlte sich elend, entschuldigte sich und ging in sein Zimmer hinauf.

Wenn eine große, um den Tisch versammelte Familie in Schweigen verharrt, ist ohne jeden Zweifel etwas Schlimmes in Gang. Wenn niemand schreit, weint, Ruhe verlangt, aufs Tischtuch schlägt oder wütend irgendeine Person auf der Mattscheibe anschreit, muß das einen triftigen Grund haben.

In seinem Zimmer zog sich der älteste der Belitre-Brüder aus und schlüpfte ins Bett. Ihm war schwindlig. Die Laken dufteten nach Nicole. Im Dunkeln zog er den Brief unter dem Kopfkissen hervor, umklammerte ihn und begann still vor sich hinzuweinen, so wie vor einem Augenblick sein kleiner Bruder.

Nacho und Gaspar hatten bei ihrem gewohnten Gespräch vor dem Einschlafen andere Dinge im Kopf, die ihre ganze Konzentration erforderten.

»Hast du bemerkt, wie Sara heute ausgesehen hat? Sie ist reizend«, sagte Nacho, um die Stille der Dunkelheit zu durchbrechen. »Und sie trug keinen BH.«

»Ich habe dir schon gesagt, daß sie nicht mein Typ ist«, log Gaspar zum x-tenmal.

»Ich weiß schon, mit welcher Methode ich sie krieg, ich hab's schon.«

»Ah ja? Kluger Kerl. Du meinst, Sara ist wie diese Ziegen, die du immer aufreißt.«

»Paß auf, um ein Mädchen zu erobern, ist es am besten, wenn sie dich mit einer andern sieht. So verlieren sie die Angst vor dem Unbekannten und wissen, daß es nichts zu fürchten gibt, wo schon ein anderes Mädchen erfolgreich war. Außerdem werden sie eifersüchtig. Und eine eifersüchtige Frau ist fügsamer.«

»Jaja, schon gut, erzähl mir keine Märchen«, sagte Gaspar, obwohl er sich in diesem Moment bereits überlegte, mit welchem Mädchen er vor Sara erscheinen und die Methode seines Bruders in die Tat umsetzen könnte.

Eine Etage tiefer erwachte Felisín, den feuchten Zettel in der Hand, und wußte nicht, wieviel Zeit vergangen war. Er dachte, alles sei nur ein Traum gewesen, aber dann las er Nicoles Worte wieder. Er schaute auf die Uhr. Halb fünf. Durchs offene Fenster konnte er sehen, wie ihn der Augustmond auslachte. Er zog sich hastig an und füllte leise den Schrankinhalt in die beiden Koffer – sämtliche Kleider, die Nicole während ihres kurzen gemeinsamen Lebens angehäuft hatte. Kostbare Kleider, Reizwäsche, aufgetrennte und abgetragene Jeans, alle möglichen Schuhe. Dann schloß er die Koffer, setzte sich an den Tisch, suchte nach einem Block und umklammerte den Kugelschreiber.

Die Inspiration kam ihm bei seinem Vorhaben nicht zu Hilfe, so daß er Nicoles Brief vor sich hinlegte und die Falten mit der Handfläche glattstrich. Unfähig, sich zu beruhigen, begann er zu schreiben. ›Die Situation ist unhaltbar für uns. Wir gehen nach Frankreich zurück. Es ist unmöglich, mit allen zusammenzuleben, und wir können uns nicht länger etwas vormachen. Seid uns nicht böse. Es lieben euch Nicole und Félix. PS. Ihr werdet von uns hören.‹

Als er das Geschriebene noch einmal las, spürte er einen Stich in der Brust. Diese Sätze in den Plural zu übertragen war eine weit schmerzhaftere Übung gewesen als ein gewöhnliches Plagiat. Er dachte, diese Worte hätte er viel früher schreiben sollen als Nicole die ihren. Er legte seinen Brief mitten aufs Bett und steckte denjenigen Nicoles in die Tasche. Dann nahm er die beiden Koffer und schlich sich die Treppe hinunter.

Er öffnete die Haustür und trat in die heiße Nacht hinaus. Auf Zehenspitzen, um den in seinem Zelt schlafenden Dr. Tristán nicht zu wecken, durchquerte er den Garten. Das Schnarchen des Psychiaters wirkte beruhigend auf ihn. Draußen ging er mit den Koffern davon. Nach wenigen Schritten hielt er auf der menschenleeren Straße erschöpft ein Taxi an. Sie luden das Gepäck in den Kofferraum und fuhren los.

Der Taxifahrer versuchte ein Gespräch anzuknüpfen, aber es gelang ihm nicht, Felisín aus seinem Grübeln herauszulocken.

»Haben Sie gewußt, daß wegen der Hitze die Zahl der Verbrechen in den Sommermonaten um mehr als das Doppelte zunimmt?«

»Halten Sie hier eine Sekunde an.«

Felisín stieg aus, nahm die Koffer und warf sie in einen vollen Müllcontainer. Nachdem er wieder eingestiegen war, schaute ihn der Taxifahrer im Rückspiegel mit einer Mischung aus Angst und Strenge an.

Sowie er Felisín abgesetzt hatte, fuhr er durch die ganze Stadt zum Container zurück. Aber als er dort anlangte, waren die Koffer geöffnet und die Kleider verschwunden. Er war enttäuscht, daß er keine zerstückelte Leiche fand. Einen Moment zuvor hatte eine schlaflose Frau von ihrem Balkon aus alles mitverfolgt und sich auf die Straße hinuntergeschlichen. Sie sah den prachtvollen Kofferinhalt, nahm die wertvollsten Kleidungsstücke an sich und kehrte in ihre Wohnung zurück. Als sie sich am nächsten Tag ihrem Mann nach dessen Rückkehr von der Arbeit in einem kostbaren malvenfarbenen Kleid und Wildlederschuhen zeigte, begann er fuchsteufelswild auf sie einzuschlagen. Sie beteuerte, sie habe die Sachen auf dem Müll gefunden, doch er verdoppelte die Schläge bloß und schimpfte sie eine Hure. »Der einzige, der hier Geschenke macht, bin ich«, schwor ein Nachbar gehört zu haben. Unter dem zerrissenen Kleid entdeckte er Nicoles aufreizenden schwarzen Unterrock; da ohrfeigte er sie völlig außer sich und vergewaltigte sie. Erst nachher bemerkte er, daß sie schon tot war.

Der Taxifahrer setzte Felisín vor einer alten Haustür in der Calle Ortega y Gasset ab. Der älteste der Belitre-

Brüder sah, wie sich das kleine Schlußlicht in der Ferne verlor. Er zögerte einen Augenblick und drückte dann kräftig auf den Knopf der Gegensprechanlage für die Wohnung im fünften Stock links.

»Wer ist da?«

»Félix Belitre. Ich muß irgendwo die Nacht verbringen.«

Zwölf

Was bleibt von unseren Liebschaften?
Was bleibt vom Monat April?
Von diesen Rendezvous?
Eine Erinnerung, die mich unablässig verfolgt.

Charles Trénet

Erst als sie am Tisch saßen und mit dem Mittagessen beginnen wollten, getraute sich die Mutter, zu Felisíns und Nicoles Zimmer hinaufzugehen. Nachdem sie angeklopft, aber keine Antwort erhalten hatte, trat sie ein und entdeckte auf dem zerwühlten Bett die Nachricht ihres Sohnes. Sie ging wieder hinunter und gab das Blatt ihrem Mann. Dieser las es aufmerksam, bis es ihm Nacho aus der Hand riß. So wanderte es von einem Bruder zum nächsten, und schließlich gab Matías es Dr. Tristán, als gehöre auch er zur Familie. Niemand machte eine Bemerkung, obwohl die Mutter mit den Tränen kämpfte.

Es verging ein Tag, bis sie Felisíns ersehnten Anruf aus Frankreich bekamen. Nicole und er hätten sich bei ihren Eltern eingerichtet, »bezaubernden Leuten«, wie er sagte, und die Mutter glaubte in seinen Worten einen Vorwurf zu hören. Sie stellte fest, daß seine Stimme traurig klang, und sie unterhielten sich kaum fünf Minuten, bevor sie sich wieder verabschiedeten. Laute Musik im Hintergrund machte die Verständigung schwierig. Felisín versprach, nicht lange wegzubleiben und bald zu seiner Familie zurückzukehren, vor allem wegen seiner Arbeit. Ein wenig erleichtert, hängte die Mutter ein, froh, die ferne Stimme ihres Sohnes gehört zu haben.

Doch dieser Sohn war nicht allzuweit entfernt. Er war bei seinem Freund Alberto Alegre untergekommen, der immer sehr gastfreundlich war. Nach einer Nacht auf dem Sofa hatte Felisín seinem Freund schließlich die ungeschminkte Wahrheit erzählt. Er fühlte sich gedemütigt und dachte nicht daran, sich seiner Familie anzuvertrauen. Er war auch nicht in der Lage, seine Arbeit weiterzuführen, so daß an seiner Stelle Alegre die Filmkritiken schreiben und der Zeitung schicken würde, um zu vermeiden, daß Nicole ein zweites Mal die Ursache für einen Hinauswurf wäre.

Alberto brachte ihn dazu, seine Familie anzurufen und sie zu beruhigen. Felisín legte eine Platte von Charles Trénet auf, um eine französische Hintergrundambiance zu schaffen, und erdreistete sich, seine Mutter zu belügen. Nachdem er eingehängt hatte, nahm er depri miert die Platte vom Grammophon und brach sie entzwei. Auf dieselbe Art fiel er über die ganze Sammlung Langspielplatten her, zog sie aus ihren Hüllen und schlug sie über dem Knie kaputt. Sein Freund konnte ihn gerade noch bremsen, als er sich wütend aufs Regal mit den dort aufgereihten Tonstreifen stürzen wollte.

Beim Mann ruft das Scheitern in der Liebe tragikomische Zustände hervor. Wer auf die klassischen Heilmittel verzichtet – Alkohol, Drogen, Prostituierte –, verfällt in eine verworrene Depression. Die große Krise der Eitelkeit führt zu einem vollkommenen Verlust der Abwehrkräfte und zu grandioser Selbstverhätschelung. Ich habe Männer gesehen, die ihr Bett faktisch wochenlang nicht verlassen haben, um im Schlaf das Vergessen zu suchen. Ich habe Männer gesehen, die die Nummern sämtlicher Frauen in ihrem Telefonverzeichnis angerufen haben, um in einem erotischen Abenteuer das Vergessen zu suchen. Ich habe Männer gesehen, die sich in die Literatur gestürzt und Briefe verfaßt haben, als helfe Schreiben beim Vergessen. Ich habe Männer gesehen, die bei durchgedrücktem Gaspedal dahergerast sind und einen Frauennamen aus dem Wagenfenster gebrüllt haben, um schreiend das Vergessen zu suchen. Alles in einem erbarmungslosen, von vornherein verlorenen Kampf, der sie vor der großen Niederlage ihres Egos bewahren soll. Die Männer benutzen die Frauen, um sich über diese dazwischengeschaltete Person in sich selbst zu verlieben.

Nicoles Flucht, dieser große Fehlschlag in seinem privaten und beruflichen Leben, brachte den ältesten der Belitre-Brüder dazu, über die Mittelmäßigkeit seines Daseins und die Sinnlosigkeit der Zukunft nachzudenken. Diese Selbstbemitleidungsorgie fand im Wohnzimmer seines gastfreundlichen Kollegen statt, auf einem Sofa, von dem Felisín nicht mehr aufstehen mochte.

Es gibt Grund zur Annahme, daß diese vermeintliche Würde in Liebesdingen bei der Frau weniger ausgeprägt ist. Oft sind Frauen eher bereit, sich vom geliebten Mann beleidigen und verachten zu lassen. Beispielsweise Aurora. Einen Mann an ihrer Stelle hätte man als Trottel bezeichnet. Sie hängte nicht ein, wenn Nacho am Apparat war, öffnete ihm Arme und Beine, wenn er es verlangte, und litt einsam vor sich hin, wenn er sie mied. Wenige Männer sind bereit, ihr Ego so regelmäßig ohrfeigen zu lassen. Manche würden das wohl mit der Faszination erklären, die dieser junge, attraktive Liebhaber auf die unglückliche, so viel ältere Frau ausübte, und vielleicht mit allen schmerzlichen Erfahrungen, die sie im Lauf ihres Lebens hatte machen müssen. Dabei war Aurora keineswegs eine häßliche oder unangenehme, gealterte oder dumme Frau. Sie hatte ganz einfach die Geduld verloren, diese urweibliche Tugend.

Deshalb konnte Nacho auf sie zählen, wo sie auch war und was immer sie für Pläne hatte. Aurora war ganz für ihn da. Sie spürte, daß sie, wenn sie ihrem Liebhaber die Nägel in den Rücken krallte, sich gleichzeitig ans Leben klammern konnte, das ihr sonst unter den Händen zerrann. Nach so vielen vertanen Jahren und so vielen Enttäuschungen war sie imstande gewesen, sich wieder zu verlieben, und sie wehrte sich mit Händen und Füßen dagegen, den Nährboden ihrer Leidenschaft zu verlieren. Dafür war sie bereit, jede Strafe auf sich zu nehmen, sogar Verachtung.

Vor Nacho verheimlichte sie ihre Ängste, sie behandelte ihn liebevoll. Immer wieder offenbarte sie ihm neue Möglichkeiten ihres Liebesrepertoires, mixte ihm Ekstasecocktails, führte ihm ihren Körper vor. Alles, nur nicht die Einsamkeit, nur nicht vergehen wie diese Brausetabletten, die sie sich manchmal einführte, um zu unerlaubter Lust zu kommen.

Soeben hatte Nacho bei ihr geklingelt, und Aurora hatte ihm durch die Gegensprechanlage zu verstehen gegeben, sie denke gar nicht daran, ihn nach dem Vorfall von neulich abends einzulassen. Aber Nacho hatte schon eine Antwort bereit:

»Ich will nicht rein, ich will, daß du herunterkommst. Los, ich warte hier auf dich.«

Als er sie kommen sah, versteckte er sich und überraschte sie dann mit einem langen, warmen Kuß, dem sie sich zuerst zu entwinden versuchte, schließlich aber ergab. Nacho nahm sie an der Hand und sagte, sie würden einmal etwas anderes machen. Störrisch ging sie neben ihm her und versuchte ihm zu entlocken, wohin er sie führe. Nacho hüllte seine Worte in sein bezauberndstes Lächeln:

»Hab ich dir nie gesagt, daß ich verrückt bin? Ich bin's aber. Du wirst schon sehen.«

Aurora hörte, er sei verrückt nach ihr, und das genügte, um ihm mit dem unerträglichen Gefühl zu folgen, alle starrten sie an und beurteilten sie nach dieser Beziehung mit einem jungen Mann, der ihr Sohn hätte sein können.

Das alte Gebäude, das dunkle Treppenhaus und der Umstand, daß Nacho sie bat, bei der Eingangstür zu warten, befremdeten sie. Sie befürchtete eine weitere Täuschung, aber er versicherte ihr, er werde ihr gleich ein Zeichen geben, ebenfalls heraufzukommen. Aurora wartete und sah ihn treppauf verschwinden.

Nervös bis zur Hysterie, klingelte Nacho an Großmutter Almas Tür. Es war noch zeitig am Morgen, so daß unmöglich unerwünschte Familienmitglieder hier sein konnten, und der Großvater hatte sich bestimmt schon zu seiner Stadtguerilla aufgemacht. Sara öffnete ihm und schaute ihn mit verhaltener Überraschung an.

»Kann ich eine Sekunde hereinkommen?«

Sie trat beiseite, um ihn durchzulassen, und schloß hinter sich die Tür.

»Natürlich, die Großmutter ist schon seit einer Weile wach.«

Nacho senkte die Stimme und schüttelte den Kopf.

»Nein, ich will nicht die Großmutter besuchen.« Man merkte ihm die Nervosität an – er rang nach Worten, was, ohne daß er es beabsichtigte, seinem Plan förderlich war, einem Plan, den er einer zuerst überraschten und dann amüsierten Sara stockend auseinandersetzte. »Ich habe nämlich ein Problem. Unten wartet ein Mädchen.«

»Ein Mädchen?«

»Ja, also, das ist eine sehr lange Geschichte... Ich brauche einen Ort..., nun, eher ein Bett... Also, wir wissen nicht, wohin...«

»Aber hier..., ich...«

»Wir sind verzweifelt. Sie ist verheiratet, und, na ja... Der Freund, der uns normalerweise seine Wohnung zur Verfügung stellt, hat uns im Stich gelassen. Du mußt mir diesen Gefallen tun. Die Großmutter wird nichts davon erfahren.«

Sara schaute ihn neugierig an und sah das angedeutete unschuldige Lächeln sehr wohl, das er auf sein Gesicht zaubern konnte.

»Also gut. Dort, im Zimmer des Großvaters, aber macht keinen Lärm, sonst bin ich dran.«

Als Aurora heraufkam, wechselten Sara und sie, beide verwirrt, einen Gruß, und Nacho führte seine Partnerin ins Zimmer des Großvaters. Aurora kannte vielerlei Perversionen, aber sie hätte sich nie träumen lassen, daß Nacho zu denen gehörte, die Spaß daran finden, zwischen Kruzifixen und verschiedenartigsten Heiligenbildchen Liebe zu machen.

Nacho hieß sie still sein und entkleidete sie eifrig. Rasch nahm sie am Spiel teil und zog ihn ebenfalls aus. Ineinander verschlungen fielen sie aufs Bett. Nacho wollte, daß Sara sie hörte, und brachte Aurora zum Stöhnen. Nachdem er ihr den ersten Orgasmus beschert hatte, gönnten sie sich eine Pause; Nacho stand auf und wickelte sich ein Bettuch um die Lenden.

»Ich bin gleich zurück«, sagte er zu Aurora, die aus dem Staunen nicht herauskam.

Halb pervertierter römischer Nobilis, halb athletischer griechischer Ephebe, verließ Nacho das Großvaterzimmer und ging durch den Salon in die Küche, wo er Sara traf. Beide fanden die Situation so komisch, daß sie sich beherrschen mußten, um nicht loszuprusten. Inspiriert setzte Nacho mit großen komischen Faxen zu einer Erklärung an.

»Du denkst bestimmt, ich spinne total«, sagte er.

»Nun, ein wenig schon.«

»Du hast ja keine Ahnung, was das für eine Geschichte ist. Die Frau ist ein wildes Tier. Weißt du, daß sie mit einem meiner Professoren verheiratet ist? Aber das hab ich erst entdeckt, als wir uns schon miteinander eingelassen hatten. Es ist unglaublich«, log Nacho. In dieser Situation wirkte jede seiner Eingebungen glaubhaft. »Frag mich nicht, wie ich immer wieder in so was hineingerate.«

Sara schaute ihn belustigt an, etwas verwirrt durch seine kaum verhüllte Nacktheit, aber ohne die Schamröte und Schüchternheit, die er sich gewünscht hätte.

»Weißt du, was sie jetzt will?« sagte Nacho mit leicht verrücktem Lächeln. »Marmelade.«

»Marmelade?«

»Ja, nun, sie..., du weißt schon, sie schmiert mich gern ein – aber was erzähl ich dir da. Ist Marmelade da?«

Bei ihrem Geflüster und wenn sie lachte, zeigte Sara vollkommene Zähne. Sie öffnete die Kühlschranktür und nahm ein Glas Marmelade heraus.

»Passen Brombeeren?« fragte sie ironisch. »Ich habe sie im Reformhaus gekauft.«

Keine zwanzig Minuten später hatten sich Nacho und Aurora wieder angezogen und verließen das Zimmer. Vollkommen ungezwungen begleitete Sara sie zur Tür und hatte für Auroras Schüchternheit wie Nachos Unverfrorenheit dasselbe entzückende Lächeln. Nacho erging sich in Dankesbezeigungen und drückte Sara zum Abschied sogar zwei gerührte Küsse auf die Wangen.

Sie nahm einen intensiven Geruch nach Frau wahr und sah ihn die Treppe hinuntergehen.

»Ich bin dir ein Geschenk schuldig«, rief er zurück.

Als sie wieder auf der Straße standen, konnte sich Aurora nicht länger beherrschen:

»Wirst du mir endlich sagen, was das alles soll?«

Als einzige Antwort bekam sie Nachos absoluteste Ausrede:

»Nicht jetzt, es tut mir leid, aber ich muß gehen. Du weißt, wie du nach Hause kommst, ja?«

Und er ging rasch und nervös davon, in tiefes Nachdenken über mögliche Risiken und Nebenwirkungen seiner Aktion versunken. ›Mein Gott‹, dachte er, ›wie reizend sie war.‹

Natürlich war das eines der wenigen Geheimnisse, die er vor Gaspar hatte, und selbst als er an diesem Vormittag nach Hause kam und seinen Bruder über einem weiteren Kapitel seines professionellen Essays brüten sah, sagte er kein Wort. Nacho war aufgeregt und tigerte unruhig im Zimmer auf und ab. Einmal dachte er, er habe bei Sara alles verdorben, und dann wieder, der Weg zu ihrem Herzen sei endlich frei. Daß er, was selten vorkam, so schrecklich verliebt war, überraschte ihn. Nicht sehr aufmerksam las er die Seiten, die sein Bruder geschrieben hatte, und sah sich außerstande, viel daran zu korrigieren. Das Thema, die Ersetzung des traditionellen Erziehungssystems durch ein anarchistisches, auf zwei Jahre reduziertes, war zu weit von seinen momentanen Gedanken entfernt. Er wollte es jemandem erzählen, Gaspar war sein Freund und Bruder, schließlich teilten sie alles, aber das nicht, das war unmöglich. Er wußte, daß Sara auch Gaspar gefiel.

Die Mutter machte sich noch immer Sorgen über das verzagte, deprimierte Gesicht ihres Mannes und suchte nach der sinnvollsten Abhilfe. Als sie an diesem Abend spürte, daß Matías eingeschlafen war, ging sie zu Félix ins Gästezimmer, das weiterhin so hieß und den Vater der Belitres zu einem Dauergast machte, was ja in Wirklichkeit der Stellung entsprach, die er gegenwärtig im Familienorganigramm innehatte.

Als sie zu ihm in das kleine Bett schlüpfte, erwachte er.

»Erschrick nicht, ich bin's.«

Flüsternd unterhielten sie sich darüber, daß Basilio angerufen und mitgeteilt hatte, er werde diese Nacht nicht zu Hause schlafen. Gaspars und Nachos sibyllinisches Lächeln war den Eltern nicht entgangen, aber da sie den wahren Grund für Basilios Ausbleiben nicht nur kannten, sondern ihn sogar bezahlten, hatten sie Dr. Tristán bloß einen fragenden Blick zugeworfen, der mit einem beruhigenden Lächeln beantwortet worden war.

Ein Weilchen plauderten sie über Felisíns Abwesenheit, dann kletterte die Mutter auf den Vater, und sie begannen sich zu necken. Plötzlich wurde die Tür aufgestoßen, und ein verschlafener Matías stand vor ihnen.

»Mama, was tust du hier?« fragte er sichtlich verärgert.

Die Mutter suchte noch unter den naheliegendsten Entschuldigungen, da erhob der Vater gereizt die Stimme:

»Matías, geh sofort in dein Bett zurück. Na, wird's bald?«

Die völlig ungewohnte Autorität des Vaters weckte Gaspar und Nacho auf, die die Ohren spitzten, sich aber nicht getrauten, etwas zu sagen oder ihr Zimmer zu verlassen, und überraschte Lucas beim Füttern seiner trägen Fische.

Matías blieb jedoch wie angewurzelt in der Tür stehen. Die Mutter schaute ihn an und versuchte ihren Mann zu beschwichtigen.

»Laß gut sein, Félix. Los, Matías, geh zurück ins Schlafzimmer, ich komme in einer Sekunde nach.«

»Ich gehe erst, wenn du mitkommst.«

Erregt kletterte Félix aus dem Bett und stellte sich vor seinen Sohn.

»Hast du nicht gehört, was ich gesagt habe? Geh auf der Stelle wieder ins Bett.«

»Du hast mir nicht zu befehlen, daß …«

Bevor er den Satz beenden konnte, verpaßte ihm sein Vater eine schallende Ohrfeige. Der Kleine machte kehrt und verschwand im Schlafzimmer. Die Mutter stand auf, warf dem Vater einen strafenden Blick zu und verließ den Raum.

»Das wäre nicht nötig gewesen, Félix.«

Verwirrt schloß Félix die Tür und ging wieder ins Bett. Eine Zeitlang starrte er an die Decke, dann drehte er sich auf die Seite und versuchte den verlorenen Schlaf wiederzufinden.

Als die Mutter ins Bett stieg, schloß ihr Sohn Matías sie weinend in die Arme. Die Tränen flossen unaufhaltsam, er konnte kaum atmen. Um den Jungen zu beruhigen, nahm die Mutter instinktiv einen alten Brauch wieder auf, dessen Ursprung die Anthropologen in primitiven Stämmen ansiedeln. Sie griff Matías zwischen die Beine und hielt ihn kräftig fest, bis er sich, sowie sie seine Erregung befriedigte, allmählich beruhigte.

Dreizehn

Ich bin keine Mißgeburt. Ich bin ein Mensch.

John Merrick

Am frühen Morgen, noch halb schlafend, liebten sich Basilio und Mayka. Sie wußten nicht, daß es das letzte Mal war. Hätte er es gewußt, so hätte sich Basilio bestimmt nicht auf zwei Attacken in Missionarsstellung beschränkt, bevor er, Maykas Arm als Kissen und die Maske vor dem Gesicht, wieder einschlief.

Als er erwachte, legte ihm Mayka den Kopf auf den Bauch, sie lächelten sich an, und sie bestand darauf, daß sie in großem Stil frühstückten. Zu Basilios Überraschung wollte sie zum Burger King an der Ecke hinuntergehen und zwei Hamburger mit Coca-Cola und einem ordentlichen Haufen öltriefender Pommes frites kaufen.

»Ideal wäre es, wenn wir anrufen könnten, und sie brächten uns alles ans Bett«, scherzte Basilio.

»Oh, das wäre super«, begeisterte sich Mayka. »Sollen wir das machen? Rühr dich nicht von der Stelle, schließ die Augen und warte fünf Minuten.«

In aller Eile zog sie sich an und ging auf die Straße hinunter. Allein im Bett, wälzte sich Basilio hin und her und suchte eine Stellung, in der er wieder einschlafen könnte. Als er sich auf der Matratze umdrehte, war das Nachttischchen genau auf seiner Augenhöhe. Die Schublade stand halb offen. Er griff hinein und stieß an die offene Präservativschachtel. Darunter lag ein Zettel.

Neugierig angelte er ihn hervor und faltete ihn auseinander.

Er las: ›Überhäufe Basilio mit deiner Liebe. Unternimm alles, um ihn zu befriedigen. Es darf keine Sekunde vergehen, ohne daß du ihn umarmst ...‹ Der Text ging noch weiter, aber Basilios Augen glitten ans Ende des Blattes, wo er die Initialen las: T. B. Es war kein Zweifel möglich.

Wie eine Feder schnellte er aus dem Bett. Er zertrampelte die Maske und schmiß sie auf den Stuhl, wo seine Jacke lag. Es waren die Initialen, die er in Dr. Tristán Bausáns sämtlichen Büchern gesehen hatte. Er ließ sich auf die Matratze zurückfallen.

Was hatte das zu bedeuten? Welche Beziehung bestand zwischen Dr. Tristán und Mayka? Da konnte keine Übereinstimmung bestehen, es war unmöglich, daß der Arzt der Exmann dieses Mädchens war. Aber war es möglich, daß alles nicht stimmte?

Als die Tür aufging, hörte er auf zu denken. Mayka traf ihn auf dem Bett sitzend an und zeigte ihm die beiden Hamburgerschachteln, als wären sie der Inbegriff der Romantik.

»Ein Super-Whopper für den Herrn und ein Spezial mit Speck und Käse für mich. Übrigens, weißt du, was ein Mikrowellengerät ist?«

Aber er schlug ihr die Schachteln aus der Hand, so daß sie aufs Bett flogen. Sie erschrak. Basilio packte sie an den Haaren und zwang sie, vor ihm niederzuknien.

»Wie hieß dein Mann?«

Mayka dachte einen Moment nach.

»Mein Mann? Ricardo. Warum fragst du?«

Er antwortete nicht, sondern schloß, erregt und zugleich verärgert, die Augen. Maykas Kopf fixierend, fragte er im selben Ton weiter.

»Woher kennst du Dr. Tristán?«

Verwirrt schaute sie zu ihm auf.

»Ich kenne keinen Doktor.«

Bevor sie den Satz beendet hatte, stieß er sie gegen die Wand. Sie stürzte zu Boden. Basilio wedelte drohend mit dem Zettel vor ihrem Gesicht herum. Sie überflog ihn flüchtig.

»Woher kennst du ihn?«

»Von nirgends.«

Seine Hand wiederholte die Frage mit einer kräftigen Ohrfeige, dann mit noch einer. Mayka begann aus der Nase zu bluten. Als sie ihr eigenes Blut bemerkte, begann sie zu weinen und brach zusammen.

»Er bezahlt mich dafür, daß ich mit dir ins Bett gehe«, schrie sie wütend, wie ein verwundetes Tier.

»Bist du eine Hure? Hat er mir die ganze Zeit eine Hure bezahlt?«

»Und? Spielt's eine Rolle?«

Als Basilio nach Hause kam, war es noch früh. Kein Familienmitglied hatte die geringsten Anstalten gemacht, sich zu strecken; nur der Vater stand schon in der Dusche. Basilio öffnete das Gittertor und trat in den Garten. Auf dem Heimweg hatte sich seine Wut nicht gelegt, sondern war im Gegenteil mit seinen sich überstürzenden Gedanken und einer ersten flüchtigen Bilanz der Täuschungen noch größer geworden. Er ging zum Zelt, in dem Dr. Tristán schlief.

»Hurensohn, Lügner, Schweinehund.«

Er schrie weiter, während er auf die Zeltwände eintrat und wütend die Heringe aus dem Boden riß, so daß die Spannung nachließ und das Zelt zusammensackte.

Der Arzt streckte den Kopf heraus, als es nur

noch auf der mittleren Stützstange ruhte. Zornig rief Basilio:

»Du hast mich reingelegt, du bist ein Hurensohn, warum hast du das getan? Du hast mit mir gespielt – hältst du mich für ein Arschloch? Du bist ein Scheißkerl.«

»Basi, bitte, wir werden uns unterhalten.«

»Ich will, daß du auf der Stelle mein Haus verläßt. Wie kannst du mir noch in die Augen sehen? Mir eine Hure zu bezahlen als würde sich damit alles einrenken. Und du hast ihr Anweisungen gegeben, natürlich. Heute holst du ihm einen runter, morgen soll er die Maske aufsetzen.«

Basilio zog die Maske aus der Tasche und schleuderte sie dem Arzt ins Gesicht. Der nahm sie mit verdrießlicher Miene in die Hand. Seine schlimmsten Befürchtungen hatten sich bewahrheitet.

»Hat *sie* es dir gesagt?«

Mit abgrundtiefem Haß schaute ihn Basilio an, als dächte der Arzt, damit würde sich etwas ändern, als wollte er seinen Betrug von sich abschieben, nicht mehr als Arzt, sondern als Freund.

»Was spielt es für eine Rolle, ob sie's mir gesagt hat oder nicht? Nein, sie hat es mir nicht gesagt. Diese alberne Nutte, dieses schwachsinnige Miststück hat es mir nicht gesagt. Die kann bloß an Schwänzen lutschen und sich als Hure verkaufen, und das ist sie auch, eine Hure, eine schmutzige, ekelhafte Hure, die von einem Schweinehund bezahlt wird. Diese hirnlose Hure.«

»Ich erlaube dir nicht, so von meiner Schwester zu sprechen«, warf ihm Dr. Tristán an den Kopf und stürzte ihn damit in Verwirrung.

Ohne daß seine Wut abklang, machte der junge Belitre, der seine verdutzten Brüder Nacho und Gaspar auf dem Balkon nicht bemerkte, kehrt und ging ins Haus. In seinem Zimmer schob er den Riegel vor, dann wieder zurück, um Lucas mit einem Stoß hinauszubefördern, und verriegelte die Tür schließlich erneut. Er warf sich aufs Bett und begann zu weinen.

Hirnlose Hure. So hatte sie auch Ricardo genannt, wenn er wütend auf sie war. Wenn Mayka etwas falsch machte, erschien Ricardo, genannt der Stecher, schlug sie, peitschte sie mit seinem Gürtel aus, zerriß ihr die Kleider, vergewaltigte sie und nahm sie dann sanft in die Arme, um sie zu beruhigen. Denn der Stecher war sehr zärtlich, das wenigstens sagte Mayka ihrem Bruder Tristán. Ja, es stimmte, sie waren Geschwister.

Mayka hieß nicht Mayka, sondern Remedios. Mayka war ihr Künstlername, als sie mit sechzehn auf der kleinen runden Bühne eines Pornoschuppens debütierte. In ihrem Personalausweis stand Remedios Sánchez. Denn der Familienname der Geschwister lautete Sánchez, nicht Bausán, das hatte Tristán erst kürzlich erfunden.

Den Stecher kannte Mayka seit über zehn Jahren. Er war ein Berufsschurke und hatte sie aus dem elenden pornographischen Kreis befreit, um sie in seinen eigenen Kreis einzuführen. Sie liebten sich kolossal und teilten alles miteinander. Der Stecher, ein Pferdenarr, hatte nur eine einzige Einnahmequelle, Mayka, die er auf den Strich schickte. Seine zahllosen Gefängnisaufenthalte oder unvorhergesehenen Reisen, um sich für eine Weile dünnzumachen, wenn er als Polizeispitzel gearbeitet hatte, hinderten ihn nicht daran, seine Frau zu überwachen.

Einmal hatte Dr. Tristán versucht, seine Schwester aus der schmutzigen Welt zu retten, in der sie lebte, und zur Erinnerung an seinen Fehlschlag hatte er nun eine Narbe auf der Wange. »Mit diesem Kratzer wirst du mich nie vergessen«, hatte der Stecher zu ihm gesagt, bevor er Mayka davonschleppte. Sie ihrerseits hatte wenig zu sagen. Sie verbrachte ihren Tag unter dem Einfluß von Beruhigungsmitteln, war aspirin-, rohypnol- und valiumsüchtig und schlief die meiste Zeit.

Jetzt war alles zu Ende, und Dr. Tristán mußte den Stecher besänftigen, dessen erster Impuls es war, Basilio zu suchen und ihm beide Beine zu brechen. So lautete sein Kodex, niemand rührte sein Mädchen an außer ihm. Tristán drückte ihm ein großzügiges Trinkgeld in die Hand, und der Stecher vergaß alle Kodizes und den Namen seiner eigenen Mutter. Dieser Schurke, mit all seinen Vorstrafen und denen, die noch kommen sollten, auf dem Buckel, zerrte Mayka an den Haaren mit sich und prügelte sie in seinen Wagen. Der Arzt verabschiedete sich von seiner Schwester mit einem kurzen Kuß auf die Lippen. Immer wenn sie auseinandergingen, fragte er sich mit demselben bangen Gefühl, ob er sie wohl jemals wiedersehen würde.

Félix schilderte seiner Frau das Problem mit einem kurzen: »Basilio hat's rausgekriegt.« Nachdem ihm der Arzt versichert hatte, daß Basilio nie erfahren würde, daß seine Eltern diese Operation unterstützt hatten, hatte sich der Vater wieder beruhigt.

»Was wollen Sie jetzt tun? Sie können doch nicht einfach so tun, als wäre nichts gewesen«, warf er dem Arzt vor.

»Natürlich nicht. Jetzt beginnt meine eigentliche Arbeit.«

Dann machte er sich ans Werk, baute das Zelt wieder auf, las seine Notizen durch und vertiefte sich in die

Lektüre, um eine Lösung zu finden. Schließlich kam ihm die Idee von selbst.

»Ich brauche die Adresse dieses Freundes von Felisín, der die Filme beschafft, wo kann ich ihn finden?« fragte er die Mutter.

»Alegre?«

»Ja.«

»Ich weiß nicht … Vielleicht in Felisíns Adreßbuch.«

Gaspar mußte im Adreßbuch seines Bruders Felisín nachschauen, das dieser, wie seine übrigen Siebensachen, zum Erstaunen aller nicht auf seine Reise nach Frankreich mitgenommen hatte. Als er dem Arzt die Information gab, rang sich Gaspar zur Frage durch, was denn mit Basilio geschehen sei.

»Dein Bruder«, antwortete Dr. Tristán mit falschem Lächeln, »will mir offenbar die Schuld an seinen gescheiterten Liebesabenteuern in die Schuhe schieben.«

Gaspar glaubte zu verstehen, was vorgefallen war, und dachte, dieses hübsche, üppige Mädchen habe, wie es ja nur natürlich war, seinem Bruder Basilio bestimmt wegen eines andern, attraktiveren Mannes den Laufpaß gegeben.

Dr. Tristán kreuzte bei Alberto Alegre auf, wo ihm zu seiner Überraschung Felisín aufmachte.

»Wie hat man mich gefunden?« fragte der älteste Belitre-Bruder in Unterhosen.

»Wann bist du aus Frankreich zurückgekommen?«

»Ach, dann wissen sie also nichts?«

»Ich will zu deinem Freund. Ich brauche einen Film.«

Felisín konnte nicht anders und berichtete ihm die ganze Wahrheit – auch die Angst, die er davor hatte, alles seiner Familie zu erzählen, und seine grenzenlose Demütigung. Er nahm ihm auch das Versprechen ab, niemandem etwas zu sagen. Scherzend versicherte ihm

Dr. Tristán, er schwöre es mit der Hand auf Freuds Studien über Hysterie.

»Jetzt mußt aber du mir helfen. Ich brauche unbedingt diesen Film.«

Am selben Nachmittag kam Dr. Tristán mit einigen Rollen 16-mm-Film unter dem Arm zurück, warf alle aus dem Wohnzimmer und stellte Felisíns Projektor auf. Dann ging er zu Basilio hinauf und klopfte an die Tür. Da dieser sich weigerte herauszukommen, zersplitterte Dr. Tristán mit zwei flinken Fußtritten den Riegel. Er nahm den erstaunten Basilio an der Hand und führte ihn mit sanfter Gewalt die Treppe hinunter. Im Wohnzimmer plazierte er ihn aufs Sofa, schloß die Tür und ließ den Projektor laufen, nachdem er das Licht gelöscht hatte.

Es handelte sich um eine wunderbare Geschichte in Schwarzweiß, die das Leben eines ungestalten Menschen und das Verhältnis zu seinem Arzt erzählt. Ein rührender Film mit dem Titel *Der Elefantenmensch*, den der Arzt für geeignet hielt, seine Beziehung zu Basilio zu kitten.

Als der Film zu Ende war, schauten sich Basilio und der Arzt mit wäßrigen Augen an. Wieder einmal bestätigte sich, dachte Dr. Tristán, was ihm seine Mutter vor Jahren immer gesagt hatte, wenn sie ihn über eine Tracht Prügel des Vaters hinwegtrösten wollte: »Es gibt keinen Schmerz, den eine gute Erzählung nicht lindern könnte.«

»Ich bitte dich um Verzeihung, nicht als Arzt, denn was ich getan habe, würde ich wieder tun, sondern als Freund«, sagte er. »Du sollst mich nicht nach meiner Arznei beurteilen, sondern vor allem nach meiner Einstellung.«

Basilio nickte, obwohl in seinem Gesicht die Frage stand: »Was nun?« Der Arzt zögerte nicht mit der Antwort: »Das ist der Moment, mit der eigentlichen Behandlung anzufangen.« Basilio stimmte zu, denn er war noch immer der Überzeugung, dies sei die einzige Lösung.

»Pack deine Sachen in einen Koffer, wir gehen zelten.«

Am nächsten Morgen sahen die Belitres Basilio und Dr. Tristán mit dem Zelt auf den Schultern davongehen, auf der Suche nach einem ruhigen Ort, an dem sie seine Behandlung in die definitive Richtung lenken könnten. Sie hatten nur gerade die notwendigsten Kleider, Geld fürs Essen, das Notizheft des Arztes und das Foto von Nietzsche mit seiner Mutter mitgenommen.

Während des Mittagessens war die Stimmung bei Tisch düsterer denn je. Felisíns und Basilios Abwesenheit, Lucas unausgesprochene Schuld und das Schweigen des Vaters, dem die Mutter überdies den Eklat mit Matías übelgenommen hatte, lasteten schwer in der Luft. Der Vater hätte am liebsten mit der Faust auf den Tisch geschlagen, geschrien, sein Haus wieder in Ordnung gebracht, die verlorene Autorität zurückgewonnen. Aber er wußte genau, daß er zuallererst sein eigenes Leben, seine Gefühle in Ordnung bringen mußte.

Nacho betrachtete ihn schweigend. Zum ersten Mal in seinem Leben sah er seinen Vater als Mann, nicht nur als Vater. Grau und traurig, hatte er in der Familie nie seine Autorität durchgesetzt. ›Vielleicht hat er's gar nie versucht‹, dachte Nacho. ›Im Familiengefüge sind die Eltern bloß zwei technologisch fortgeschrittene Haushaltsgeräte, die kaum mehr Bedeutung haben als irgendein Möbelstück.‹

Die Ursache für seine Ressentiments lag in etwas, was sich am Nachmittag zuvor ereignet hatte, und zwar, als Nacho zum ersten Mal mit uns probte. Wir übten in einem winzigen, wenig schallisolierten Zimmer im Einfamilienhaus der Eltern von Paqui, dem Schlagzeuger. Um Nachos Eintritt in die Band zu feiern, fuhren wir in meinem klapprigen R 5 in irgendeine Bar im Stadtzentrum, um uns mit Bier zuzuschütten. Es war bloß schwierig, in den halbleeren Auguststraßen ein offenes Lokal zu finden.

»He, das ist das Auto meines Vaters, fahr auf gleiche Höhe«, sagte Nacho und deutete auf einen Wagen. Ich gab Gas, konnte ihn aber nicht einholen. Bei einer Ampel kam ich endlich neben ihm zu stehen.

»Weiter, weiter, nicht anhalten«, rief Nacho. Er war auf dem Rücksitz zwischen den Beinen der andern verschwunden.

»Mensch, was ist denn das für eine neben deinem Vater?«

Félix plauderte angeregt mit der neben ihm sitzenden Sara. Während des Wartens vor der Ampel küßten sie sich. Als sie auf Grün schaltete, fuhr er geradeaus weiter, und ich bog in eine andere Straße ein.

»Du willst mir doch nicht weismachen, daß dein Alter eine Geliebte hat?« fragte Enrique, der Bassist.

Nacho lächelte unbeirrt weiter und nahm einen Zug aus der Flasche.

»Kommt schon, gehen wir irgendwohin.«

Ich glaubte zu verstehen, sagte aber nichts. Nach einer Weile erhob sich Nacho mit blutunterlaufenen Augen und beschloß abzuzittern.

»Ihr seid am Ende«, sagte er lächelnd. »Ich aber ...«

Er konnte oder wollte den Satz nicht beenden. Wir

sahen, wie er die Straße hinaufging. Es war ein Uhr früh.

Im Gegensatz zu dem, was wir dachten, nämlich, daß er seine zügellose, etwas angejahrte Nachtnymphomanin aufsuchen würde, an die er sich nicht binden mochte, ging er zum Haus der Großmutter. Er wußte, daß es zu riskant war zu klingeln. Der Großvater hätte mit seinem Stock herauskommen können, um den Teufel höchstselbst in die Flucht zu prügeln. Aber er vertraute darauf, daß Sara sein leichtes Pochen hören würde, da ihr Zimmer am nächsten bei der Tür lag. Er hatte begonnen, beharrlich an die alte Holztür zu klopfen.

Schwer zu sagen, wie lange er so dastand. Sara hörte ein behutsames, aber regelmäßiges ›tock tock‹ an der Tür, zog ein langes Nachthemd über und ging aus dem Zimmer. Durchs Guckloch sah sie nur absolute Dunkelheit, aber sie wußte, daß jemand da war. Ein Schauer lief ihr über die Wirbelsäule. Sie fragte: »Wer ist da?«, getraute sich jedoch nicht zu öffnen. Als Nacho sie hörte, machte er Licht im Treppenhaus, so daß sie durch den Spion sein Gesicht sehen konnte. Die Tür ging auf.

Erschrocken fragte ihn Sara, ob etwas passiert sei, aber Nachos Gesicht strafte jede Sorge Lügen. Er lächelte unschuldig und mit reduzierter Abwehrkraft. Sara bemerkte das und fragte ihn, ob er betrunken sei. Nacho nickte, brachte aber kein Wort heraus. Sie nahm ihn am Arm, um ihm beim Eintreten zu helfen, aber er blieb auf der andern Seite der Schwelle stehen.

»Und? Brauchst du wieder das Bett?«

Er schüttelte den Kopf und grinste verschmitzt.

»Diesmal brauch ich das Mädchen.«

Das einzig Sichtbare waren Nachos glasige, alkoholüberschwemmte Augen und der bläuliche Glanz von Saras Blick. Zu Recht hielt Nacho den Moment für gekommen, sich zu erklären.

»Ich mußte dich einfach sehen.«

Er trat auf sie zu, sie begannen sich zu küssen, vielmehr sich gegenseitig in die Lippen zu beißen, und preßten sich aneinander. Ihr heftiger Atem keuchte in der Stille der Nacht. Nacho fuhr mit der Hand unter Saras Nachthemd und streichelte ihren nackten Rücken, tastete sich zu den kalten Brüsten mit den steifen Warzen vor. Plötzlich löste sich Sara von ihm und trat einen Schritt zurück.

»Hör auf, das darf nicht sein«, befahl sie.

Stoisch versuchte Nacho seine Alkoholerregung zu dämpfen.

»Warum? Ich liebe dich, seit…, seit ich dich zum ersten Mal gesehen habe. Ich hab's nicht länger ausgehalten.«

Sara hielt Distanz.

»Los, geh nach Hause. Du bist betrunken.«

»Ich bin nicht betrunken. Aber du bist nüchtern.«

Sara lächelte versöhnlich.

»Du hast ein Verhältnis mit meinem Vater, nicht wahr? Du hast dich mit ihm eingelassen.«

Sara wurde wieder ernst und senkte den Blick. Nacho blieb vor ihr stehen. Langsam schloß sie die Tür.

Er kam zu uns zurück in die Kneipe, wo wir die langen Sommertage abzuschließen pflegten. Wir tranken Bier bis zum Umfallen, vor allem Nacho, der in der San Bernardo vor sämtliche Haustüren kotzte, so daß wir ihn nach Hause bringen mußten. Wir begleiteten ihn durch den Garten und überließen ihn sich selbst, nachdem wir ihm die Tür mit dem Schlüssel geöffnet hatten, den er nicht mehr ins Schlüsselloch kriegte. Dann trollten wir uns, im Vertrauen darauf, daß er allein ins Bett fände.

Er fand.

Er war nicht so betrunken, daß er zu Boden sank. Nicht einmal so, daß er Saras Worte vergessen konnte. Er war nicht so betrunken, wie er wollte, nämlich betrunken genug, um tot umzufallen.

Dritter Teil

Heim: Letzte Zuflucht – die ganze Nacht geöffnet.

Ambrose Bierce,
AUS DEM WÖRTERBUCH DES TEUFELS

Vierzehn

> Für heute abend werden stürmische Niederschläge mit Gewittern und starkem Wind aus südlicher Richtung erwartet.
>
> *Wettervorhersage vom 7. August*

Wie will man von jemandem verlangen, an seinem fünfzigsten Geburtstag glücklich zu sein? Kann man von irgend jemandem eine solche Übung in Zynismus erwarten? Die Mutter der Belitres bestand darauf, daß sich ihr Mann lächelnd zeigte: »Setz doch kein so dramatisches Gesicht auf.« Sie machte ihm eine große Geburtstagstorte und ließ ihn die verhängnisvolle Kerzenfünfzig ausblasen. Und Félix bemühte sich, ein Minimum an Glück vorzuspielen, das sich allerdings nicht in einem natürlichen, sondern vielmehr in einem wie mit dem Stichel in sein marmornes Gesicht eingravierten Lächeln äußerte. Um ihn herum stimmte die Familie disharmonisch eine unselige Gedenkstrophe an.

Dankbar packte er den Pyjama aus, ein Geschenk seiner Frau, sowie die Überzüge für die Autositze, ein Geschenk seiner Söhne. Resigniert hörte er sich die Verse an, die sein Vater im Stehen improvisierte, und ging dann aus dem Haus, um auch an diesem bedeutsamen Tag seine Arbeit zu erledigen.

»Heute ist mein Geburtstag«, teilte er Sara mit, nachdem er sich auf der Matratze umgedreht hatte. »Der fünfzigste.«

»Dein Geburtstag? Warum hast du mir nichts davon gesagt? Ich hätte dir etwas geschenkt.«

»Bei dir zu sein ist mein schönstes Geschenk.«

»Werd nicht poetisch.«

»Jeder Fünfzigjährige an meiner Stelle wäre glücklich.«

»Die Frage ist, ob ich mit jedem Fünfzigjährigen glücklich wäre.«

Sie ließ sich in der Einsamkeit des Hotelzimmers vom Vater der Belitres umarmen. In seiner Umarmung wurde die schreckliche Notwendigkeit spürbar, sich zu beweisen, daß er noch nicht alle Freuden und Überraschungen dieses Lebens verbraucht hatte. Es durfte einfach nicht sein, daß seine Existenz so grau und in diesem Bewußtsein absoluter Nutzlosigkeit verlief. Anstelle von Versicherungspolicen hätte er gern Selbstmorde und Morde verkauft, Auswege aus dieser schwachsinnigen Welt, statt Stützgerüste für ein wackliges Dasein.

Da war Sara aufgetaucht und hatte ihm den Glauben ans Leben zurückgegeben. Sara. Aber wer war Sara? Es sei erlaubt, einen Augenblick von ihr zu sprechen.

Der größte Erfolg ihrer Mutter hatte darin bestanden, 1963 zur Miß Kantabrisches Meer gekrönt zu werden. Danach erfuhr Sara nicht mehr viel von ihr. Sie wuchs bei Onkel und Tante in Madrid auf und sah ihre Mutter nur noch selten. Mit siebzehn lieh sie in einem vergammelten Videoklub drei schäbige Filmchen aus, in denen sie sie in elenden Rollen wiedererkannte. Das war ihre letzte Erinnerung an die Mutter: wie sie im Höschen durch ein Schlafzimmer rannte, ohne sich der Angriffe eines komischen Protzes beziehungsweise tragischen Klotzes erwehren zu können.

Kurz zuvor hatte Sara ihre erste eigene Liebeserfahrung gemacht: Ramón, ein heroinabhängiger Maler von dreißig Jahren, der versuchte, durch sie von seiner Sucht loszukommen, und einige Monate später starb.

Damals hatte sie in einem Krankenhaus eine Stelle als medizinisch-technische Assistentin angenommen und dabei lose Luis kennengelernt, einen leukämiekranken Behinderten. Ein Jahr lang war sie mit ihm zusammen, bevor sich die Prognosen erfüllten und auch er starb.

Diese kurzlebigen, zum Tode verurteilten Geschichten gaben ihr das Gefühl, wenigstens für andere etwas zu tun – für andere, denn für sich selbst hatte sie nur die größte Verachtung übrig. Es war immer dasselbe. Sie hatte beschlossen, ihre Liebe demjenigen zu schenken, der sie am meisten brauchte, denn das war die einzige Möglichkeit, ihr Selbstwertgefühl zu heben. Da sie den Gefühlen unbedingt etwas Nützliches abgewinnen, sie beherrschen und lenken wollte, weigerte sie sich, einzusehen, daß die Liebe etwas Zufälliges, Launenhaftes ist.

Eines Tages hatte Großmutter Alma, nachdem sie sie angeschaut hatte, zu ihr gesagt: »Du mußt, abgesehen von deinem Namen, auch sonst jüdische Wurzeln haben.« Lächelnd hatte Sara den Kopf geschüttelt. »Dann verstehe ich nicht, warum du solche Schuldgefühle hast, daß du schön bist. Als wäre das etwas, wofür du büßen mußt. Du wirst schon genug damit zu tun haben, dir all die Männer vom Leibe zu halten, die dir über den Weg laufen. Allein damit, daß sie das männliche Geschlecht erträgt, hat sich die Frau die Hälfte des Himmels verdient.«

Ihr Vorgesetzter im Krankenhaus führte lange Gespräche mit ihr und versuchte ihr diese absurden Vorstellungen auszureden. Aber Sara verteidigte sich – sie war wirklich in diese Männer verliebt.

»Wie kannst du in einen Todkranken im Rollstuhl verliebt sein?« fragte er ungläubig. Er meinte ihren letzten Partner.

»Natürlich bin ich's«, rechtfertigte sie sich. »Du solltest seine Worte hören oder sehen, wie er mich anschaut.«

»Ich verstehe vollkommen, daß er in dich verliebt ist, aber etwas anderes ist es, daß du in ihn verliebt bist.«

»Warum denn nicht? Ich verliebe mich in jemand, weil ich ihn glücklich machen kann.«

»Und du? Bist du denn glücklich?«

»Sicher. Sehr viel mehr, als wenn ich beispielsweise mit dir zusammen wäre. So fühle ich mich wenigstens nützlich.«

Sara belohnte ihren Vorgesetzten für sein Drängen, indem sie in ein Verhältnis mit ihm einwilligte. Für sie war diese Beziehung nicht mehr als eine Aufwertung des Selbstbewußtseins, Eitelkeit und großer Zeitverlust. Nach einem geräuschvollen Bruch wurde sie im Krankenhaus unter wenig durchsichtigen Umständen entlassen. In gewissem Sinn gab ihr das wieder recht: Liebe allein genügte einfach nicht.

In der Nachbarschaft lernte sie Julio kennen und begann sich um ihn zu kümmern; sie fingen eine Beziehung an. Nach dem Tod ihrer Tante Asunción hörte sie von der Pflegestelle bei Großmutter Alma und dachte, das wäre die ideale Arbeit für sie. Zwar sonderte sie sie von der realen Welt ab, da die Pflichten bei den Großeltern sie absorbierten, aber es blieb ihr noch genug Zeit, um Julio zu besuchen, der damals schon ans Bett gefesselt war, im letzten Stadium eines Lymphknotenkrebses, welcher seinen Körper, da er noch jung war, nur um so schneller aufzehrte. Wie vorauszusehen war, starb er kurze Zeit später, und Sara war wieder allein.

Noch wußte sie nicht, daß sie sich mitten im Auge des Familienhurrikans der Belitres befand.

Eines Tages tauchte Félix Belitre auf. Kaum erblickte er sie, spürte er, daß die Welt in Saras Augen ganz anders aussehen mußte als in seinen. Er ging wieder auf die Straße hinunter, um die Zeit totzuschlagen, und konnte an nichts anderes mehr denken als an sie. Am Ende beschloß er, zurückzugehen und ihr einen Blumenstrauß zu schenken.

Einen Tag später wiederholte er seinen Besuch. Sie saßen im Wohnzimmer auf dem Sofa, und Félix schlürfte den köstlichen Orangentee, den sie ihm gemacht hatte. Der Vater der Belitres war nicht wiederzuerkennen. Ein einziger Wortschwall.

»Wie viele Jahre sind vergangen, seit ich eine solche Dummheit gemacht habe – Blumen zu schenken!« gestand Félix. »Du weißt ja gar nicht, wie sehr man das Gefühl hat, das Beste in seinem Leben schon gelebt zu haben und daß, wie man im Basketball sagt, nur noch die *garbage time* übrigbleibt, die letzten fünf Minuten.«

»Na, na«, beruhigte ihn Sara, »so alt bist du nun auch wieder nicht.«

»Nein, das hat nichts mit dem Alter zu tun. Schau meine Mutter an. In ihrem Alter hat sie noch immer ihre ganze Lebenslust…«

»Wenn sie auch das Bett nicht verläßt«, sagte sie ironisch.

»Weil sie sich dafür entschieden hat. Sie ist von niemand abhängig.«

Ohne recht zu wissen, warum, sich aber irgendwie dessen bewußt, was geschah, begannen sie gegenseitig in ihr Leben einzudringen und erzählten sich persönliche Dinge, obwohl sie sich noch gar nicht gut kannten.

»Würdest du es für möglich halten, daß ich nicht einmal zu Julios Beerdigung gegangen bin?« gestand Sara dem Vater. »Ich war noch nie auf einem Friedhof.«

»Genau darum stoßen sie dich ab. Wenn du sie kennen würdest … Sie sind eine Art Schlafstädte …«

»Ja, aber ohne daß man immer zur Arbeit hasten muß.« Sara amüsierte der Vergleich des Vaters.

»Auch das haben sie uns voraus. Du mußt mal hingehen, und du wirst sehen, daß es da nichts Geheimnisvolles gibt.«

Sie zögerte, zuckte leicht die Schultern und erkühnte sich vorzuschlagen:

»Wenn du mich hinbringst.«

Der Vater stand auf und erbot sich, es auf der Stelle zu tun. Eine Minute später trat Sara ins Zimmer der Großmutter und schwindelte ihr vor, sie gehe einkaufen.

Vor Julios Nischengrab sagte sie:

»Vermutlich müßte ich jetzt weinen, aber ich mag nicht.«

»Natürlich nicht, weinen soll man um die Lebenden«, verkündete er mit ungewohnter Heiterkeit. »Schau, am wenigsten Tote gibt es auf den Friedhöfen. Die Gräber sind voll von Leuten, die weiterleben. Aber geh mal frühmorgens in eine Kneipe. Da wirst du einen Haufen Tote sehen.«

Er deutet auf einen Alten mit Mütze, der, auf einen Stock gestützt, zwischen den Gräbern spazierte.

»Dieser Mann ist seit Jahren tot und hat es noch nicht gemerkt. Das sage *ich* dir. Jeden Vormittag besuche ich Leute, die eine Lebensversicherung bezahlen und zu denen ich am liebsten sagen möchte: ›Aber sehen Sie denn nicht, daß Sie schon gestorben sind? Warum also das Geld hinauswerfen?‹«

»Ein wenig grausam, nicht?«

»Ich sag's dir aus Erfahrung.« Der Vater lächelte offen. Ziellos schlenderten sie eine der Friedhofsstraßen entlang. »Wie lange, meinst du, bin ich schon tot?«

»Ich mag schwarzen Humor nicht.«

»Ich meine es ernst. Wenn ich nüchtern darüber nachdenke, muß ich dir sagen, daß ich seit gut zwanzig Jahren tot bin.«

»Dafür, daß du schon so lange unter dem Boden bist, siehst du nicht schlecht aus.«

Er beharrte auf seiner Sicht der Dinge. Sara hielt ihm entgegen, daß es immer aufregende Dinge zu tun gebe, solange man lebe.

»Du mußt nur ein wenig über deine Nasenspitze hinausschauen, um sie zu sehen.«

»Natürlich. Stell dir vor, ich hätte dich kennengelernt und wäre dreißig Jahre jünger. Dann könnte ich mich jetzt in dich verlieben. Verzeih mir das Beispiel. Wir würden heiraten, hätten Kinder, und in dreißig Jahren würde ich wieder denken, das Leben ist Scheiße.«

»Das ist eine Lüge«, sagte Sara, während sie schon nach Hause zurückfuhren und es draußen dämmerte. »Das Leben ist keine Scheiße, jeden Moment kommt etwas ..., ich weiß auch nicht, etwas Unerwartetes.«

»Ja, etwas Magisches und Buntes«, spöttelte er. »Auch ich habe schließlich *Mary Poppins* gesehen.«

»Verdammt, du hast tolle Söhne, liebst deine Frau, und bald wirst du Enkel haben.«

»Das ist ja ein heiteres Bild. So was nennst du also Glück? Das ist Konformismus. Die verfluchte Scheiße hinnehmen, die man tagtäglich fressen muß, und sagen, es ist eine wundervolle Mahlzeit. Vielleicht sollte man das wirklich tun.«

Es war dunkel geworden, als sie bei der Großmutter ankamen. Der Vater hielt neben der Haustür an, ohne den Motor abzustellen. Sara versuchte ihn zu überzeugen, indem sie immer wieder betonte, wie unvorhersehbar das Leben sei. Er hörte ihr kaum noch zu.

»Du hast mehr Glück als andere«, sagte sie zum Schluß. »Also beklag dich nicht.«

»Nanu. Da ist also einer, dem es elend geht, aber da es einen zweiten gibt, dem es noch schlechter geht, muß der, dem es elend geht, sagen, er fühlt sich sauwohl ... Das Glück als Steigerung. Verfluchter Mist! Siehst du? Seit Jahrhunderten hab ich nicht mehr so unanständig geredet.«

Der Vater drehte sich ihr zu. Lächelnd sahen sie sich an.

»Du forderst meine niedersten jugendlichen Instinkte heraus«, fügte er hinzu.

»Ich kenne dein Problem«, provozierte sie ihn. »Wie lange warst du schon nicht mehr verliebt, Opachen?«

Er hielt ihrem Blick stand.

»Sehr lange ... Bis vor fünf Minuten.«

Sara schaute aus dem Fenster und sah die dunkle Haustür. Der Vater unterdrückte seine Lust, sie zu küssen. Sie wandte sich zu ihm um.

»Gedenkst du, mich die ganze Nacht hierzubehalten?« fragte sie.

Der Vater biß ihr mit einem wilden Kuß in die Lippen. Sie erwiderte seinen Kuß und faßte ihn kräftig am Nacken.

Als sie sich im Hotel aufs Bett setzten, knarrte das hölzerne Kopfende anklagend.

»Hast du gesehen, wie mich der Typ an der Rezeption angeschaut hat?« fragte der Vater. »Dachte wohl, wir seien Vater und Tochter oder so.«

»Ist es etwa nicht Inzest, mit der Krankenschwester deiner Mutter ins Bett zu gehen?« Sara ließ sich rücklings auf die Matratze fallen. »Du hast mich doch hierhergebracht, um zu bumsen, oder?«

»Nun ...«

»Falls du nach so vielen Jahren als Toter noch nicht vergessen hast, wie man's macht.«

»Das ist wie Radfahren ..., ich konnte nie sehr gut ...«

Er umarmte sie, und sie lachten und küßten sich. Dann zogen sie sich aus, mit vielen Unterbrechungen, um sich wieder und wieder zu küssen, als würden alle verpaßten Küsse für immer auf ihnen lasten. Bei ihrer Hose hielt er inne.

»Jeans? Das ist das erste Mal, daß ich's mit einem Mädchen in Jeans mache«, sagte er erstaunt.

»Schon gut.«

Sie ließen sich von der Leidenschaft des Augenblicks mitreißen und blieben dann umschlungen liegen.

»Jetzt wirst du mir sagen, du hättest nur mit mir geschlafen, um mir deine Theorie zu beweisen«, sagte der Vater.

»Na und?« lachte sie. »Du hast deine Theorie ja auch bloß erfunden, um mit mir zu schlafen.«

Wieder lachten und küßten sie sich. Dann versanken sie in schuldbewußtes Schweigen.

»Auf, gehen wir.« Der Vater wartete, bis sie es sagte.

Auf dem Weg zur Großmutter sprachen sie kaum.

»Ich möchte dich morgen sehen«, verabschiedete sich Sara, bevor sie in der Tür verschwand.

»Und übermorgen«, antwortete er.

So geschah es. Obwohl Sara nicht allzuviel Freizeit hatte, schafften sie es, sich regelmäßig zu treffen, ab und zu einen Spaziergang zu machen und, vor allem, sich zu unterhalten. Sie führten lange Gespräche, in denen sie ihre Vorstellungen von der Zukunft schilderte und Félix versuchte, eine positive Sicht seines Lebens zu geben. In den Momenten, die er mit ihr verbrachte, fühlte er sich glücklich, aber in den restlichen Stunden des Tages wurde das Loch nur um so dunkler und tiefer. Sara war fasziniert von diesem grauen Mann, der die ganze Unruhe seiner Lebenskrise in sich verbarg. Sie maßte sich die Rolle derjenigen an, die ihm seine Lebenslust zurückzugeben hatte.

Sara war der einzige Mensch, dem Félix seine klare Verwirrung darüber anvertraute, daß ihm sein zwölfjähriger Sohn Matías die Stellung als Familienoberhaupt streitig machte. »Und was noch schlimmer ist, er macht es perfekt, er imitiert sämtliche schlechten Angewohnheiten und Gemeinplätze jedes Vaters.«

In ihrem steten Drang, den Leuten zu helfen, ertrug Sara keinen unglücklichen Menschen neben sich. Sie mußte ihn wieder hochbringen, an die lichte Seite des Lebens. Oft sprach sie von seinen Söhnen, vom geistreichen, gebildeten Gaspar, der so schüchtern war und dem Geplauder der Großmutter lauschte, oder vom attraktiven, sympathischen Nacho. Der Vater war stolz auf seine Söhne, aber er wußte nicht, wie sehr er für ihr Wesen verantwortlich war. »Sie sind neben mir aufgewachsen, aber ich war nicht imstande, ihnen das Gefühl von Nähe zu geben«, gestand er traurig.

Er bekannte ihr, daß er sich bei ihr wieder jung fühle. »Ich höre mich reden und kann's nicht fassen. Es ist, als spräche ein verliebter junger Mann.« Sara ihrerseits ließ sich allzuleicht vom Charme betören, den sie bei jemand Älterem fand. Letztlich war sie nie ein Teenager gewesen, sondern übergangslos vom Mädchen zur Frau geworden. In all diesen Jahren hatte sie staunend wahrgenommen, daß sie imstande war, den Männern, die sich ihr näherten, Lust zu schenken, während sie selbst außerstande war zu genießen. Sie sagte es ihm nie, aber der Vater war der erste Mann, mit dem sie einen Orgasmus hatte.

Natürlich konnte Félix Belitre noch immer als attraktiver Mann gelten. Er war schweigsam, seine schwarzen Haare waren von vielen weißen durchzogen, sein Gesicht war markant und lebhaft. In seinem Blick lag ein erloschener Glanz, der nur dann aufleuchtete, wenn er plötzlich dem Wortschwall erlag, der seinem Mund entströmte. Als junger Mann mußte er sehr gut ausgesehen haben, etwa wie Nacho, aber jetzt schien er die großen Geheimnisse seiner Persönlichkeit in sich begraben zu haben.

Während er auf dem billigen Hotelbett Sara umarmte, zählte er in Gedanken nach, wie oft er seiner Frau schon untreu gewesen war. Diese Kundin, mit der er sechs oder sieben Jahre nach seiner Heirat während zweier Monate ein Verhältnis gehabt hatte, eine neue Vertreterin im Hauptsitz, bloß zweimal, plus drei, vier Prostituierte. Alles lag mehr als fünf Jahre zurück.

Sara getraute sich nicht, dem Vater den Zwischenfall mit Nacho zu erzählen. Sie getraute sich nicht, ihm zu gestehen, daß sein Sohn um ihre Beziehung wußte, noch daß sie sich im Grunde unsterblich zu ihm hingezogen fühlte. Auch Nacho sagte nichts. Er war verletzt, wütend, aber das milderte seine Verliebtheit nicht, eher im Gegenteil. Für ihn war es zweitrangig, daß sein Vater die Mutter betrog, inakzeptabel aber war, daß Sara ihn betrog. Er hörte, wie seine Brüder dem Vater ›Happy birthday to you‹ sangen, und mochte nicht in den Chor einstimmen.

Auch Felisín war bei der Feier nicht anwesend. Er hatte sich noch nicht von seiner Demoralisierung erholt, begann aber die ersten Anzeichen einer leichten Besserung zu spüren. Wenn er eine Kritik las, die sein gastfreundlicher Kamerad an seiner Stelle geschrieben und unter seinem Namen in der Zeitung veröffentlicht hatte, schnauzte er ihn an. Er stand schon vom Sofa auf und spazierte umher, und in den beiden letzten Tagen hatte er kaum noch geweint. So beschloß er, sein Leben wieder in Ordnung zu bringen und zu seiner Familie zurückzukehren, diesem vielköpfigen Muster an Hyperrealität.

»Ja, Papa, ich komme morgen«, hatte er telefonisch mitgeteilt. »Nein, du brauchst mich nicht vom Flughafen abzuholen.«

»Deine Mutter besteht aber darauf. Sag mir, wann du ankommst.«

»Nein, hab ich gesagt, ich nehme lieber ein Taxi.«

Für den ältesten der Belitre-Brüder war die Stunde gekommen, die Zufluchtsstätte bei seinem Freund zu verlassen. Die Stunde, ihm die ausgeliehenen Kleider zurückzugeben und das Sofa zu räumen, mit dem er soviel Wehklagen geteilt hatte. Die Stunde, hinter der Komödie von seiner Reise nach Frankreich und der großen Lüge, die seine Liebesgeschichte mit Nicole vielleicht gewesen war, die Tür zu schließen. Die Stunde, die Filmkritik wiederaufzunehmen, um da seine Meinung kundzutun, wie die Filme zu sein hatten, wenn er schon nicht in der Lage war, seine Vorstellung, die das Leben betraf, durchzusetzen.

Als er bei seiner Familie ankam, wurde er begrüßt, als sei kein Geringerer als der verlorene Sohn heimgekehrt (der Vergleich stammte von Großvater Abelardo). Ohne Gepäck, mit leeren Händen, wie er gegangen war, und ohne Nicole. Felisín erklärte, sie sei wegen ihrer Arbeit in Nizza geblieben, denn sie habe einen tollen Job als Mannequin gefunden. Die Mutter bestand darauf, daß er sich eine Weile hinlege, da er bestimmt müde sei vom Flug.

»Nein, ich bin nicht müde.«

»Komm schon, sei nicht albern und ruh dich etwas aus, Félix.«

Was als Lapsus des Augenblicks erschien – ihren ewigen Felisín Félix zu nennen –, gehörte nicht zu einer stillschweigenden Übereinkunft der Familie, wurde nun aber allgemein üblich. Von diesem Tag an nannte ihn niemand mehr anders als Félix, ohne jedes zärtliche Diminutiv. Seine Rückkehr aus Frankreich erhöhte die Achtung vor ihm. Nicoles Bild wurde in ihrer Abwesenheit verklärt, und die Familie, die ihren Teil der Schuld am Weggang des Paares auf sich genommen hatte, wertete Felisíns Stellung auf, was dieser bis zur Willkür ausnutzte.

Als er sein Zimmer wieder betrat, bemerkte er inmitten all der Ordnung ein Foto auf dem Nachttisch. Die Mutter hatte es sich nicht nehmen lassen, ein unscharfes, dunkles, aus Lucas Kamera stammendes Bild einzurahmen, auf dem sich Nicole und Felisín umarmten. Er setzte sich aufs Bett und hielt es in den Händen. Zuerst wollte er es zum offenen Fenster hinauswerfen, aber dann stellte er es wieder auf den Nachttisch und erlitt einen langsam eintretenden Anfall von Melancholie, der in seinen das zärtliche Foto betrachtenden Augen begann und schließlich jeden Winkel seines Körpers eroberte, seine Beine lähmte, das Gehirn blockierte und die Schleusen der Tränendrüsen öffnete.

Lucas, der sich die Schuld an Nicoles Weggang gab, erwies seinem ältesten Bruder kleine Gefälligkeiten, um sein Vertrauen wiederzugewinnen. Jetzt akzeptierte er den Maulkorb als gerechte Strafe für sein böswilliges Benehmen. Den ganzen Sonntagnachmittag lernte er das Fernsehprogramm für die kommende Woche auswendig, so daß ihn seine Brüder nur zu fragen brauchten und schriftlich, auf dem kleinen Block, der um seinen Hals hing, Antwort bekamen auf Fragen wie: »Was für ein Film wird heute gezeigt?« oder »Wann beginnt das Fußballspiel?«. Außerdem erfüllte Lucas drei Obliegenheiten mit absoluter Hingabe: Er öffnete jedem, der klingelte, die Tür, er ging ans Telefon, vorausgesetzt, er trug den Maulkorb nicht (beim Telefon hatte ihn bereits Matías ersetzt, obwohl das bei seinem Bestreben, als Familienvater zu gelten, zu allerhand Konflikten führte), und er überrumpelte den Briefträger, bevor er die Post in den Briefkasten stecken konnte, und verteilte diese an die Familienmitglieder.

So begrüßte er mit großem Geschrei Nicoles ersten Brief und brachte ihn im Laufschritt zu Felisín. Sein ältester Bruder freute sich aufrichtig und riß voller Nervosität den Umschlag auf. Doch die Enttäuschung war so groß, wie er erwartet hatte. Er las, was er selbst auf französisch geschrieben hatte, und teilte der Familie mit, Nicole gehe es gut, sie schicke allen viele Grüße und entschuldige sich dafür, daß sie sich nicht persönlich verabschiedet habe.

Um keinen Verdacht aufkommen zu lassen, hatte er beschlossen, es sei nur natürlich, daß er einmal pro Woche einen Brief von Nicole mit Küssen für alle erhalte. Diese Aufgabe kostete ihn knapp dreißig Minuten mühsamen Französischschreibens. Danach schickte er den zugeklebten Umschlag einem Freund, Spanischlehrer in Montpellier, der ihn von dort wieder zurücksandte. Obwohl er seine eigene Schrift und die an ihn selbst adressierten Umschläge erkannte, ging es ihm immer wieder zu Herzen, wenn er einen neuen Brief bekam. Er gab die Hoffnung nicht auf, es könnte wie durch ein Wunder wirklich Nicole sein, die ihm schrieb.

Auf der Veranda paßte Lucas den Briefträger ab,

rannte ihm entgegen und hielt ihm seinen ewig gleichen Zettel unter die Nase: »Ist etwas für uns dabei?« Der Briefträger gab dem Jungen mit dem Maulkorb die Briefe und getraute sich nicht, ihn nach den Gründen für sein Zwangsschweigen auszufragen. Als er sich einmal mit seiner Freundin darüber unterhielt, machte sich diese zuerst über ihn lustig und erklärte dann, höchstwahrscheinlich leide der Kleine an einer Zahnkrankheit und das, was er Maulkorb nenne, sei bestimmt eine ärztliche Vorschrift. Und damit lag sie richtig, denn es war ja Dr. Tristán gewesen, der die Vorrichtung verordnet hatte.

Dieser Tage habe ich noch einmal das entscheidende Kapitel von DIE SOZIALE AGGRESSION: EINE BEUNRUHIGENDE PROBLEMATIK gelesen. Es trägt den Titel ›Soziale Unsichtbarkeit‹ und hatte für Basilios Entschluß, sich diesen Sommer mit Dr. Tristán in Verbindung zu setzen, den Ausschlag gegeben. In diesem Kapitel wird die zweifellos nachhaltigste von Dr. Tristáns originellen Theorien ausgeführt.

Seiner Meinung nach gibt es in unserer gewohnten Umgebung Menschen, die fast gar nicht beachtet werden. Dutzendweise Leute, die wir täglich sehen und die unser Hirn trotz des visuellen Signals, das es von ihrer Gegenwart erhalten hat, nicht verarbeitet. Solche Leute, für den Arzt eindeutige Fälle von unsichtbaren Menschen, bezeichnete er als Berufsflüchter. Die einen haben sich eher zufällig für dieses Verhalten entschieden, andere haben es sich mühsam erarbeitet.

Zur Illustration seiner Theorie nennt Dr. Tristán ›den Schüler, den die Lehrer nie an die Tafel holen und den die Kameraden nach einigen Jahren auf dem Klassenfoto nicht wiedererkennen würden. In einer andern Untersuchung habe ich nachgewiesen, daß es Kellner gibt, die im Restaurant bei den Bestellungen von den Gästen immer ignoriert werden, welche sich an andere Angestellte wenden. Es gibt mancherlei Beweise für die Begabung gewisser Leute, ihr Vorhandensein aufzulösen.‹

Nach Ansicht des Arztes wären viele Menschen, die wegen ihrer Probleme einen Psychiater aufsuchen, eigentlich glücklich, wenn sie eine solche Unsichtbarkeit erlangen könnten. Offensichtlich gehörte auch Basilio zu ihnen. Die Notwendigkeit, vor der Aggressivität zu fliehen, mit der die Gesellschaft Kranke, Ungestalte, Häßliche und Unangepaßte behandelt, läßt sie in der Unsichtbarkeit die perfekte Lösung sehen.

Wie zwei Bergsteiger richteten sie sich in der Sierra de Gredos in ihrem Zelt ein. Dr. Tristán arbeitete im Eiltempo, um Basilio Unsichtbarkeit beizubringen. In erster Linie ging es darum, seine nicht nur körperliche, sondern auch persönliche Unbeholfenheit, seine Begabung, lästig zu fallen, zu korrigieren. Er durfte nicht länger im Zustand des Sühneopfers verharren. Der Mensch sucht in seiner Umgebung jemanden, auf den er seine Aggressivität bündeln kann. Professor Jaroslav Kopalski erwähnt, daß häßliche Kinder von ihren Schulkameraden für alles Schlimme, was in der Klasse geschieht, verantwortlich gemacht werden, so, wie auch ein großer Prozentsatz der Leute, die von Geschworenen aus dem Volk verurteilt werden, einer gesellschaftlich in hohem Maße geächteten Gruppe angehört: Ungestalten, Entstellten oder Häßlichen.

Mit wissenschaftlicher Genauigkeit wählte Dr. Tristán Basilios Kleider aus, und später, zurück in Madrid, zwang er ihn, eine neue, sozusagen unsichtbare Brille zu kaufen, die nur aus den Gläsern und zwei dünnen Metallbügeln bestand. Auch mußte er sich den Kopf praktisch kahlscheren lassen, was ihm ein leicht irres, bedrohliches Aussehen verlieh. Wenn er den Leuten Furcht einflößen konnte, würden sie ihm aus dem Weg gehen. Außerdem ließ er sich einen Bart wachsen, um den Großteil seines Gesichts auf regelmäßige Art zu bedecken.

Nur einmal, als beide nachts im Zelt in ihren Schlafsäcken lagen, hatten sie sich über Mayka und ihre Liebesgeschichte mit Basilio unterhalten.

»Du hättest sie kennen sollen, als sie noch klein war«, erzählte ihm der Arzt voller Melancholie. »Sie war das hübscheste Mädchen der Welt… Aber jetzt… Nun, mein Vater schlug uns von klein auf. Ich hatte Glück. Sie trug Hirnverletzungen davon.«

»Ach, das tut mir aber leid.«

»Er war ein Schweinehund. Gewissen Leuten sollte es verboten sein, Kinder zu haben. Deine Familie hingegen…«

»Die ist ja auch nicht gerade vollkommen.«

»Aber es gibt Zärtlichkeit. Du hast keine Ahnung, was es heißt, ohne sie zu leben. Schau doch, wie weit es meine Schwester gebracht hat.«

»Tut mir leid, was ich über sie gesagt habe.«

»Sag mir eins, Basilio«, murmelte der Arzt. »Hat sie dir nie wirklich gefallen?«

»Mayka?«

»Ja. Hast du keinen Moment lang das Gefühl gehabt, du könntest dich, was weiß ich, in sie verlieben?«

»Doch, natürlich«, log Basilio. Er hatte den Eindruck, der Arzt wolle das hören, und er mochte es ihm nicht versagen.

Die Gelegenheitsbergsteiger hatten sich mit ihrem Zelt verziehen müssen, nachdem sich neben ihnen eine Pfadfinderkolonie häuslich eingerichtet hatte, die mit ihren frommen Liedern und pseudoabenteuerlichen

Forschungen die tägliche Therapie des Arztes störten und ihm mit der Unruhe und den päderastischen Praktiken ihrer Tutoren die Nachtruhe raubten. Sie flohen in ein verstecktes Tal und stellten ihr Zelt an einem einsamen Bach auf, außerhalb der Reichweite von Neugierigen, Wanderern und möglichen wissenschaftlichen Plagiatoren.

Der Anruf kam von einer Revierwache. Nach seiner Verhaftung hatte Großvater Abelardo der Polizei diese Nummer genannt, damit sie mit seinem Sohn Verbindung aufnähme. Da der Vater nicht da war, mußte sich Felisín in aller Eile anziehen und auf den Weg machen.

Auf der verglasten Wache der Calle Luna traf er Großvater Abelardo und seine beiden englischen Freunde John und Paul, die wegen Störung der öffentlichen Ordnung festgenommen worden waren. Die drei hatten sich vor der Tür eines Tabakladens aneinandergekettet und ließen niemanden hinein. Sie riefen religiöse Losungen und prangerten den Laden als Filiale der Hölle an. Angesichts des wütenden Protests der Verkäuferin begann der Großvater mit seinem Stock auf das Schaufenster einzuschlagen, bis es in Scherben lag. Die Inhaberin erstattete Anzeige, und die Polizisten nahmen die beiden Engländer und den Hitzkopf im Streifenwagen mit, nachdem sie sie mit Gewalt gefügig gemacht hatten.

Zornig beschimpfte Felisín seinen Großvater, während er auf dem Revier die Anzeige las. John und Paul saßen, den Kopf in die Hände gestützt, da und ließen einen lautstarken englischen Rüffel ihres Vorgesetzten in der Gemeinschaft über sich ergehen. Er sagte ihnen, mit ihren Eskapaden und dem exzentrischen Leben bei alten Spinnern sei nun endgültig Schluß, und er werde sie nach England zurückschicken, damit sie dort ihrer gerechten Strafe zugeführt würden. Das war eine Schande, die sich nicht wiederholen durfte und die den lauteren Namen der Zeugen Jehovas besudelte. Als der Großvater, der kein Wort Englisch verstand, das Geschrei hörte, ging er mit dem Stock auf den Vorgesetzten seiner Freunde los. Dieser, im Kampfsport versiert, setzte den Großvater mit drei sicheren Schlägen außer Gefecht, und bevor Felisín einschreiten konnte, hatten John und Paul schon ihren eigenen Vorgesetzten verprügelt.

Bevor sein Büro demoliert würde, jagte der Kommissar alle davon. Felisín zog den hinkenden Großvater auf die Straße hinaus, wo er John und Paul in die Arme fiel. Der Vorgesetzte hatte ihnen, aus der Nase blutend, mitgeteilt, sie würden aus der Gemeinschaft ausgestoßen. Unter Tränen nahmen die beiden die Einladung des Großvaters an, gemeinsam mit ihm zu seinem Sohn zu ziehen.

Felisín stieg mit den dreien in ein Taxi. Der Großvater war nicht davon abzubringen, daß Gott auf ihrer Seite und nicht auf derjenigen der Raucher stand.

»Ich habe die Schnauze voll von deinem Gott«, explodierte Felisín. »Wenn du meinst, du kannst dich davor retten, von den Würmern gefressen zu werden, nur weil du soviel von ihm schwafelst, na bitte. Soviel Geschwätz und Bockmist, und alles, was er zustande gebracht hat, ist diese verdammte Scheißwelt.«

»Du beweist Mut, wenige Tage vor dem Ende der großen Trübsal so zu sprechen.«

»Du spinnst.«

»In meinem Alter das Würdigste, was man tun kann.«

Der Vater wurde benachrichtigt, kam gegen Abend

nach Hause und beschloß, man solle dem Großvater am besten verzeihen und nicht allzusehr auf seiner Verrücktheit herumreiten. Nur Gaspar bekam nichts mit von dem ganzen Lamento, das der Großvater mit der Schilderung seines christlichen Don-Quijote-Abenteuers veranstaltete.

Seit er in Telemadrid die Wettervorhersage für diesen Nachmittag gehört hatte, starrte Gaspar zum Himmel empor. Als er sah, wie sich über seinem Kopf die schwarzen Wolken ballten, pries er die meteorologische Information und verließ das Haus Richtung U-Bahn.

Vielleicht war Gaspar der einzige, den das plötzliche Gewitter dieses Nachmittags nicht überraschte. Als er bei der Großmutter ankam, war er klatschnaß. Er versicherte Sara, der Regen habe ihn mitten auf der Gran Vía erwischt, als er aus dem Kino gekommen sei, und er getraue sich nicht, bei diesem Wolkenbruch nach Hause zu gehen. Blitz und Donner, ein elektrisches Gewitter und eine Riesenhitze als paradoxe Begleiterin.

»Mama, ich bleibe bei der Großmutter …«

»Ja, das ist wird das beste sein«, willigte die Mutter am andern Ende der Leitung ein. »Diesen Sommergewittern ist nicht zu trauen.«

»Von wegen Gewitter!« wies sie der Großvater scharf zurecht. »Habt ihr gedacht, Gott lasse meine Verhaftung gleichgültig? Die Gesetze des Menschen dürfen dem Gesetz Gottes nicht in die Quere kommen.«

Schließlich legte sich Abelardo in Gaspars leerem Bett zur Ruhe. Aber sein Schlaf war ein unruhiges Dämmern, und als einige Stunden später sein Enkel Nacho zu Bett ging, war er wach. Sie unterhielten sich kurz über die abenteuerliche Verhaftung und über Johns und Pauls Zukunft. Da wechselte Nacho jäh das Thema:

»Wie geht's denn mit diesem neuen Mädchen bei euch – wie heißt sie schon wieder?«

»Sara. Sie ist ein großartiges, ein wunderbares Mädchen. Und, na ja, du hast ja gesehen, wie schön sie ist.«

»Ja, sie wirkt sympathisch.«

»Deine Großmutter ist entzückt und ich auch. Im Grunde war die arme Asunción schon eine rechte Spinatwachtel.«

»Du solltest meinem Vater sagen, daß er ihren Lohn erhöht.«

»Deswegen muß man das Geld nicht gleich zum Fenster rauswerfen«, schloß der Großvater, der nichts von Nachos gekränkter Ironie bemerkt hatte.

Bevor der Vater in Basilios Bett schlüpfte, deckte er Lucas zu.

»Ich habe den Eindruck, diese Fische sind mehr tot als lebendig«, sagte er, nachdem er einen Blick ins Goldfischglas geworfen hatte.

»Was verstehst denn du von Fischen?« kanzelte ihn Lucas ab. Wenn er den Maulkorb nicht trug, zeichneten sich die Riemen ab, unter denen ihn die Sonne nicht gebräunt hatte. »Wie lange werden John und Paul hierbleiben? Ihr Chef hat sie rausgeschmissen.«

»Nun, wir werden sehen. Hier haben nicht noch mehr Leute Platz.«

Mit Schrecken erinnerte sich der Vater an den Bettler, den der Großvater vor einem Jahr in die Wohnung in Algete aufgenommen hatte. Es dauerte über drei Monate, bis sie ihn loswurden, und als er endlich ging, ließ er das Silberbesteck, die Wanduhr und Lucas' Sparbüchse mitgehen.

John und Paul hatten sich zusammen ins Gästebett gelegt und flüsterten miteinander. Endlich konnte John, der ältere, Paul beruhigen. »Alles wird gutgehen, nur keine Bange.« Paul drehte sich zu ihm um, und sie schauten sich in der von Blitzen durchzuckten Dunkelheit an.

»Sag mir nicht, daß dir das Gewitter angst macht.«

»Es ist nicht das«, antwortete Paul. »Ich habe immer Lust gehabt, etwas zu tun.«

»Was? Jetzt bist du kein Zeuge Jehovas mehr und kannst vieles tun. Angeln, dir einen Bart wachsen lassen...«

Der Kuß auf den Mund seines Freundes ließ dessen Satz unvollendet. Einen Augenblick später versanken sie in einem Strudel wortloser Zärtlichkeiten. Die unterdrückte Leidenschaft, die sie schon so lange füreinander verspürten, entlud sich wie das Gewitter, das draußen niederging. Sie zogen die Unterwäsche aus und betasteten ihre unterschiedlichen Körper. »Tu mir nicht weh«, bat Paul ängstlich. »Keine Angst«, beruhigte ihn sein Freund. Am nächsten Tag verließen sie das Haus und mieteten ein kleines Apartment.

Vor dem Abendessen las Großmutter Alma ihrem Enkel mit lauter Stimme vor, und immer wieder brachen beide in schallendes Gelächter aus. Sie sprang von einem Buch und einem Autor zum andern und von da zu ihrem Gläschen eiskalten Wodkas.

»Habe ich dir eigentlich gesagt, daß wir miteinander in Briefwechsel standen?«

»Wer? Du und Valle-Inclán?«

»Ja, als er in Rom war. Schließlich hab ich seinen Kindern ständig Sandwiches gebracht.«

»Großmutter, erzähl mir von den Schriftstellern von damals«, bat Gaspar.

»Was soll ich dir erzählen? Mit meinem damaligen Freund León war ich sogar in New York. Ich war ein ziemliches Dummchen … Ich ging auf ein Fest, gerade nachdem es Scott Fitzgerald verlassen hatte – der war der Größte. Eine miserable Ehe. Dieses verrückte Huhn hat ihn ruiniert …«

»Und du, Großmutter, warum hast du den Großvater geheiratet, wo du doch diesen andern Freund hattest?«

»Das ist eine lange Geschichte.«

Gaspar schwieg und wartete, daß sie noch etwas hinzufügte, aber sie sagte nichts.

»Willst du's mir nicht erzählen?«

»Das führt zu weit, mein Junge.«

»Wir haben doch Zeit.«

»Da sind inzwischen verrückte, tragische Dinge geschehen, sogar mit Toten. Ein Krieg ist ein Krieg …«

»Der Großvater spricht fast nie vom Krieg.«

»Weil er auf der Seite der Sieger war. Von Kriegen reden nur die, die sie verlieren. Darum spreche ich nicht über mein Leben. Komm, lies du mir nun etwas Witziges vor.«

»Was denn?«

»Irgendwas. Aber etwas zum Lachen, ja? Jetzt, im Alter, habe ich begriffen, daß nur das von Dauer ist, was einen zum Lachen bringt, unglaublich, nicht?«

Gaspar aß mit Sara zu Abend; dem stumpfsinnigen Sommerfernsehprogramm schenkten sie keine Beachtung. Bis dahin lief alles nach seinen optimistischsten Plänen.

»Deine Familie wird ausgerastet sein wegen der Geschichte mit dem Großvater«, sagte Sara.

»Das kannst du dir vorstellen. Aber wir sind daran gewöhnt.« Gaspar versuchte sich in einem erwachsenen Ton, der allerdings nicht mit seiner Kinderstimme in Einklang zu bringen war. »Weil, Dr. Tristán ist mit Basilio in den Bergen, sonst wäre es am besten, *er* würde den Großvater behandeln.«

»Dein Großvater ist schon in Ordnung. Das ist bloß das Alter.«

»Das Alter? Er ist schon immer so gewesen. Auf dem Hochzeitsfest meiner Eltern stritt er sich mit mehreren Gästen herum, und sie zerschlugen ihm eine Flasche auf dem Kopf. Seither redet die Familie meiner Mutter nicht mehr mit uns.«

»Na so was.«

»Hör mal, Sara« – die Stunde der Wahrheit war gekommen –, »darf ich dich was fragen? Es ist was Albernes, aber ich habe ja keine Schwestern ...«

Sara schaute Gaspar mit neuer Aufmerksamkeit an. Er war nervös, verlor ab und zu den Faden und erklärte:

»Nun, also, da gibt es ein Mädchen, das mich, äh, ziemlich interessiert, du weißt schon – was man eben so macht: mit ihr ausgehen und so, und ich weiß nicht recht, was tun.«

Nur mit Mühe konnte Sara gegenüber diesem romantischen ratsuchenden Grünschnabel ernst bleiben.

»Du bist also ganz durcheinander, nicht?«

Dieser eindeutigen Beschreibung seiner Situation mußte Gaspar zustimmen.

»Verliebt?«

»Ich glaub schon. Aber sie ist unerreichbar für mich.«

»Sag das nicht.«

»Aber sie beachtet mich überhaupt nicht. Für sie bin ich ein Kind ...«

»Ist sie denn älter als du?«

»Nein, nein, nein, wo denkst du hin. Nun ja, ein bißchen. Ein paar Monate.« Dann glaubte er den Moment gekommen, den Feind in Abwesenheit anzugreifen.

»Ich habe mit meinem Bruder Nacho darüber gesprochen, und er meint, die beste Methode, ein Mädchen für sich zu gewinnen, ist, sich ihr mit einer andern zu zeigen.«

Gaspar wußte nicht, was er von Saras plötzlichem Gelächter halten sollte, und fuhr fort:

»Er meint, wenn sie einen mit einer andern sieht, wird sie eifersüchtig und so, aber für ihn ist es natürlich sehr einfach. Er reißt andauernd Mädchen auf, obwohl er sie unmöglich behandelt und sie immer belügt und hintergeht. Er will bloß mit ihnen ins Bett, und dann läßt er sie sitzen. Aber bei mir ist es anders, wenn ich mich in ein Mädchen verliebe, kann ich nicht mit einer andern zusammensein, ich gebe mich ihr ganz hin.«

Noch eine Weile fuhr Gaspar fort, sich völlig schamlos zu loben, aber Sara war mit ihren Gedanken woanders, bei Nacho. Sie fühlte sich elend. Letztlich betrog sie eine ganze Familie, indem sie mit dem Vater ins Bett ging. Einmal hatte sie das Félix gestanden, und er hatte sich niedergeschmettert gefühlt: »Siehst du? Du glaubst selbst, wenn du mit mir schläfst, schläfst du mit meiner Familie. Ich bin ein einzelner, ich bin nur ich. Existiere ich denn für niemand nur um meiner selbst willen?«

Als Gaspars Erklärungen versiegten, gab ihm Sara einen Rat, der zwar sinnlos, aber dennoch sehr wichtig war: »Wenn du das Mädchen erobern willst, das dir gefällt, dann sei du selbst und vertraue ihr. Wenn sie es wirklich wert ist, wird sie dich zu finden wissen.«

Sie bezog ihm das Bett des Großvaters, und er legte sich hinein, stolz auf jeden Donner und Blitz, der das heiße Zimmer grell erleuchtete. Rhythmisch prasselte der Regen ans Fenster, und schließlich erkannte Gaspar in dieser Regelmäßigkeit die Botschaft: Sa-ra, Sa-ra.

Aufgeregt wälzte er sich hin und her und traute sich

nicht, den zweiten Teil seines perfekten Plans in die Tat umzusetzen. Dann stand er auf und schlich zu Saras Zimmer. Er öffnete die Tür, und ein Blitz beleuchtete das Bett und ihre Gestalt unter dem Bettuch. Er schloß die Tür gerade so laut, daß sie aufwachen mußte, doch sie rührte sich nicht. Wieder öffnete er die Tür und schloß sie etwas lauter. Jetzt traf ihn Saras überraschter Blick.

»Was suchst du denn hier?«

Gaspar stand neben der Tür, sein kleiner, schmächtiger Körper war ein einziges Nervenbündel.

»Ich habe Angst vor dem Gewitter.« Hinter dieser kindlichen Schwäche verbarg sich eine List, auf die selbst der draufgängerischste Erwachsene stolz gewesen wäre. Ermutigt durch seine rhythmischen Herzschläge, fügte er hinzu: »Würde es dir etwas ausmachen, wenn ich bei dir schlafe?«

Sara lächelte offen, wie es ihre Art war, und rückte unter dem Laken zur Seite.

»Natürlich nicht. Komm.«

Er wollte schon das Bettuch anheben, um hineinzuschlüpfen, da verkündete Sara: »Aber ich mache dich darauf aufmerksam, daß ich nackt schlafe.« Es amüsierte sie, den jungen Gaspar zu verwirren, der wie angewurzelt stehenblieb.

»Das ist ein Scherz, du Dummerchen.«

Gaspar versuchte würdevoll zu lächeln, aber es gelang ihm nicht, und er kroch zu ihr ins Bett. Er stellte fest, daß sie ein weites weißes Nachthemd trug, das mit dem Bettuch verschmolz, außer dem Aufdruck auf der Brust: Frankensteins Gesicht.

Sara drehte sich zu ihm hinüber und deckte ihn zu.

»Als ich klein war, sagte meine Mutter immer, wenn sie mich zu Bett brachte: ›Komm, wir machen einen

Wettlauf und schauen, wer zuerst beim nächsten Tag ankommt.‹ Also, machen wir einen Wettlauf.«

Natürlich verlor Gaspar.

Das war zweifellos die angespannteste Nacht seines Lebens. Steif lag er da, starrte an die Decke und hörte dem Regen zu, der gegen die Fensterscheiben trommelte, atmete mühsam und spürte Saras nahen, fast nackten Körper. Er hatte eine gewaltige Erektion und streifte unter dem Laken beherzt die Badehose hinunter. Er wollte sich auf Sara stürzen, sie roh, hinterlistig und sehr zärtlich vergewaltigen, aber er konnte sich nicht rühren. Es dauerte über drei Stunden, bis er sich, schweißgebadet und vorsichtig, auf der Matratze aufrichtete, das Laken mit langsamen, wohldurchdachten Rucken wegzog und sich daran machte, Saras Körper zu erkunden.

Im Ausschnitt des weiten Nachthemds zeichnete sich der Ansatz der nackten Schultern und der vollkommenen Brüste ab. So weit er konnte, hob Gaspar den Saum des Nachthemds, erblickte den Nabel und erahnte durch den weißen Schlüpfer die dunkle Dichte ihres Geschlechts. Er getraute sich nicht, das Nachthemd über ihren Bauch hinaus aufzukrempeln, da er befürchtete, sie könnte die Bewegung spüren. Eine Ewigkeit betrachtete er dieses Gesicht und diese Brüste, den Umriß ihres Körpers, dessen eines Bein unter dem Laken hervorschaute.

Es hatte aufgehört zu regnen, und nun war es totenstill. Jäh drehte sich Sara um und zog mit einer mechanischen Bewegung das Bettuch hoch, ohne aus ihrem tiefen Schlaf aufzuwachen. Gaspar erschrak und stellte sich schlafend. Erschöpft von der Aufregung, schlummerte er endlich ein.

Beim ersten Tageslicht erwachte er und stieß das

Bettuch von sich. Wenn Sara die Augen öffnete, sollte sie sein aufragendes Glied neben sich sehen; er würde so tun, als schlafe er noch. Er dachte, sie würde sich ihm hingeben und ihn mit ihren Küssen verschlingen. Zwei weitere beklemmende Stunden mußte er in seinem Exhibitionismus verharren, bis sich Sara zu recken und zu strecken begann und neben sich einen schlafenden, nackten Gaspar ohne Laken entdeckte, dessen halb abgestreifte Badehose den Blick auf eine potente Erektion freigab. Sie deckte ihn diskret mit dem Bettuch zu und ging aus dem Zimmer. Gaspar schluckte seine Enttäuschung hinunter und fühlte sich am Rand der Hysterie. Beschämt zog er schließlich die Badehose hoch, und als Sara vom Bad zurückkam, fand sie ihn wach.

Unter ihren nassen, ungekämmten Haaren hervor wünschte sie ihm einen guten Morgen:

»Los, ab in die Dusche. Oder hast du auch vor diesem Regen Angst?«

Unter dem Wasserstrahl mochte sich Gaspar nicht eingestehen, daß seine glühenden Strategien fehlgeschlagen waren. Seine Gedanken gaben denjenigen recht, nach deren Meinung der Mensch von Natur aus ein krankhafter Sexualperversling ist, der erst mit der Erziehung und Kultur zu einer zivilisierten Erotik gelangt.

Er setzte einen außerplanmäßigen dritten Teil seines Vorhabens in Gang. Er hatte die Badezimmertür nicht abgeschlossen und versteckte das einzige vorhandene Tuch in der Waschmaschine. Dann rief er laut nach Sara und bat sie durch die Tür um ein Tuch.

Mit den Fingerspitzen klopfte sie leicht an, um ihm das Tuch zu geben. Anstatt, so nackt und patschnaß, wie er war, die Tür einen Spaltbreit zu öffnen und Sara das Tuch abzunehmen, riß er sie weit auf und bot ihren Augen seine ganze Blöße dar.

»Oh, danke«, sagte er, als er das Tuch ergriff. Es gelang ihm kaum, sein Nervenflattern zu verbergen. In sträflich neutralem Ton sagte sie:

»So, jetzt hör auf, dich wie ein Narr zu benehmen, und zieh dich an.«

Jetzt wurde ihm endlich klar, daß sein Unternehmen gescheitert war. Er zog sich an, frühstückte beschämt und ohne Sara anzublicken, und verließ die Wohnung, nachdem er seiner beschäftigten Großmutter einen guten Morgen gewünscht hatte.

»Ich habe ein Telegramm bekommen. Dein Onkel Alex kommt uns diese Woche besuchen.«

Aber Gaspars Kopf war nicht aufnahmefähig für so unwichtige Nachrichten.

Als das Telefon klingelte, ließ Lucas alles liegen und stürzte zum Apparat. Es war für Nacho. Er rannte zu dessen Zimmer hinauf und weckte ihn unsanft.

»Für dich. Ein Mädchen.«

Nacho stieg in Unterhosen die Treppe hinunter und beschimpfte seinen kleinen Bruder.

»Hab ich dir nicht gesagt, wenn es ein Mädchen ist, sollst du ausrichten, ich bin nicht da?« Als er an der Küche vorbeikam, rief er seiner Mutter zu: »Zieh dem da den Maulkorb an, damit er nicht noch mehr Unsinn anstellen kann.«

Was Nacho zu dieser Morgenstunde am allerwenigsten ertrug, war Auroras Gejammer oder das irgendeiner andern Frau, die er seiner Meinung nach nicht halb so schlecht behandelt hatte, wie die Frauen ihn behandelten. Im Wohnzimmer nahm er den Hörer und ließ sich mißmutig in einen Sessel fallen.

»Ja?« Nur schon die Ahnung, er könnte noch vor elf Uhr Auroras monotones Timbre hören, machte ihn kribbelig.

Doch am andern Ende antwortete eine warme, tiefe Stimme:

»Nacho? Ich bin's, Sara. Ich möchte mit dir reden.«

Fünfzehn

Was ist denn, Kleiner? Hast du dich verlaufen?

Ein Taxifahrer zu Gaspar Belitre

Dr. Tristáns und Basilios Rückkehr bedeutete den Anfang der glücklichsten Tage im Leben des zweiten Sohnes von Félix Belitre, aber wie jede glückliche Zeit sollte sie nur von kurzer Dauer sein. Seine Brüder taten ihr Bestes, um ihn herzlich zu empfangen. Außer seinem neuen Aussehen – er hatte kurzgeschorene Haare, trug einen Bart, war schlanker geworden, kleidete sich unauffällig – lernten sie bald auch die ersten Veränderungen in seinem Charakter schätzen: Er schwieg über lange Zeit, beteiligte sich selten an den Familienstreiteereien und verbrachte ganze Tage in der Einsamkeit seines Zimmers, um sich der Malerei zu widmen.

Kurz bevor sie zu Hause eintrafen, hatte ihm Dr. Tristán im Zug gesagt. »Benimm dich vollkommen natürlich. Deine Familie ist weiterhin das Milieu, das dir nicht feindlich gesinnt ist.« Und mit demselben Ernst, mit dem er seine großen Wahrheiten zu verkünden pflegte, schärfte er ihm ein: »Denk daran, es gibt ein Wort, das nur wir beide kennen und sonst niemand.« Er brauchte es nicht einmal auszusprechen: ›unsichtbar‹.

Basilios gesellschaftliche Unsichtbarkeit war nichts weiter als eine psychologische Übereinkunft. Jedermann konnte ihn berühren, ihn rufen oder sich mit ihm unterhalten. Aber auf diese Idee mußte erst einmal jemand kommen, dazu mußte man sich zuerst an ihn erinnern. So entsinnen sich seine Kommilitonen von der Hochschule, die er jetzt wieder besuchte, eines talgigen, in der hintersten Reihe sitzenden Typs mit Akne, aber sie bestreiten, daß er nach langer Abwesenheit wieder in die Vorlesungen kam. Einige Jahre später erkannten sie ihn auf einem Gruppenfoto nicht mehr. Die Professoren erinnern sich nicht, ihn unterrichtet zu haben, und mehrere gelegentliche Besucher der Familie – insbesondere Kusine Rosario und Tante Celinda –, kommentierten untereinander das Fehlen dieses andern, häßlichen Sohnes, den die Belitres auch noch hatten.

Basilio spürte, wie er in der U-Bahn, in der Schlange vor dem Kino nicht zur Kenntnis genommen wurde. Er genoß es, daß die Leute nicht mehr angewidert den Blick von ihm abwandten, weil sie ganz einfach das Augenmerk nicht auf ihn richteten. Nie wieder wurde er Gegenstand des Spottes, nie auf der Straße oder von seinen Kollegen beleidigt, nie mehr verletzte ihn eine Bemerkung hinter seinem Rücken, ja im Unterricht wurden ihm nicht einmal mehr Fragen gestellt. Keiner bat ihn um ein Almosen, es wurden ihm keine Werbeschriften aufgedrängt noch seine Papiere verlangt. Nie wurde er überfallen oder mußte er jemandem zu Hilfe eilen. Nur einmal klammerte sich an einer Ampel ein armer Alter an seinen Arm, damit er ihm über die Straße helfe, aber er stellte erleichtert fest, daß es sich um einen Blinden handelte.

Obwohl Basilio so unerwartet in der Welt der Glücklichen gelandet war, blieb Dr. Tristán in seinem Zelt im Garten. Er hatte sich ans Zusammenleben mit den Belitres gewöhnt, und in seinem therapeutischen Eifer wollte er an Basilios Persönlichkeit noch einiges einrenken. Zu seiner Überraschung hatte der Anrufbeantworter in seiner Wohnung den Wunsch einer neuen Klientin aufgezeichnet, die seine Dienste in Anspruch nehmen wollte.

Aurora hatte vergessen, daß es Nacho gewesen war, der ihr den Arzt empfohlen hatte. Sie empfing ihn bei sich zu Hause und beschloß nach einer eisigen Fühlungnahme, ihn über ihre quälende Ehe zu unterrichten, in der sie physisch und psychisch mißhandelt worden war. Gedemütigt und verfolgt von ihrem Mann, hatte sie endlich die Scheidung erreicht und sich wieder erholt, aber leidvolle spätere Erfahrungen mit Männern hatten sie bei Psychiatern Zuflucht suchen lassen. Für siebentausend Peseten pro Sitzung drang Dr. Tristán über verworrene Wege in eine Vergangenheit voll von peinigendem Sex und Schuldkomplexen, von Unglück und unterdrückten Wünschen ein. Der gegenwärtige Zustand der Patientin, schrieb er in sein neues Notizbuch, war gekennzeichnet von einer akuten sexuellen Krise, die sich durch die grausame Behandlung von seiten ihres jungen Liebhabers noch verstärkt hatte. Die Frau machte sich Luft, indem sie vor dem Doktor weinte und schrie. Sie war verzweifelt.

Sie ging nicht näher darauf ein, wie unerbittlich sie ihrem jungen Liebhaber Nacho nachzustellen begonnen hatte. Das letzte Mal, als sie einige Stunden zusammengewesen waren, hatte sie ihn mit allen Mitteln zurückzuhalten versucht. Nur dank einer Eingebung in letzter Minute hatte sich Nacho vor seiner besitzergreifenden Geliebten retten können. Er hatte ihr versprochen zu bleiben, sie während des Streits am Bett festgebunden und dann das Weite gesucht. Danach rief er die Freundin an, mit der sie gewisse sexuelle Erlebnisse geteilt hatten, und bat sie, Aurora zu befreien.

Aus Rache rief diese bei Nacho an, und Lucas, der ihr so oft versichert hatte, sein Bruder sei nicht da, erkannte ihre Stimme. Als das Klingeln um drei Uhr früh alle weckte, beruhigte Nacho seine Familie mit den Worten, die verzweifelte Mutter eines Freundes suche ihren verschwundenen Sohn. Die Eltern fanden nichts dabei, daß er sich anzog und sich selbst auf die Suche nach dem Burschen machte.

»Wenn du noch einmal bei mir anrufst, schwör ich dir, daß du mich nie wiedersiehst«, drohte er Aurora.

»Bleib wenigstens heute nacht hier«, bat sie ihn hilflos.

›Mein Leben ist eine Katastrophe‹, dachte Nacho, bevor ihn das Marihuana neben Aurora einschläferte. Er konnte sich einfach nicht erklären, warum man so oft mit einer Person ins Bett ging, mit der man es gar nicht wollte, aber nicht mit der Person, die man liebte. ›Vielleicht ist es eine Art Buße, wenn ich Auroras Launen befriedige‹, dachte er. So sehr hatte er schon resigniert.

Sara hatte ihn in eine Kneipe in der Nähe von Großmutters Haus bestellt. Nacho hegte unaussprechliche Hoffnungen, ihre Standhaftigkeit ins Wanken gebracht zu haben, als er ins Lokal trat und sie allein vor einem halbvollen Glas Bier sitzen sah.

»Ein ausgiebiges Frühstück.« Auch Nacho bestellte ein Bier.

Er entschuldigte sich für den unangebrachten Besuch in der Vornacht. Dann schwieg er, um all seine Gefühle für sie zu bekräftigen, die er ihr bereits gestanden hatte. Als Sara zu sprechen begann, konnte Nacho sie weder unterbrechen noch den Dauertanz seines Blicks zwischen ihren Augen, ihren Lippen und dem Hintergrund des Lokals unter Kontrolle bringen.

»Du sollst nicht denken, ich versuche dich loszuwerden«, sagte sie. »Daß dein Vater und ich ach, ist ja egal.

Du sollst auch nicht schlecht über ihn denken, und natürlich möchte ich, daß das unter uns bleibt.«

Nacho zuckte die Schultern. Er würde schweigen.

»Ich habe ihm nicht gesagt, daß du es weißt.« Sara drehte an einem kostbaren alten Fingerring. »Wir könnten viele Leute verletzen. Auch sollst du nicht denken, daß dein Vater ein Schwein ist, weil er deine Mutter betrügt.«

»Was ich nicht denken soll, weiß ich nun. Jetzt sag mir, was ich denken soll.«

»Du hättest genauso gehandelt wie er. Wenn dir das klar ist, verstehst du ihn vermutlich besser.«

Aber Nacho verstand seinen Vater bestens, ja er beneidete ihn sogar. Er war ein vom Glück begünstigter Mann. Da war Sara und bezeugte es, wenn sie mit ihren Kristallaugen und ihrer Mondhaut von ihm sprach. Nacho spürte, wie ihn unwiderstehliches Selbstmitleid befiel.

»Jetzt möchte ich klarstellen, was zwischen uns beiden ist.«

»Ach, da ist etwas?« Nacho gab sich alle erdenkliche Mühe, wieder zu seinem gleichgültigen Ton zurückzufinden.

»Du gefällst mir, und ich gefalle dir. Na und? Das ist nicht so erstaunlich. Deshalb glaube ich, wir sehen uns am besten nicht mehr.«

»Du verlangst also von mir, ich soll meine über alles geliebte kranke Großmutter nicht mehr besuchen?«

Zum ersten Mal lachte Sara. Mit einem letzten Schluck trank sie ihr Bier aus.

»Ob du wohl widerstehen kannst? Ich weiß, daß du dich ihr sehr verbunden fühlst...« Sie mochte nicht in diesem spöttischen Ton fortfahren. »Ich muß gehen.«

Sie stand auf und legte ein paar Münzen auf den

Tisch. Nacho nickte ihr mit gespielter Gleichgültigkeit zu.

»Wir sehen uns«, verabschiedete er sich. »Nein, wir sehen uns nicht, meine ich.«

Er blieb sitzen mit seinem Versprechen, Sara nicht mehr zu sehen, und mit der Gewißheit, sterblich in sie verliebt zu sein.

Er hatte sich in unser Repertoire eingearbeitet, das aus kaum sechs Songs bestand, und den ganzen August übten wir jeden Nachmittag. Für den 10. September wurde uns ein Auftritt zugesagt, aber diese Nachricht vermochte Nacho nicht aufzuheitern. In jenen Tagen stellte er mir seinen Bruder Basilio vor, der unsere Plakate entwerfen sollte:

10. SEPTEMBER
22.30 UHR
KOMM ZU DEN
BERÜHMTEN KÖNIGEN
DES ROCK 'N' ROLL
›MICHELLE'S LOVERS‹

In der Mitte sah man ein großes Bild von Michelle Pfeiffer. Ich bin sicher, daß Basilio es gezeichnet hatte, denn ich habe dieses Plakat aufbewahrt, und in einer Ecke ist es mit B. B. signiert. Aber niemand in der Band erinnert sich, daß Nacho einen Bruder hatte, der zeichnete.

In der dritten Augustwoche traf Onkel Alex bei den Belitres ein. Ein Besuch nach allen Regeln der Kunst und, obwohl angekündigt, traumatisch. Eines Nachmittags ertönte die originelle Hupe eines eindrucksvollen weißen Jaguars, und alle stürzten auf die Veranda hinaus.

Gerührt nach so vielen Jahren der Abwesenheit, umarmte Onkel Alex zuerst seine Schwägerin. Dann irrte er sich ein übers andere Mal aufs herzlichste beim Versuch, seine einzelnen Neffen wiederzuerkennen. Bei Nacho entschuldigte er sich mit einem schlagfertigen: »Nein, hast du dich aber verändert, jetzt bist du schon ganz der Vater«, und bei Gaspar: »Du kannst doch unmöglich dieser kleine Dreckscheißer sein, den ich in den Armen gehalten und gefüttert habe«. Schließlich dröhnte er:

»Also, wo ist denn euer Vater, Jungs?«

»Das bin ich«, antwortete Matías.

»Nun, äh, er wird heute abend kommen, nach der Arbeit«, meldete sich die Mutter zu Wort.

»Im August zu arbeiten«, kommentierte Onkel Alex. »Typisch mein Bruder.« Und auf Matías deutend, flüsterte er seiner Mutter mit schlecht gespielter Vertraulichkeit ins Ohr: »Der ist noch immer total bescheuert, wie?«

Als der Vater nach Hause kam, umarmten sich die beiden Brüder ohne große Leidenschaft. Später hörte Gaspar sie miteinander tuscheln:

»Mama glaubt noch immer, du seist ein Erfolgsschriftsteller.«

»Nur die Ruhe – jetzt, im Computerzeitalter, hab ich's sogar geschafft, Zeitungsseiten mit Kritiken über meine Stücke zu fälschen. Ist doch egal, Hauptsache, sie freut sich.«

»Allerdings«, räumte Félix ein.

Bei der Großmutter, die ihren Sohn herzlich umarmte, war Onkel Alex vollkommen verändert. Er trug einen sehr englischen Tweedanzug mit Fliege und behauptete, eines seiner Werke stehe, von der Kritik gefeiert, mitten im Off-Broadway auf dem Spielplan.

»Prächtig siehst du aus, Mama«, rief er. »Papa hat mir geschrieben, du liegst im Sterben.«

»Hör nicht auf diesen Mistkerl. Um mich umzubringen, braucht es hundert Dichter«, antwortete sie verächtlich.

»Und die Krankenschwester, Donnerwetter! Mit einem solchen Mädchen würde ich auch den ganzen Tag im Bett liegen.«

»Leider habe ich mich nie für Frauen begeistern können. Aber meiner ganzen Familie hat sie den Kopf verdreht. Jeden Tag bekomm ich Besuch.«

Im Gegensatz zu seiner letzten Spanienreise vor sieben Jahren brachte er Großmutter Alma diesmal dazu, das Bett zu verlassen. Er befahl Sara, ihr das schönste Kleid anzuziehen, und setzte sie in seinen formidablen Jaguar. Alma forderte ihren Enkel Gaspar auf, sie zu begleiten, und die drei machten eine Rundfahrt durch Madrid.

»Mein Enkel Gaspar«, erklärte die Großmutter, »wird dasselbe werden wie du, Schriftsteller.«

»Was du nicht sagst!« Onkel Alex blinzelte seinem Neffen im Rückspiegel zu.

Sie tranken mit Rosa Chacel Kaffee und fuhren rasch bei María Zambrano vorbei, um guten Tag zu sagen. Gaspar sollte diese fast durchsichtige Frau nie vergessen, die schon mit einem Bein im Grab stand, sich aber noch auf den Tag und die Stunde genau erinnerte, wie sie vor sechzig Jahren Großmutter Alma kennengelernt hatte. Außerdem begrüßten sie Rafael Alberti nach einem Vortrag im Athenäum. Im ersten Augenblick verwechselte der Dichter Großmutter Alma mit Mahlers Witwe, die er im übrigen nie kennengelernt hatte, doch dann erinnerte er sich an die gute Almita, die Freundin von León de Lera.

»Du hast mit deinem Aussehen alle in den Schatten gestellt. Hast du gesehen, was Alberti für ein Gesicht gemacht hat, als er sah, daß du dich besser gehalten hast als er?« Mit diesen Worten wollte Onkel Alex die erschöpfte Großmutter nach dieser Reise in die Vergangenheit aufmuntern.

»Rafael war schon immer sehr kokett«, gab Alma zu, bevor sie in ihren Erinnerungen versank. »Am meisten stinkt mir, daß ich Julio Alejandro nicht habe besuchen können. Der ist wirklich eine Nummer für sich.«

Am meisten beeindruckte Gaspar jedoch, was sich mitten auf der Autobahn ereignete, als sie mit der Großmutter wieder nach Hause fuhren. Es war bereits dunkel und der Verkehr spärlich. Unerträglich langsam schlich der amerikanische Jaguar auf der Überholspur dahin, und die anderen Verkehrsteilnehmer hatten sich damit abgefunden, rechts zu überholen. »Ich möchte die Großmutter nicht aufwecken«, rechtfertigte Alex sein Kreuzfahrertempo. Doch dann fuhr ein Wagen dicht auf und verlangte mit der Lichthupe freie Bahn. Schließlich begann er, der genauso stur war wie der andere, auf die richtige Hupe zu drücken. Auf dem Beifahrersitz schlummerte die Großmutter, und Gaspar sah, wie sein Onkel Alex auf offener Straße anhielt. Der andere Wagen blieb hinter ihnen stehen, und Onkel Alex stieg aus. Entrüstet und ein wenig spöttisch hupte der andere weiter. Onkel Alex trat zu ihm ans Fenster und sagte:

»Halt's Maul.«

Doch der Mann hörte nicht auf zu hupen, und Onkel Alex wiederholte mit seinem fremdländischen Akzent:

»Halt's Maul. Siehst du nicht, daß meine Mutter im Wagen schläft?«

»Ich scheiß auf deine verdammte Mutter. Fahr deinen Schlitten aus dem Weg.«

Onkel Alex riß die Wagentür auf und zerrte den Mann am Revers heraus. Dieser holte zu einem Faustschlag aus, doch Onkel Alex wehrte ihn behende ab und rammte ihm das Knie in die Genitalien und den Kopf an die Nase. Als er sich schon auf dem Boden wälzte, trat Onkel Alex noch zweimal wild auf ihn ein und ging dann zu seinem Wagen zurück. Sanft trug sie die Getriebeautomatik davon.

»Gaspar«, belehrte er seinen Neffen, »laß niemals zu, daß jemand deine Mutter beleidigt. Die Familie ist das einzige, was du in diesem Leben hast.«

Dann lüftete er gleichmütig den Hintern und ließ einen Furz fahren. Sein Neffe sollte mitlachen.

Nachdem er die Großmutter nach Mitternacht zu Hause abgeliefert hatte, wollte Onkel Alex unbedingt Gaspar heimbringen. Wie üblich verfuhr er sich, und wie üblich wollte er es nicht zugeben. Unversehens fanden sie sich mitten in der Calle de la Ballesta, und das funknagelneue Auto wurde von Prostituierten umringt, die das jeweils Augenfälligste von sich anboten. Onkel Alex kam aus dem Lachen nicht heraus und kroch im Schneckentempo dahin, um mit Muße dieses Bild zu betrachten.

»Genieße es, genieße den Anblick. Was hältst du von der da? Und die dort?« fragte er seinen Neffen.

Gaspar hatte die Augen weit aufgerissen und sagte nichts. Auf einmal wandte sich Onkel Alex zu ihm um und fragte: »Warst du noch nie bei einer Nutte, Neffe?« Gaspar schüttelte den Kopf. Dann fragte er ihn nach seinem Alter.

»Vierzehn«, sagte Gaspar kleinlaut.

»In deinem Alter hab ich schon mehr Huren gehabt als Jahre. Bestimmt bist du auch noch Jungfrau.«

Gaspar bejahte ein wenig beschämt. Brüsk hielt der

Wagen an. Onkel Alex zog seine Brieftasche aus der Jacke und reichte Gaspar dreißigtausend Peseten.

»Teufel noch mal! Das ist mein letztes spanisches Geld, und morgen verdufte ich eh wieder. Warum machen wir beide nicht ordentlich einen drauf?«

Gaspar hielt die Geldscheine in der Hand und wußte nicht genau, was sein Onkel damit meinte. Der lächelte ihn freimütig an.

»Komm, sei kein Hase«, sagte er, nachdem er den Wagen in zweiter Reihe geparkt hatte.

Er bestach den Rausschmeißer eines Topless-Lokals, damit dieser das Alter des Jungen vergäße. Dann legte er Gaspar, der das zerknitterte Geld in die Hosentasche steckte, den Arm um die Schulter.

»Wenn du ein guter Schriftsteller sein willst, müssen Freudenhäuser deine zweite Heimat werden.« Je mehr der Pacharán-Schnaps Wirkung tat, desto mehr glaubte er selbst an seine Mär vom New Yorker Schriftsteller. »Welches Genie hat schon wieder gesagt, die Frauen seien nur zum Vögeln da und die Huren zum Reden? Genau das ist es, eine Hure ist ein offenes Buch.«

Zwei füllige Südamerikanerinnen überschütteten sie mit Aufmerksamkeiten, und Onkel Alex bedeutete Gaspar, ihnen nach und nach das Geld zu geben.

»Das ist mein kapitalistischer Teilhaber«, stellte er ihn der einen der beiden selbstlosen Nutten vor, die dem Kleinen die Rippen zu liebkosen begann.

»Ist er nicht noch ein wenig zu jung, um hier zu sein?« fragte die, die sich zu Onkel Alex gesetzt hatte.

»Und du, bist du nicht schon ein wenig zu alt?«

Onkel Alex stürzte sich in Alkohol und Scherze und verabschiedete sich dann vorübergehend von seinem Neffen.

»Wart hier auf mich und halt schön die Augen offen.

Jede dieser Nutten ersetzt hundert Romane. Anschließend bist *du* dran, mach dich bereit.« Hand in Hand mit seiner Begleiterin stand er auf und verschwand in einem Séparée.

Gaspar wartete nervös, folgte der andern Frau unkonzentriert durch die seichte Konversation – »Woher kommst du?«, »Welche Musik magst du?« – und spürte, wie sich unter den unbeteiligten Liebkosungen sein Glied regte. Da kam ein mürrischer Kerl die Treppe herunter, wechselte mit der Kellnerin ein paar Worte und trat zu Gaspar.

»Du hast hier keinen Zutritt.«

»Aber mein Onkel …«

»Dein Onkel mag sein, wo's ihn im Arsch juckt, aber du bist noch minderjährig, und ich krieg Scherereien, wenn man dich hier sieht. Los, raus. Du wartest auf der Straße auf ihn.«

Gaspar mochte sich nicht mit ihm anlegen und ging die Treppe hinauf. Auf dem Gehweg blieb er neben dem Rausschmeißer stehen.

»Tut mir leid, Kleiner, aber die Vorschriften. Ich bin bloß Befehlsempfänger. Und jetzt los, zisch ab, der Boß hat mich schon genug zusammengestaucht.«

Gaspar trollte sich zwischen den mehrheitlich dreisten, verwelkten und rücksichtslos ausgebeuteten Prostituierten davon. Er vermied es, ihnen in die Augen zu schauen, obwohl sie seine neugierigen Blicke anzogen, fast immer jedoch zu seiner Enttäuschung. Plötzlich fiel ihm eine besonders auf. Sie lehnte sich mit angewinkeltem Bein an eine Hauswand, trug eine Tasche und einen Minirock, schwarze Strümpfe und ein Träger-T-Shirt, das knapp die Brüste bedeckte und den größten Teil des Bauches und den Nabel frei ließ. Sie war übermäßig und nachlässig geschminkt, was nicht vertuschen konnte, daß sie rechts ein blaues Auge hatte. Trotz alledem erkannte Gaspar sie sogleich und ging auf sie zu.

Mayka winkte ihm zu. Aber dann schüttelte sie den Kopf: »Du bist noch sehr klein.«

»Nein, nein, ich wollte gar nicht ...«

»Ich kenne dich ...«

Gaspar schüttelte den Kopf und wich zurück. Am Anfang der Straße sah er das grüne Lämpchen eines freien Taxis. Er lief hin und sprang mit einem Satz in den Wagen.

Grinsend drehte sich der Fahrer zu ihm um.

»Was ist denn, Kleiner, hast du dich verlaufen?«

»Nein, nein. Zur Calle Tremps, bitte.«

Sie fuhren erneut die Straße hinunter. Wegen einer Schlägerei mitten auf der Fahrbahn mußten sie abbremsen.

»Es ist mal wieder soweit, wie jede Nacht.«

Auf offener Straße verprügelte ein sehniger, jähzorniger Hüne eine der Prostituierten. Gaspar schaute genauer hin und sah, wie der Stecher Mayka gerade brutal ohrfeigte, dann an den Haaren festhielt und mit Füßen und Fäusten traktierte. Was er schrie, konnte Gaspar nicht verstehen. Das Taxi gelangte auf ihre Höhe, und der Stecher trat mit ironischer Höflichkeit beiseite, um ihm den Weg freizugeben. Maykas Blick traf auf Gaspars erschrockene Augen.

Der Rabauke prügelte weiter. Gaspar wollte nichts wie weg. Mayka entwand sich den Armen des Stechers und rannte die Straße hinunter. Er ließ sie laufen. Sie erreichte das Taxi, griff nach der Klinke und schaffte es, die Tür zu öffnen.

»Du bist doch Basilios Bruder, oder? Laß mich nicht hier zurück!«

Gaspar zog von innen an der Tür, aber Mayka hielt

sich an ihr fest, so daß er sie nicht zubrachte. Die Tränen verwandelten ihr Gesicht in die schmierige Palette eines Sonntagsmalers.

Der Taxifahrer wandte sich zu Gaspar um und fragte:

»Fährt die mit?«

Gaspar wollte dieser Unterweltfantasmagorie ein Ende setzen und schüttelte den Kopf. Er sah den Taxifahrer die Stange für die Wagensicherung unter dem Sitz hervorziehen und fest in den Griff nehmen. Mayka schaute sich nach dem Stecher um, der ihr jetzt nachrannte.

»Der schlag ich sämtliche Zähne aus.«

Noch bevor der Taxifahrer seine Tür aufmachte, erbarmte sich Gaspar des Mädchens.

»Warten Sie. Ja doch, sie fährt mit.«

Er stieß seine Tür auf und ließ Mayka einsteigen.

»Los, schnell weg von hier.«

Der Fahrer fluchte durch die Zähne, trat aufs Gas und ließ den Stecher ins Leere laufen.

»Vielen Dank ...«

Mayka hatte sich an Gaspar geklammert und begann wieder zu weinen, beschützt vom schmächtigen Körper dieses vierzehnjährigen Jungen. Auf einmal sah Gaspar nicht mehr ihr zerzaustes Haar und die blutende Nase, sondern im Dekolleté eine ihrer nicht sehr großen, aber runden, begehrenswerten Brüste. Er umarmte das Mädchen kräftig und spürte, wie sich seine Hose wieder beulte.

Er hieß den Taxifahrer einige Meter vom Haus entfernt anhalten, gab ihm vom restlichen Geld seines Onkels ein großzügiges Trinkgeld und half Mayka aussteigen. Dann wartete er, bis sich das Taxi in der stillen, warmen Dunkelheit verloren hatte. Mayka zupfte ihren übel zugerichteten Rock zurecht und lächelte Gaspar nervös an. Dieser führte sie zum Gartentor, wo er befriedigt feststellte, daß in keinem der Fenster, die auf diese Seite hinausgingen, Licht brannte. Hoffentlich war keiner mehr wach. Sie traten in den Garten und schlichen zu den Stufen der Veranda. Dort befahl er Mayka zu warten und verschwand im Haus. Alles ruhig, niemand war mehr auf. Sein Herz hämmerte. Er kehrte auf die Veranda zurück und gab Mayka ein Zeichen, ihm ins Haus zu folgen.

Da sie ihre Schuhe bei der Keilerei auf der Straße verloren hatte, war sie barfuß, so daß man sie nicht hören würde. In der vollkommenen Stille folgte sie ihm mit überlegten Schritten Stufe für Stufe die Treppe hinauf. Gaspar kniff jedesmal die Augen zu, wenn er den Fuß aufsetzte, als schwände dadurch die Möglichkeit, Lärm zu machen. Als sie auf dem Treppenabsatz waren, ließ eine Stimme beider Herz gefrieren. Aus der angelehnten Tür ihres Schlafzimmers flüsterte die Mutter:

»Bist du's, Gaspar?«

»Ja.«

»Bist du endlich zurück?«

»Ja.«

»Hat dich Onkel Alex nach Hause gebracht?«

»Ja.«

»Los, geh schlafen, es ist schon spät. Bis morgen.«

»Ja.«

Als sie weiter treppauf gingen, war Mayka so fieberhaft aufgeregt, daß sie hätte losprusten können. Vom dritten Stock aus erreichten sie den Dachboden. Gaspar führte Mayka durch die knarrende Tür hinein. Nachdem er hinter sich zugemacht hatte, flüsterte er ihr ins Ohr: »Hier kommt niemand rein, aber der Fußboden ist morsch, du mußt hinten bleiben und ganz ruhig sein und darfst dich nicht bewegen.« Voller Angst nickte sie.

Sie sah Gaspar mit langen Schritten nach hinten gehen und eine an die Wand gelehnte alte Matratze auf den Boden legen. Jetzt hatte sie also einen Ort zum Schlafen. Alles war besser, als wieder auf die Straße hinaus zu müssen. Sie folgte ihm.

Durch die beiden Dachluken sickerte das Mondlicht herein, so daß Gaspar Mayka sehen konnte.

»Hier wirst du schlafen«, sagte er.

Er half ihr sacht auf die Matratze nieder. Sie schaute ihn an, und er bat sie mit einer Bewegung, still zu sein. Die Anspannung lief ihm über den Rücken, als wäre er die natürliche Verlängerung der Treppen. Er kniete neben Mayka nieder und flüsterte:

»Dein Rock ist zerrissen. Am besten ziehst du ihn aus.«

Sie nickte widerstandslos. Mit beiden Händen öffnete er den seitlichen Reißverschluß ihres Rocks und zog ihn ihr mitsamt dem T-Shirt über den Kopf, so daß ihre spärliche rote Unterwäsche zum Vorschein kam. Der Reihe nach befreite er sie von Büstenhalter, Strümpfen und Schlüpfer. Als sie nackt war, ließ sie sich auf die staubige Matratze fallen. Schweigend bot sie sich Gaspar an, der sich auf sie stürzte und seine unbeholfene Erregung von ihr führen ließ, bis er mit ersticktem Keuchen sein ganzes zurückgehaltenes Begehren über sie ergoß.

»Du mußt gehen, jetzt gleich. Hier ist's gefährlich.«

»Jetzt? Laß mich bitte diese Nacht hierbleiben.«

»Auf keinen Fall.«

»Nur ein Weilchen. Ich bin am Ende.«

»Nein, nein. Du mußt jetzt gehen.«

»Mir tut alles weh, ich kann mich kaum mehr rühren.«

»Also gut, aber ich muß dich hier rausbringen, bevor es Morgen wird.«

»Danke. Du bist sehr lieb.«

Gaspar wurde von Panik befallen. Er wußte genau, welches Risiko er da einging – eine Prostituierte in der Dachkammer zu verstecken. Er wollte aufstehen, aber Mayka hielt ihn mit Gewalt fest. An jugendliches Onanieren gewöhnt, wünschte sich Gaspar, Mayka wäre ein Foto aus einem Herrenmagazin, das er jetzt einfach zuklappen und irgendwo verstecken könnte. Er wollte einen Moment warten. Auch sie hatte Angst. Er würde ihr etwas Zeit geben und sie dann auf die Straße setzen. Schließlich wich die Anspannung dem Schlaf, der sich wie eine warme Decke über ihn legte, die einen mit einem Kuß auf die Wange einhüllt.

Sechzehn

> Die wunderbare Erholung für das Auge (und auch für den Magen, denn seine Küche ist phänomenal) machen den Ampurdán zum idealen Zufluchtsort für den rastlosen Reisenden oder, warum auch nicht, zur perfekten Kulisse für jemanden, der sich danach sehnt, ein neues Leben zu beginnen.
>
> *Gistaín, FÜHRER DER SPANISCHEN REISEROUTEN*

An diesem Morgen stand der Vater ungewöhnlich früh auf. Er hatte nachts kaum schlafen können, aber die Anspannung, in der er sich befand, ließ kein Müdigkeitsgefühl aufkommen. Er zog sich eilig an und verließ das Haus, ohne zu frühstücken und bevor jemand erwachte.

Vom Schlafzimmer aus hörte seine Frau, wie er das Haus verließ. Wie immer hielt Matías sie umschlungen. Es erstaunte sie, daß ihr Mann nicht einmal frühstückte. Sie hatte die Augen geöffnet, als könne sie so besser lauschen. Auf das Geräusch des Motors beim Anfahren folgte wieder die morgendliche Stille. Sie löste sich aus Matías' Armen und stieg leise aus dem Bett.

Der Vater parkte in der Straße der Großeltern, trat ins Lokal gegenüber und versuchte, sich mit einem Kaffee zu beruhigen. Vom Fenster aus konnte er die Haustür im Auge behalten. Kurz zuvor hatte er drüben angerufen und sofort wieder eingehängt, als er die Stimme des Großvaters vernahm. Diese jugendliche Feigheit versetzte ihn in seine Verlobungszeit zurück und erinnerte ihn daran, wie er sich davor gefürchtet hatte, seinen künftigen Schwiegereltern gegenüberzutreten, diesem ungehobelten, jähzornigen Paar, das vom Land in die Stadt gezogen war. Er sah sich als jungen Mann, mit seinem ewiggleichen Mantel, als alles noch heimlich geschah, hastig und unanständig war, wie jener erste sexuelle Kontakt, als sie ihn unter der Treppe hinter ihrer Haustür befriedigte. Letzten Endes war seine seltsame Beziehung zu Sara viel eher eine Rückkehr in die Gefilde der Jugend als ein Ergebnis der Reife, die man bei einem Fünfzigjährigen voraussetzt. Er dachte daran, wie er jeweils telefonisch in einem diskreten Hotel ein Zimmer reservierte, wie ein ganz ordinärer Geschäftsreisender, der regelmäßig die Tochter eines Freundes vernascht.

Der vergangene Abend hatte den Ausschlag gegeben. Auf Saras Motorrad waren sie zu dem Hotel gefahren, wo ihre Treffen für gewöhnlich stattfanden. Der Wind peitschte Félix, der in solchen Momenten tatsächlich glaubte, die Lebensuhr sei für ihn stehengeblieben, ihre Haare ins Gesicht. Nachdem sie sich geliebt hatten, wanderten seine Fingerspitzen zärtlich über ihren Körper.

»Nacho weiß das von uns.« Sara hatte das Ende des Nachmittags abgewartet, um es ihm zu eröffnen.

»Was? Mein Sohn?«

Sie nickte, und er schaute sie fragend an.

»Hast du es ihm gesagt?«

»Nein, aber es läuft darauf hinaus. Er fragte mich, und ich konnte ihm nichts vormachen. Ich lüge nie.«

Der Vater hörte einen Vorwurf aus Saras Worten heraus, den es nicht gab.

»Ich schon, nicht wahr? Ich belüge alle, meine Frau, meine Söhne ...«

»Das wollte ich nicht sagen.«

»Wer weiß, was er jetzt von mir denkt …«

In einer plötzlichen Anwandlung beschloß der Vater, sich anzuziehen. Er versuchte sich zu erinnern, ob sich Nacho in den letzten Tagen irgendwie anders verhalten hatte. Sara beruhigte ihn.

»Er wird nichts unternehmen. Er versteht dich besser, als du glaubst.«

Aber der Vater hatte nicht soviel Vertrauen in seine Söhne wie Sara. Als er im Garten parkte, beleuchteten die Scheinwerfer die Veranda, wo Nacho an seiner Gitarre neue Saiten aufzog. Der Vater löschte das Licht und stieg langsam aus. Sie warfen sich einen kurzen Gruß zu. Es war dunkel geworden, und der Vater trat zu seinem Sohn.

»Na?«

Sie schauten sich fest in die Augen. Nacho arbeitete weiter und zuckte die Schultern. Der Vater hätte ihn gern zu einer Bemerkung provoziert, brachte aber nur die Frage heraus:

»Wie läuft's in der Band?«

»Normal, so wie immer.«

Auf dem Tischchen hatte der Vater neben dem Kaffee die Karte eines detaillierten Reiseführers ausgebreitet. Mit seinem Filzstift zog er eine entschlossene Route von Madrid nach Santillana del Mar. Ja, dort empfahl der Autor ein billiges, aber charmantes Hotel. Am Abend könnten sie schon dort sein.

Der 1. September war kein schlechter Tag, um ein neues Leben zu beginnen. Die Touristenorte wären jetzt verlassen, und unterwegs könnten sie es komfortabel haben. Alles war wohlüberlegt. Er würde etwas Geld von der Bank abheben und den Rest auf dem Konto lassen, das auch auf den Namen seiner Frau lautete. Er würde mit seiner Firma sprechen – nach über zwanzig Jahren hatte er Anspruch auf eine Pension. Dieses Geld wäre voll und ganz für die Familie, er selbst würde schon durchkommen, da hatte er keine Zweifel.

Eine weitere Linie führte ihn von der kantabrischen Küste nach Südfrankreich. Schon immer hatte er dorthin zurückkehren wollen: nach Orthez, Ramiers, Narbonne, Perpignan. Ginge das erste Geld aus, so könnten sie eine Zeitlang im Ampurdán bleiben. Warum denn nicht? Was meinte der Autor? Er zog einen Kreis um das Gebiet, wobei er aus Versehen den Ampurdán mit der Garrotxa verwechselte.

Überrascht, daß schon soviel Zeit vergangen war, rief er noch einmal an. Diesmal vernahm er Saras leise Stimme. Er teilte ihr kurz mit, er befinde sich im Lokal gegenüber und erwarte sie. Dann bestellte er an der Theke einen Tee mit kalter Milch und trug ihn an seinen Tisch. Er bereitete Tasse, Zuckerbeutelchen und Untertasse vor, wie er es auch an andern Vormittagen getan hatte. Als er den Kopf hob, sah er sie hereinkommen, auf die schnelle zurechtgemacht, da sie eben erst aufgestanden war, aber mit der ganzen Wärme, die sie immer umgab. Sie setzte sich ihm gegenüber, bedankte sich und schenkte sich mit amüsiert fragenden Blicken Tee ein. Dann bemerkte sie den Reiseführer und drehte ihn zu sich her.

»Gestern hast du etwas gesagt, was mich nachdenklich gestimmt hat«, verkündete der Vater, um Saras Aufmerksamkeit wieder auf sich zu lenken. »Nämlich, daß du nie lügst.«

Das war richtig. Auf Kosten ihrer Züchtigkeit hatte Sara Macht erlangt – die Macht, die sich dann ergibt, wenn man in seinem Verhalten immer demselben geraden Weg folgt und die Kurven ausläßt, die es vielleicht braucht, um glücklich zu sein. Und wie alle, die auf Verstellung verzichten, umgab ihre Handlungen ein Anflug von Verantwortungslosigkeit.

»Ich glaube, ich habe in meinem Leben schon genug gelogen, und bin nicht bereit weiterzulügen.«

»Das finde ich gut.«

»Ich kann nicht länger bei meiner Familie bleiben.«

Schlagartig begriff Sara, was dieser frühe Besuch des Vaters zu bedeuten hatte, seine leuchtenden Augen, genau wie die Nachos, als er betrunken bei ihr aufgekreuzt war, um ihr in romantischem Ton eine Liebeserklärung zu machen, begriff die Bedeutung des Reiseführers. Aber im Gegensatz zu den meisten andern in dieser Situation ließ sie das Mißverständnis nicht noch größer werden. Sie wußte, daß sie dem Vater weh tun würde, und brauchte einen Augenblick, um die nötige Kraft zu finden.

»Ist das alles, was dir eingefallen ist?«

Er verstand nicht recht, was sie meinte. Sanft, aber unmißverständlich machte sie es ihm klar, und er kam sich vor wie ein Kind, das ein Geschenk auspackt und feststellt, daß es etwas ist, was es schon hat. Gespieltes Glück in den Augen, hörte er Sara zu.

»Das ist das erste Mal in meinem Leben, daß ich mit jemandem eine heimliche Beziehung habe. Und genau das ist das Problem – es kommt nie gut heraus. Wenn man jemand liebt, kann man nicht schweigen; wenn dir ein Hut gefällt, versteckst du ihn nicht zu Hause.«

Genau das wollte der Vater bei sich selbst ändern. Er wollte auf die Straße hinaustreten und es jedem ins Gesicht schreien können. Aber Sara war nicht mehr zu bremsen.

»Du hast es selbst gesagt«, erinnerte sie ihn. »Wenn wir heiraten würden, wärst du in ein paar Jahren wieder am selben Punkt, würdest das Leben wieder als Scheiße empfinden …«

»Das soll ich gesagt haben? Es wird aber nicht so sein.«

»Vielleicht wird es für mich so sein. Es ist nicht nur wichtig, daß einen jemand glücklich macht, es ist ebenso wichtig, selbst jemanden glücklich zu machen. Du bist es, der die andern glücklich machen muß.«

»Da kommt wieder die Nonnenseite in dir zum Vorschein.«

»Das ist meine einzige Seite«, entgegnete sie ärgerlich. »Vermutlich bin ich eine Nonne, die vögelt.«

»Das hab ich im Scherz gesagt.«

»Ich weiß. Aber es stimmt. Ich brauche dir keinen Vortrag zu halten. Hast du mit deiner Frau gesprochen?«

»Worüber?« fragte er alarmiert.

»Über die Zeit.«

Dem Vater war klar, daß ihm Sara diesmal keinen Vorteil gewähren würde.

»Vielleicht«, fügte sie hinzu, »hat sie auch etwas zu deinen Plänen von künftigem Glück zu sagen. Vielleicht wäre auch sie schon hundertmal gern abgehauen.«

»Also gibt es keine andere Möglichkeit, als zu verfaulen. Gemeinsam, aber verfaulen.«

»Das ist deine Sache.« Sie zögerte einen Moment. Dann fiel ihr Blick wieder auf den Reiseführer. »Du willst mir vorschlagen, mit dir zu fliehen, zusammen ein neues Leben zu beginnen, uns in den Bergen von Gras zu ernähren.«

»Ja, aber du brauchst nicht einzuwilligen.«

»Heb dir deine Leidenschaft für jemand auf, der sie verdient.«

»Ist das ein Nein?«

»Zu deinen Plänen schon. Vermutlich haßt du mich jetzt und willst mich nicht mehr sehen, aber ich habe mich nicht von der Stelle gerührt. Du bist es gewesen. Ich habe vor, hier weiterzumachen.«

Der Vater ging zu seinem Wagen und setzte sich ans Steuer. Sara war bereits im Haus der Großeltern verschwunden. Er verwahrte den Reiseführer im Handschuhfach. Sollte er eines Tages zufällig die markierte Karte wieder auseinanderfalten, würde er sich ziemlich elend fühlen. Jetzt fühlte er sich ziemlich lächerlich.

Die Mutter hatte auf dem Küchentisch seine Nachricht gefunden. Sie war eilig, aber sorgfältig geschrieben, denn es wäre schon sehr pathetisch gewesen, wenn sie nicht hätte entziffert werden können. ›Ich ersticke. Ich kann nicht mehr. Du magst es egoistisch finden, aber ich brauche eine Luftveränderung.‹ Sie hatte eine Anwandlung von Schwindel und steckte den Zettel in die Schürzentasche. Was hatte das zu bedeuten? So ließen einander also Ehepartner sitzen? So geschahen diese fernen Dinge, von denen sie zwar gehört oder gelesen, aber nie gedacht hatte, sie könnten ihr selbst zustoßen? Sie erinnerte sich an die Nacht zuvor.

Die übliche nächtliche Erregung des kleinen Matías war kein Geheimnis mehr für die Mutter, und sie hatte sich entschlossen, die ungewöhnliche Größe, zu der sein Geschlecht anwuchs, wenn er sie nachts umarmte, nicht zur Kenntnis zu nehmen oder vielleicht falsch zu deuten. Aber in der Dunkelheit der vergangenen Nacht spürte sie, wie er rittlings auf sie kletterte und sie küßte. Linkisch, aber ungestüm versuchte er, ihr Nachthemd hochzuschieben, und als er es geschafft hatte, hielt sie ihn zurück und flüsterte:

»Nein, mein Junge, das darf nicht sein.«

Aber nichts und niemand konnte den in seinem

schweren Kinderschlaf aufgehobenen Matías bremsen. Wie den alten Latimer führte ihn das Syndrom zum absoluten Paroxysmus.

»Du bist meine Frau«, sagte er bestimmt.

Die Mutter sträubte sich, ohne ihre Nervosität zu verbergen.

»Nein, Matías, ich bin deine Mutter. Begreif doch, ich bin deine Mutter.«

Dort, wo es am meisten schmerzt, verrichtete die Hand ihres Sohnes ihre rücksichtslose Arbeit.

»Nein, Mama, du bist meine Frau«, erwiderte er.

Der Junge bewegte sich mit geschlossenen Augen und erfuhr nie, daß seine Mutter dabei die ganze Zeit über geweint hatte. Sie spürte, wie er sich beim Höhepunkt krümmte, spürte den trockenen Orgasmus des zwölfjährigen Gattenusurpators. Dann hörte sie die zuvor angelehnte Schlafzimmertür zuschlagen. Der Wind, dachte sie. Jetzt aber wußte sie, daß es nicht der Wind gewesen war. Sie zweifelte nicht, daß ihr Mann auf der Schwelle gestanden und mitbekommen hatte, was zwischen Matías und ihr vorgefallen war. Es ist meine Schuld, redete sie sich ein.

Als ihr alles wieder in den Sinn kam, meinte sie die Besinnung zu verlieren. Sie rannte ins Wohnzimmer und zog ihren dicken Ratgeber MUTTERSEIN HEUTE aus dem Regal. Vielleicht war das die falsche Lektüre, und sie hätte besser nach einem Buch gesucht, das ihr erklärte, was es bedeutete, Ehefrau zu sein. Sie setzte sich und las.

›Die Beziehung zwischen Vater und Mutter muß für ihre Kinder ein Verhaltensmuster sein. Man denke daran, daß das, was sie bei sich zu Hause sehen, für ihr künftiges Benehmen Vorbildcharakter hat. Mit dem Beispiel eines gesunden, heiteren Zusammenseins voranzugehen erweist sich als unfehlbare Lektion in Sachen Eheleben für ihre künftige Erwachsenenlaufbahn.‹

Angewidert klappte sie das Buch zu. Welch ein Gewäsch. Was könnte sie ihren Söhnen sagen? Sie würde sich geschickt verhalten müssen, um sie nicht zu verletzen. Natürlich war Hast eine schlechte Ratgeberin.

Gaspar hatte einen merkwürdigen Alptraum. Er sah sich selbst, wie er ins Nebenzimmer des Lokals von Violetas Vater Vicente trat, wo ein Tisch für amerikanisches Billard stand. Der Raum war voller ihm unbekannter Leute, aber mit den Jahren würde er unter ihnen den Verleger erkennen, der seinen ersten Roman herausbrächte. Auf einmal hörten alle zu spielen auf und begannen ihn mit ihren Kugeln zu bewerfen. Gaspar versuchte ihnen auszuweichen und schützte seinen Körper mit den Händen, aber die Kugeln, ob halbfarbig oder voll, nahmen kein Ende, und wenn sie bedrohlich neben ihm an die Wand prallten, platzte deren Farbe ab. Er versuchte zu entkommen, aber Violeta, die ihm in diesem Raum schon oft ihre Fertigkeit im Billard vorgeführt hatte, versperrte ihm den Ausgang.

Plötzlich versetzte ihm eine Feder im Hirn einen Schlag. Maykas nackten Körper umarmend, stellte er fest, daß sie schlief. Mit einem Satz kam er weit entfernt von der Matratze zum Stehen, und er zog sich in aller Eile an. Als er auf die Tür zuging, knarrte der Boden geräuschvoll. Wie spät mochte es sein? Mit ein paar unsanften Bewegungen rüttelte er seine nächtliche Zufallsgefährtin wach.

»Es ist das beste, wenn du jetzt gehst. So rasch wie möglich, irgendwie, aber hier kannst du nicht bleiben, es ist echt unmöglich …«

Mayka arbeitete sich auf der Matratze empor, bis sie

sich umdrehen und aufsetzen konnte. Ihre blasse Haut war vom Abend zuvor voller blauer Flecken und da und dort aufgeschürft, das Haar schmutzig und verfilzt, der Gesichtsausdruck noch schlafverwirrt. Sie hörte dem nervösen Gaspar zu, der nach seiner Expedition über die Haut des Verlangens wieder festen Boden unter den Füßen gewonnen hatte und jetzt sicher war, daß es eine Katastrophe gab, wenn er nicht unverzüglich handelte.

»Das ist das Haus deiner Eltern, nicht wahr?« fragte sie.

Gaspar bejahte und fügte hinzu, sie müsse unbedingt gehen, bevor alle aufstünden. In dem Wort alle erahnte Mayka einen Lichtstrahl.

»Wohnt dein Bruder Basilio auch hier?«

Er antwortete mit einem kategorischen Nein, das er anschließend mit irgendeiner Erklärung ausschmückte, daß Basilio schon lange nicht mehr bei ihnen wohne.

»Gaspar!«

War das die nahe Stimme seiner Mutter oder bloß ein Hirngespinst von ihm? Gleich würde die gerechte Strafe für all seine Missetaten über ihn hereinbrechen. Diesmal traf ihn die Billardkugel mitten ins Gesicht. Er hörte, wie sich die Schritte seiner Mutter auf der Treppe näherten. Der Schreck hinderte ihn nicht daran, zur Tür zu rennen, sie aufzureißen und gerade rechtzeitig auf die Treppe hinauszustürzen, um vor die Mutter hinzutreten und ihr so die Sicht durch die Türöffnung zu nehmen.

»Was machst du denn hier? Und so früh.«

»Ich, äh … Die Großmutter sagte, ich soll was suchen.«

»Was denn?«

»Nichts, nichts, alles ist drunter und drüber.«

»Hatten wir beide nicht ein Abkommen, daß du da nicht mehr reingehst, bis alles ausgebessert ist? Nächstens bricht das Dach ein.«

Gaspar nickte, schloß die Tür und begann die Treppe hinunterzusteigen. Er stellte fest, daß seine Mutter sehr traurig war, und erging sich in tausend Entschuldigungen. Dann trat er in sein Zimmer.

Nacho, soeben aufgewacht, saß aufrecht im Bett. Gaspar wünschte guten Morgen und sah, daß sich sein Bruder ein weißes Stäubchen vom Kopf schüttelte.

»Toll«, sagte Nacho. »Gerade ist ein Haufen Gips auf mich runtergerieselt. Auf dem Boden muß ein Rattennest sein.«

»Ach so«, sagte Gaspar, als wäre das etwas Alltägliches, kaum Erwähnenswertes. »Der Boden ist ziemlich morsch und knackt andauernd.«

Abermals flüchtete Gaspar, um weiteren Fragen zu entkommen. Er ging in die Küche zum Frühstück hinunter. In einer momentanen Geistesabwesenheit seiner Mutter nahm er die Milchflasche und die Cornflakesschachtel an sich und stahl sich treppauf davon. Auf dem Absatz begegnete ihm Nacho.

»Komm mir bloß nicht auf die Idee, im Zimmer zu frühstücken und überall Krümel zu streuen.«

»Nein, nein, nein. Ich geh schon runter.«

Als er die Tür zum Boden aufstieß, traf er auf Mayka, die gerade gehen wollte.

»Was machst du?« fragte er, während er die Tür hinter sich schloß.

Sie hatte ihre zerrissenen Kleider wieder angezogen und sich blindlings die zerzauste Frisur zurechtgemacht. Als sie ihm eröffnete, sie wolle gehen, wurde Gaspar von Panik gepackt. Das durfte sie auf keinen Fall, wo doch seine ganze Familie im Haus war.

»Jetzt mußt du mir auch einen Gefallen tun. Ich habe dich hier versteckt, nun mußt du warten.«

»Ich kann nicht dableiben.«

»Natürlich nicht, ich werde dich schon rausbringen. Aber ohne daß uns einer sieht.«

Die Sonne brannte direkt auf die Ziegel, und auf dem Dachboden spürte man schon die schwere Hitze des beginnenden Tages voraus. Gaspar versuchte Mayka zu überreden und zeigte seine Beute.

»Hier, ich hab dir das Frühstück gebracht.«

Sie schaute ihn an und lächelte, wie sie einen kleinen Jungen angelächelt hätte, der ihr sein kindliches Gekritzel zeigte.

»Ich kann keine Milch trinken.«

»Nein? Warum nicht?«

Sie sagte, sie hasse ihren Geschmack. Gaspar hielt es nicht für angezeigt, ihr die Liste der Eigenschaften herzubeten, die dieses Produkt aufwies und die ihm seine Mutter so oft genannt hatte, sondern entschied sich für die offene Erpressung.

»Ich werde dir bringen, was du willst. Aber du mußt hier warten.«

Mayka nahm die honiggetränkten Flocken und führte sich eine Handvoll zum Mund.

»Hier werde ich vor Hitze vergehen.«

Ja, dachte Gaspar, das wäre keine schlechte Lösung: die Verbrennung. Vielleicht würde der Tod die Dinge leichter machen. Alles, nur nicht noch einmal das hysterische Erwachen dieses Morgens.

»Hör zu, du mußt mir ein paar Tabletten besorgen«, bat sie ihn.

»Bist du krank?«

»Ja, das heißt nein … Valium. Irgendein Schmerzmittel. Aspirin.«

»Ich werd mal in der Hausapotheke nachsehen.«

Gaspar wollte schon gehen, weil er befürchtete, man könnte sie hören, aber sie rief ihm nach:

»Ich hoffe, der Krug dort ist nicht wertvoll.« Sie deutete auf eine vergammelte Porzellanscherbe in einer Ecke. »Ich hab ihn als WC benutzt.«

Lucas unterbrach sein Frühstück, als er den Briefträger kommen sah, lief zur Tür und nahm ein Telegramm in Empfang. Dann jagte er durch den Garten zurück und rammte, nachdem er über die Stufen der Veranda gestrauchelt war, die Tür mit dem Kopf auf und fiel sozusagen mit ihr ins Haus. Ohne sich um den Schmerz zu kümmern, stürzte er in die Küche, wo er seiner Mutter das Telegramm überreichte.

»Mama, da ist ein sehr komischer Brief gekommen.«

Nervös riß die Mutter den Umschlag auf. Endlich eine Nachricht vom Vater. Etwas enttäuscht schnalzte sie mit der Zunge und teilte ihren drei älteren Söhnen, die gerade beim Frühstück saßen, mit, ihr Vater sei zu dem Gerichtstermin gegen den Großvater vorgeladen, der am 9. September im Gerichtsgebäude auf der Plaza Castilla stattfinde.

Der Großvater ließ nicht lange auf sich warten. Sich stolz mit seiner eigenen Vorladung Luft zufächelnd, als handle es sich um ein Diplom, trat er in die Küche und pflanzte sich vor Felisín, Nacho und Gaspar auf.

»Jungs, jetzt versteh ich es. Meine Verhandlung ist das Jüngste Gericht.«

»Ach ja?« sagte Felisín. »Ich hätte nicht gedacht, daß das auf der Plaza Castilla stattfindet.«

»Wer nicht mit mir ist, der ist gegen mich«, schalt der Großvater seinen ältesten Enkel. »Es ist hart, daß meine Familie zu denen gehört, die mich kritisieren, aber ich muß für meine Ideen kämpfen, selbst wenn ich dafür mit dem Tode bestraft werde.«

Felisín wollte ihm antworten, doch der Großvater entwischte in den Garten. Die Mutter dämpfte den Zorn ihres Sohnes.

»Félix, mein Junge, denk daran, daß wir von ihm kommen und wieder zu ihm werden.«

Am Schwimmbecken stand Matías und reinigte das Wasser, das immer grüner und abgestandener wurde. Der Großvater, nach der Unverschämtheit seines ältesten Enkels in übler Laune, griff sich noch immer an den Kopf. Matías trat zu ihm, legte ihm tröstend die Hand auf die Schulter und sagte:

»Großvater, was auch geschehen mag, meine Familie und ich werden immer zu dir halten.«

Der Großvater bedankte sich für die Geste und sah seinen zwölfjährigen Enkel, der sich in einem kritischen Stadium des Latimer-Syndroms befand, Richtung Holzschuppen davongehen. »Das macht der Junge verdammt gut«, dachte er.

Auf der Veranda setzte sich die Mutter in den Schaukelstuhl und starrte zur kahlen Krone des Kirschbaums hinauf.

»Matías, mein Junge«, rief sie, »könntest du zur Apotheke laufen und mir ein paar Aspirin bringen?«

Aber da stand bereits ein ungewöhnlich beflissener Gaspar bei ihr.

»Keine Sorge, ich geh schon, Mama.«

Die Mutter vermutete, ihr Sohn habe gemerkt, daß ihre Gemütsverfassung im Keller war, und dachte: ›Ich werde darüber hinwegkommen müssen.‹

Im Lauf des Tages brachte Gaspar genügend Lebensmittel zu Mayka hinauf, um ein Bataillon zu verköstigen. Von der Apotheke hatte er tonnenweise Schmerzmittel angeschleppt. »Meine Mutter hat schreckliche Schmerzen, sie hat mich beauftragt, ihr alle denkbaren Mittel zu bringen«, hatte er die Apothekerin angeflunkert, die mit der Familie bereits bekannt war.

Die Mutter war außerstande, ihre Schuldgefühle zu überwinden. Den ganzen Tag tat sie vor ihren Söhnen so, als verspüre sie nur eine leichte Übelkeit. Es erschien ihr undenkbar, sich sagen zu hören: »Papa ist in der Gegend von La Coruña unterwegs und gibt wieder einen Kurs.« Wie hatte ihr Leben so in Stücke brechen können? Sie hatte ihren Mann vernachlässigt, hatte zugelassen, daß sich ihre Söhne zwischen sie beide stellten und sie sogar nachts voneinander trennten. Sie unterdrückte die Tränen.

Während sie wie wild Eier für eine Tortilla schlug, dachte sie ans erste Mal zurück, da Félix und sie sich geküßt hatten. Es war im Wohnzimmer bei ihren Eltern gewesen, als die andern sie nicht beachteten – und dann die unerträgliche Spannung, bis sie alle Zeit der Welt hatten, um sich, ungestört, aufgeregt und mit Hingabe, noch viel mehr Küsse zu geben. Heute hatten ihre Küsse alle romantische Bedeutung verloren und waren zur bloßen Routine ohne Emotionen geworden. Sie war nicht fähig gewesen, ihrem Mann zu geben, was er von einer guten Ehefrau erwarten durfte. Nachdem sie die Eier für die eine Tortilla geschlagen hatte, schlug sie die Eier für die nächste. So viele Tortillas. Über den Daumen gepeilt, unter Berücksichtigung des Abendessens für die Familie und unter Auslassung anderer Gerichte, die dieses Bemühen erforderten, machte sie an diesem Tag, vorsichtig gerechnet, ihre fünfzehntausendste Tortilla. Zu viele geschlagene Eier, um nicht sogar die glühendste Leidenschaft darin zu ertränken.

Die Dämmerung überraschte den Vater, der noch immer am Steuer saß. Wütend und voller Ressentiments gegen Sara verfluchte er die jugendliche Energie, die sie ihm injiziert hatte. Was wußte denn sie vom unerbittlichen Hämmern der Tage auf den Nagel der Liebe?

Hinter Saragossa bezog er in einem elenden Straßenhotel ein Zimmer. In der Nähe befanden sich eine Tankstelle und ein Nachtklub mit flackernder Neonschrift über dem Eingang. Er ging hinein und nahm zum Abendbrot fünf Bier und eine Handvoll Pistazien zu sich. Eine kleingewachsene Dominikanerin war nicht abgeneigt, ihn aufs Zimmer zu begleiten.

Trostlos sah der Vater zu, wie sich die Frau abmühte, ihm eine Erektion zu bescheren. Ihre Haut war hart wie ein aufgeblasener Reifen. Er zog es vor, sie zu bezahlen und allein gelassen zu werden. Dann legte er sich in eines der beiden Betten. Die Laken waren kalt. Es gab niemanden zum Umarmen.

Siebzehn

Ich gebe zu, es beängstigt mich, keinerlei Nachricht von Dir zu erhalten. Nur schwer kann ich mir eingestehen, daß wir zwischen einem und einem andern Nichts leben. Zwar akzeptiere ich dasjenige unseres biologischen Nichtvorhandenseins in der grenzenlosen Vergangenheit. Daher die Lücke in meiner Erinnerung. Aber ich weigere mich, das zweite Nichts zu akzeptieren. Dieses Zwischenspiel scheint mir zuwenig gut geschrieben, als daß ich mich mit dem baldigen Fallen des Vorhangs zufriedengeben könnte, ohne das Eintrittsgeld zurückzuverlangen. Vielleicht erhalte ich nur deshalb keine Nachricht von Dir, weil der Postweg zwischen uns nicht funktioniert.

Großmutter Alma an Ernestina Beltrán

Gegen zehn Uhr vormittags befreite die Mutter Lucas von seinem Maulkorb und überredete Matías, die Arbeitskleidung auszuziehen und nicht weiter am Spülbeckenabfluß herumzufummeln. »Wir gehen zu Großmutter.« Sie versuchte auch Gaspar dafür zu gewinnen, doch der erklärte, er habe sie erst vor wenigen Tagen besucht. Unter keinen Umständen durfte er das Haus verlassen. Solange Mayka auf dem Boden war, wurde jede Minute zu einer Ewigkeit. Auch in der vergangenen Nacht war es ihm nicht gelungen, sie aus dem Haus zu bringen. Sein unwiderruflicher Entschluß geriet ins Wanken, als sie ihm zeigte, daß oral nicht nur ein Begriff aus der Sprachwissenschaft war.

Felisín war in die Redaktion gegangen, wo er versuchen wollte, seinen Job zu behalten, obwohl der hauptamtliche Filmkritiker der Zeitung aus dem Urlaub zurück war. Und Nacho war schon vor einer ganzen Weile zu unserer Probe erschienen.

Der Großvater hackte die Reinschrift einer neuen, in Versen abgefaßten Version seiner Rede in die Schreibmaschine, um sich vor Gericht zu verteidigen, wo ihm wegen Beschädigung fremden Eigentums und Widerstands gegen die Staatsgewalt der Prozeß gemacht werden sollte. Was reimte sich auf Tabak?

Lucas holte im Zimmer seine unbrauchbare Kamera und teilte Basilio mit, sie gingen zur Großmutter. Basilio, der in zwei Wochen die nichtbestandenen Prüfungen nachholen mußte, hatte Mühe, sich zu konzentrieren, und jede Ausrede war ihm recht, um das Lernen aufzuschieben, so daß er sich nicht zweimal bitten ließ, sie zu begleiten. Gaspar verabschiedete seine Mutter und die drei Brüder auf der Veranda.

»Du bleibst mit dem Großvater allein, paß auf, daß er keinen Unfug macht.«

Gaspar beruhigte die Mutter und sah die vier abziehen.

Als ihnen Sara öffnete, rannten Lucas und Matías ins Zimmer der Großmutter, ohne auch nur guten Tag zu sagen. Die Mutter und Basilio schauten Sara auf sehr verschiedene Weise an. Sie hat wundervolle Augen, dachte die Mutter, die sich unschwer vorstellen konnte, warum das eine oder andere Familienmitglied nicht mit Besuchen bei der kranken Großmutter gegeizt hatte, und ein wenig Eifersucht verspürte. Basilio sah Sara an diesem Tag zum ersten Mal. Er schwieg und dachte, sie sei die schönste Frau, die ihm in seinem ganzen Leben begegnet sei.

Sara bat sie herein und führte sie zur Großmutter. Dann schloß sie hinter ihnen die Tür und ging in ihr Zimmer zurück.

»Entschuldigt bitte, aber ich bin total nervös«, begrüßte sie die Großmutter. »Dieser Kaffer, euer Großvater, hat meine Pfeifen und den Tabak versteckt, ich könnte die Wände hochgehen.«

»In Ihrem Alter sollten Sie nicht mehr rauchen, Großmutter.«

»In meinem Alter sollte ich gar nichts mehr, mein Kind. Das ist das Gute daran, wenn man alt ist. Das einzige, was es noch zu wahren gilt, ist die Würde. Und genau die hat mein Mann verloren, dieser bigotte Heuchler.«

Basilio achtete nicht auf die Beschimpfungen, die die Großmutter Großvater Abelardo angedeihen ließ. Wenn es nach ihr gegangen wäre, wäre es für alle am besten gewesen, man hätte diesen Bastard nach dem Urteil ins Gefängnis geworfen. Basilio bemühte sich, Saras Gesichtszüge und ihren Ausdruck im Gedächtnis zu behalten und in der Erinnerung zu genießen. Am Fußende des Bettes sitzend, war er hin und her gerissen zwischen der Versuchung, hinauszugehen und sie unter irgendeinem Vorwand in der Wohnung aufzustöbern, und der Gewißheit, daß einer wie er bei einem solchen Mädchen nie Chancen hätte.

Die Mutter kam seinen Fluchtplänen zuvor.

»Los, Basilio, bring die Jungs ins Wohnzimmer. Ich möchte mich mit Großmutter allein unterhalten.«

Basilio ging hinter Matías und Lucas aus dem Zimmer und schloß die Tür. Nach einer Weile sagte die Mutter:

»Ich habe niemand, mit dem ich sprechen kann.« Der Gesichtsausdruck der Großmutter veränderte sich, und sie schaute die Mutter fest an. »Félix hat uns verlassen.«

Sara strich Lucas durchs Haar, als die drei im Wohnzimmer erschienen.

»Wann beginnt deine Schule wieder?«

»Ich will nicht in die Schule, ich will ein Fisch sein.«

»Warum denn? Hast du eine Sirene kennengelernt?«

»Nein, einfach weil ich will. Dr. Tristán wird mir das Schwimmen beibringen. Er hat's mir versprochen.«

»Dich trägt das Wasser nicht, Lucas«, wagte Basilio zu sagen, aber Sara hörte seine Worte nicht.

»Wollt ihr euch den Zeichentrickfilm anschauen?«

»Pah, so eine Kinderei«, antwortete Matías und ließ sich aufs Sofa fallen.

»Du bist bestimmt Matías, nicht wahr? Kommt, setzt euch hierher, und wir sehen alle drei zusammen fern.«

Basilio dachte: ›Eigentlich sind wir ja vier‹, aber er zog es vor zu schweigen, setzte sich auf einen Stuhl hinter dem Sofa und konnte seine Augen keine Sekunde von Saras Nacken abwenden.

Die Großmutter hatte die Hand der Mutter ergriffen und tätschelte sie zärtlich.

»Der kommt schon zurück, mach dir keine Sorgen.«

»Meinen Sie? Ich habe es noch niemandem gesagt.«

»Um so besser. Ich kenne meinen Sohn. Im Grunde ist er wie ich. Da gibt's doch keine andere Frau, oder?«

»Ich weiß es nicht.«

»So was merkt man.«

»In letzter Zeit haben wir nicht miteinander geschlafen.«

»Die Menschen sind so einfach wie ein Schnuller. Zu

meiner Zeit gab es ein Lied von diesem genialen Irving Berlin, das sie sehr genau beschreibt: ›Wenn du hast, was du willst, willst du es nicht mehr.‹«

»Ich weiß nicht, was ich mit den Jungs machen soll…«

Die Großmutter lächelte und ließ für einmal ihren ganzen Charme spielen.

»Er ist fünfzig. Das ist zu früh zum Sterben und zu spät für einen Neubeginn.«

Nachdem Gaspar seine Familie hatte verschwinden sehen, konnte er nicht schnell genug auf den Boden kommen. In seinem Zimmer bearbeitete der Großvater die Schreibmaschine.

Gaspars Augen wurden vom bezaubernden verlängerten Rücken Maykas gefangen, die unter der Dachluke in der Sonne lag und schlief. Er näherte sich unschlüssig und setzte sich auf die Matratze. Nun dirigierte der Taktstock seiner sexuellen Begierden all seine orchestrierten Triebe. Er stützte sich neben ihr auf und streifte sich die Kniehose auf die Knöchel hinunter und dann mit den Füßen ganz ab. Er versuchte an sich zu halten, aber eine Sekunde später lag er schon auf ihrem Rücken und erkundete die geheimnisvolle Vereinigung ihrer Beine.

Mayka erwachte ohne große Überraschung und blickte in Gaspars nahes Gesicht. Er küßte sie auf den Mundwinkel.

»Bist du nicht zu jung?« fragte sie mit noch schlaftrunkener Stimme.

Rasch schüttelte er den Kopf.

»Ich bin fünfzehn«, schwindelte er sich fast elf Monate weltmännischer Lebenserfahrung hinzu.

Einen Moment schloß sie die Augen, so daß sich Gaspar gehenließ und sich auf ihrem Rücken rhythmisch zu bewegen begann. Sie blieb bäuchlings auf der Matratze liegen.

»Das ist nicht gut«, insistierte sie mit einem gewissen Schuldgefühl, als sie Gaspars ersten Schnurrbartflaum zu spüren glaubte, aber sie merkte nicht, daß ihr schwacher Widerstand seine Erregung noch steigerte. »Das ist nicht gut, gar nicht gut.«

Bei jedem Stoß hörte er ihre Stimme weniger. Er wandte seine Aufmerksamkeit den Gegenständen auf dem Dachboden zu, um sich auf etwas zu konzentrieren, was ihn für Momente von seinem Tun hätte ablenken können, und erblickte ein altes, staubbedecktes Gemälde, auf dem sich zwei nackte Frauen auf einem Diwan umarmten. Beide waren jung und schön, die eine rot-, die andere dunkelhaarig, die Pinselstriche breit.

Mayka spürte, wie ihr Rücken naß wurde und die Bewegungen des Jungen aufhörten. Gaspar ließ sich seitlich auf die Matratze gleiten, griff nach seiner Hose und packte sein befriedigtes Lustzentrum wieder ein. Entschlossen stand er auf.

»Du hast recht, das ist nicht gut. Du mußt gehen. Jetzt gleich. Bevor sie zurückkommen.«

»Aber ...«

»Nein, nein, im Ernst, wenn sie mich erwischen, bringen sie mich um. Los, zieh dich schnell an«, drängte er sie und warf ihr die zerrissenen Kleider hin. »Ach, du lieber Himmel, so kannst du nicht auf die Straße.«

Die knappen, an mehreren Stellen zerrissenen Kleider waren tatsächlich in keiner Weise vorzeigbar.

»Warte hier und rühr dich nicht von der Stelle.«

Nackt auf dem Holzboden stehend, sah sie ihn zur Tür hinausstürzen. Nie würde sie diesen unsteten Jungen begreifen. Traurig suchte sie in einem Winkel des Dachbodens Zuflucht.

Gaspar trat ins Elternschlafzimmer, schob die Schranktür auf und suchte unter den Kleidern seiner Mutter eines aus, dazu ein Paar alte Schuhe. Dann nahm er etwas Geld aus dem Portemonnaie und steckte es ein. Plötzlich dröhnte ein gewaltiges Getöse durchs ganze Haus.

Unter Maykas Gewicht war der Fußboden eingebrochen, und sie stürzte inmitten von Gips und morschen, wurmstichigen Bohlen in den unteren Stock hinab, wo sie aufrecht auf Nachos Bett landete. Der Großvater, der am Tisch vor seiner Schreibmaschine saß, wandte sich erstaunt um. Auf der Matratze erhob sich, jung und schön, eine nackte, in eine weiße Staubwolke gehüllte Frau. In der Decke klaffte ein ansehnliches Loch. Der Großvater stand auf, trat zu ihr und kniete vor ihr nieder.

»Mutter aller Menschen, lehre uns Amen sagen«, deklamierte er. »Dank sei dir, Maria, daß du gekommen bist.«

Mayka starrte ihn an und wunderte sich über die andächtige Haltung dieses Greises. Nur eines war ihr klar – daß er sie mit einer andern verwechselte, einer gewissen Maria. Mit einer Hand ihre Scham bedeckend, kletterte sie vom Bett. Ein Knöchel tat ihr weh, und am Fuß entdeckte sie eine blutige Schramme. ›Wunden‹, dachte der Großvater. Ohne sich um allfällige theologische Erklärungen zu kümmern, die die Wunden an der Jungfrau hätten rechtfertigen können, warf er sich ihr zu Füßen und küßte diese inbrünstig.

»Mutter, Dank sei dir für deine Hilfe vor dem Jüngsten Gericht. Gesegnet seist du.«

»Keine Ursache.«

Gaspar war wieder unters Dach hinaufgerannt und erblickte mit wild klopfendem Herzen zwischen zwei Balken das Loch im Fußboden. Mit höchster Vorsicht trat er an die Öffnung und wurde Zeuge der absurden Szene zwischen Mayka und seinem Großvater ein Stockwerk tiefer. Er trug die Matratze zu den andern gebrauchten Möbeln zurück und deckte das alte Gemälde wieder mit dem Tuch zu. Dann kippte er Maykas behelfsmäßigen, übel riechenden Nachttopf zur Luke hinaus. Ihre Kleider und Schuhe in der einen Hand, räumte er mit der andern die Speisereste aufs Tablett, rannte damit hinunter und warf alles mitsamt Messer und Gabel in den Mülleimer. Das unablässige Hämmern seines Herzens hinderte ihn am Denken. Langsam, als hätte er sich einer verdienten, aber deswegen nicht weniger schmerzhaften Strafe zu stellen, begann er die Treppe hinaufzusteigen.

Der Großvater kniete noch immer zu Maykas Füßen und küßte ihre Wunden. Sie drehte sich um und sah Gaspar in der Tür stehen. Mit einer raschen Handbewegung bedeutete er ihr, stillschweigend aus dem Zimmer zu kommen. Zärtlich strich sie dem darniederknienden Alten über den Kopf.

»Schluß jetzt, Schluß. Es reicht.«

Mit Tränen in den Augen hob der Großvater den Kopf und schaute zu, wie Mayka das Zimmer verließ. Gaspar schloß die Tür, ohne gesehen zu werden, nahm Mayka am Arm und führte sie die Treppe hinunter.

»Zieh dir das an, schnell.«

Das Kleid der Mutter war ihr zu weit. Der Großvater trat aus dem Zimmer und rief laut nach Gaspar.

»Ein Wunder! Ist denn niemand zu Hause?« Überwältigt von den Ereignissen, kniete er auf der Treppe nieder und begann das Salve zu beten.

Gaspar drängte Mayka zur Haustür, und sie rannten durch den Garten. Sie humpelte, da ihr Knöchel vom Sturz schmerzte und die Schuhe um drei Nummern zu klein waren. Aber Gaspar zog sie gebieterisch weiter. Es war eine Flucht auf Leben und Tod.

Bis sie auf der Straße waren, konnte er keinen ruhigen Atemzug tun. Er hielt Mayka fest an der Hand und lenkte ihre Schritte. An der Haltestelle stiegen sie in den erstbesten Bus. Gaspar achtete nicht auf die Nummer – sie mußten sich so schnell wie möglich aus dem Staub machen. Er blieb beim Fahrer stehen, bezahlte unter den neugierigen Blicken der wenigen Fahrgäste und zog Mayka an der Hand zu den freien Plätzen ganz hinten im Bus. Sie setzten sich. Gaspar schaute aus dem Fenster; er schwitzte aus allen Poren.

»Dein Großvater ist sehr sympathisch.«

›Natürlich, jeder, der dir die Füße küßt, würde dir gefallen‹, hätte er am liebsten gesagt, aber er schaute sie bloß an und hieß sie mit einer Handbewegung schweigen. Immer wieder drehten sich die Fahrgäste neugierig zu dem seltsamen Paar um. Gaspar spielte den Gleichgültigen.

Mitten auf der Calle Fuencarral endete die Buslinie. Gaspar stand auf und führte Mayka zum Ausgang. Auf der Straße, auf der das Leben nach der Augustpause wieder normal pulsierte, hatte er das Gefühl, sämtliche Blicke vereinigten sich auf ihm. Sie marschierten auf dem Gehweg los.

»Die Füße tun mir weh«, entschuldigte Mayka ihre tapsigen Schritte. Plötzlich blieb sie stehen. Gaspar wollte sie weiterziehen, aber sie war nicht vom Fleck zu bringen und starrte ins Schaufenster eines Schuhgeschäfts.

»Ich brauche Schuhe.« Gaspar war nicht entgangen,

daß ihre Füße bluteten. »Sieh mal, die da sind wunderhübsch.«

In diesem Augenblick bemerkte er, daß das weiße Kleid seiner Mutter durchsichtig war und Maykas fehlende Unterwäsche sie zum magnetischen Blickfang machte. Verzweifelt sagte er:

»Also gut. Geh rein und probier sie an.«

Sie war außer sich vor Freude, wie ein kleines Mädchen, das seine Traumpuppe geschenkt bekommt.

»Ehrlich, darf ich?«

Gaspar schaute zu Boden und bejahte. Sein Gesicht brannte. Sie drückte ihm einen langen, feuchten Kuß auf die Lippen. Dann sah er die so gut wie nackte Mayka ins Geschäft treten, atmete soviel Luft ein, wie seine Lungen faßten, und machte kehrt. Als er eben davongehen wollte, versperrte ihm ein Mädchen, das sich neben ihn gestellt hatte, mit spöttischem Lachen den Weg. Violeta! Welch entlegenem Winkel seiner Erinnerungen entstieg jetzt diese reizende Vierzehnjährige mit den krausen Haaren und den hellen Augen? Welcher Mechanismen bediente sich Gott, um so treffsicher das Laster und die Niedertracht zu bestrafen? Vielleicht war sie die Verkörperung seines Alptraums. Es folgte der Aufprall einer Billardkugel und dann die Finsternis. Gaspar grinste, um das glühende Rot seines Gesichts zu überspielen. Er schwitzte.

»Wie ich sehe, bist du in bester Begleitung.«

Natürlich, sie mußte gesehen haben, welch entsetzliches Paar Mayka und er bildeten, mußte den Kuß gesehen haben und ebenso den nackten Körper unter dem luftigen Kleid der Mutter. ›Gräßlich‹, dachte er.

»Sie ist eine Freundin.«

»Ich seh dich nie mehr in unserem Viertel.«

»Tja, ich …«

Mayka erschien wieder in der Tür des Schuhgeschäfts und flötete Gaspar zu:

»Gaspar, komm doch rein und sieh sie dir an. Ich glaube, sie sind ein wenig teuer.«

Sie zeigte auf ihre Füße. Gaspar und Violeta starrten auf die extravaganten Lederschuhe.

»Ich komme gleich«, würgte Gaspar hervor. Mayka ging wieder hinein. Violeta begriff, daß sie verschwinden mußte.

»Also, besuch uns doch mal.«

»Jaja, natürlich. Bestimmt.«

»Bestimmt kommst du nicht. Du hast mich ja schon vergessen.«

Sie verabschiedeten sich. Unter Gaspars verlorenem Blick zog sie ab. Als er die Tür zum Schuhgeschäft aufstieß, sah er, wie ein beflissener Verkäufer, den Schuhlöffel in der Hand, zu Maykas Füßen kauerte und mit unverschämten Blicken ihr Geschlecht verschlang. Sowie sie Gaspar erblickte, winkte sie ihn freudig herbei.

»Sind sie nicht schön?«

Gaspar machte kehrt, stürzte aus dem Geschäft und rannte die Fuencarral hinauf. Nicht ein einziges Mal blieb er stehen, um sich umzuschauen, sondern rannte, den Leuten ausweichend, immer weiter, als fliehe er vor einem Verbrechen oder werde vom schrecklichsten Feind verfolgt. In der Calle Santa Engracia sank er erschöpft auf eine Holzbank. Es war ihm ein wenig übel, und er fühlte sich elend. Doch obwohl er schweißüberströmt und am Ende war, merkte er, wie sich sein Körper zum erstenmal seit langer Zeit entspannte.

»Wo hast denn du gesteckt?« schalt ihn seine Mutter, kaum daß er das Haus betreten hatte.

Gaspar drechselte eine krause Erklärung von einem

Freund zurecht, der ihn angerufen habe, um irgendwohin zu gehen, aber die Mutter ignorierte sie und teilte ihm mit:

»Der Dachboden ist durchgebrochen. Fast wäre Großvater dabei umgekommen.«

Gaspar suchte in seinem Mienenrepertoire den greifbarsten Ausdruck der Überraschung. In der Küche befanden sich Matías, Lucas, Basilio und der Großvater, der ihm großspurig verkündete:

»Die Jungfrau Maria – du hast sie nicht gesehen, weil du nicht zu Hause warst. Sie ist vom Himmel auf das Bett deines Bruders herniedergestiegen. Unbekleidet.«

»Splitternackt«, übersetzte Lucas.

»Noch nie habe ich eine so lebensnahe Vision gehabt.«

Beim Essen wurde von nichts anderem gesprochen. Dr. Tristán zog die Vision des Großvaters in Zweifel, und dieser bezichtigte ihn der Blindheit. »Nein, das Loch ist tatsächlich gewaltig, aber das mit der Jungfrau…«, rechtfertigte sich der Arzt. Nacho, dessen Bett unter dem Schutt verschwunden war, ließ sich den ganzen Tag nicht blicken. Wir probten mit der Band in einem Wettlauf gegen die Uhr, denn es dauerte kaum noch vier Tage bis zu unserem ersten Konzert. Felisín hatte von Nicole pünktlich die erwartete Postkarte erhalten. Er las sie vor und errötete bei den intimsten Anspielungen. Als ihn die Mutter so hörte, wurde ihr klar, daß auch er verlassen worden war. ›Auch er lügt.‹

»Euer Vater hat angerufen«, log sie ihrerseits. »Wegen der Geschichte mit der Decke wäre er beinahe zurückgekommen.«

»Wann kommt er?« fragte Matías. »Man wird ja die Maurer holen müssen.«

»Ich kenne einige erstklassige Handwerker«, erbot sich Dr. Tristán.

»Nun, in solchen Fällen pflegt mein Mann zu entscheiden.«

»Nein, nein, ich werde sie heute nachmittag benachrichtigen.«

Der Arzt rief die Maurer an, kurz bevor er zu seiner Psychoanalysesitzung bei Aurora fuhr.

»Er ist jung und schön, ich begehre ihn und beneide ihn um die Freiheit und den Körper des Zwanzigjährigen, er beherrscht mich, ohne daß ich es will, bringt mich zu Höhepunkten, von denen ich mir nie hätte träumen lassen, und er ist nie sadistisch oder gemein zu mir gewesen. Völlig anders als mein Mann, der mich seinen Urin trinken ließ und mich unablässig schlug; völlig anders als mein ehemaliger Abteilungsleiter, der mich mit einer Champagnerflasche vergewaltigte und mir dann das Geschlecht rasierte; völlig anders als der Typ, den ich in der Keeper-Disko kennenlernte und der mich an den Tisch fesselte und mir ins Gesicht schiß; völlig anders ...«

Nüchtern leierte Aurora Dr. Tristán den Rosenkranz der Demütigungen herunter, die sie durch die Männer in ihrem Leben erlitten hatte. Sie gestand, daß der Masochismus sie bis zu einem gewissen Grad faszinierte, vorausgesetzt, es handelte sich um ein gegenseitiges Spiel, aber in ihrem Fall war die Sache gefährlich einseitig gewesen. Ihre Traumata wurden von der Erfahrung der Höhepunkte genährt, die der Mann erreichen kann, wenn er seine Rolle als brutaler Perversling auslebt. Jetzt fügte sie sich eifrig den wechselnden Gelüsten eines jungen Burschen, Nacho, der zwar noch keine perversen Erfahrungen besaß, aber die kindliche Wildheit im Sex auslebte. Sie bekannte, daß sie ihm hörig war, daß sie in ihn verliebt war mit der Unterwürfigkeit der Sklavinnen des Instinkts.

»Gestern hab ich ihn zum letzten Mal gesehen.«

»Ist etwas Außergewöhnliches vorgefallen?« fragte der Arzt, das Notizbuch in der Hand.

»Dasselbe wie immer. Er liebte mich, dann ging er.«

»Hat er Sie geschlagen?«

»Er hat mich noch nie geschlagen. Er ist zärtlich. Er verachtet mich einfach.«

»Und Sie ihn?«

»Wo denken Sie hin, Doktor, er macht mich verrückt. Bestimmt ist er in irgendein gleichaltriges Mädchen verliebt, das sich nicht traut, mit ihm zu vögeln. Wer weiß. Bei mir reagiert er sich ab.«

Dr. Tristán blickte von seinen Notizen auf, hieß seine Patientin den Vibrator holen, den er sie selbst zu kaufen gezwungen hatte, und bat sie, ihn einzuschalten. Das penisförmige Gerät begann zu vibrieren. Über das Geräusch hinweg fragte er sie, ob sie ihn in den letzten Tagen benutzt habe. Sie nickte.

»Bitte zerstören Sie ihn«, befahl er. »Sie leiden an Podestismus, das heißt, Sie sind total auf das männliche Glied fixiert.«

Die Patientin warf den Latexkörper zu Boden, wo er weitervibrierte und das, was immerhin das Geschlecht war, zu etwas vollkommen Lächerlichem machte. Zornig trampelte sie darauf herum, aber obwohl das Material knirschte, wollte das Zucken nicht aufhören. Ihre Zerstörungswut wuchs; frustriert packte sie den Kunstpenis und warf ihn durchs offene Fenster auf die Straße hinunter, wo er auf dem Kopf eines Rentners landete, der soeben, angezogen vom dynamischen Hintern eines Mädchens im Faltenrock, die Straße überqueren wollte.

Die beiden Batterien sprangen heraus. Der Alte kratzte sich den Kopf an der Aufschlagstelle. ›Ich bin wirklich besessen‹, dachte er, als er den Vibrator auf dem Boden sah.

»Es ist zwar riskant«, gab Dr. Tristán zu, »aber ich werde bei ihnen eine Behandlung der radikalen Abwehr anwenden. Sie werden wie bisher Sex praktizieren können, wir werden jedoch zu erreichen versuchen, daß an die Stelle Ihres Unterlegenheitssyndroms eine Reaktion der Dominanz über den Partner tritt.«

»Wissen Sie, daß ich einen Revolver im Nachttisch habe? Seit meiner Scheidung. Ich war dermaßen eingeschüchtert. Gestern dachte ich an Selbstmord.«

»Mit solchen Gedanken dürfen Sie nicht spielen, versprechen Sie mir das?«

Sie bejahte und erzählte ihm, vor einigen Tagen habe sie eingewilligt, abends zu einem Unbekannten, mit dem sie im Supermarkt ins Gespräch gekommen sei, nach Hause zu gehen. Sie hätten Liebe gemacht, aber nachdem er eingeschlafen sei, habe sie ihm die Genitalien mit Feuerzeugbenzin besprengt und damit gedroht, es anzuzünden. »Und ich muß gestehen, daß ich es genoß, vor allem, als er in Tränen ausbrach. Ich hatte noch nie einen Mann zum Weinen gebracht.«

Aurora hatte einen immer wiederkehrenden Traum. Es war kein erotischer Alptraum, was den Arzt in gewisser Hinsicht enttäuschte. Sie sah sich im Alter von sechzehn Jahren, am Tag ihrer Firmung in der Klosterschule, sah ihr schönes Kleid und den Bischof von Madrid, der ihr den Segen erteilte. Zu jener Zeit hatte sie drei Freunde, war noch Jungfrau und ging abwechselnd mit ihnen aus. Sie genoß es, diesen Tag wiederaufleben zu lassen, und fragte sich, welchen Fehler sie damals begangen hatte, weshalb sie nicht mehr das vollkommene Mädchen war, worin sie sich geirrt hatte.

Nach der Sitzung begleitete sie Dr. Tristán zum Aufzug.

»Möchten Sie mit mir schlafen, Doktor?« fragte sie.

»Es freut mich, daß Sie sich getrauen, diesen Wunsch zuzugeben«, lächelte er selbstzufrieden. »Möglicherweise begehre ich Sie, aber die Berufsethik geht allem andern vor. Bis in zwei Tagen dann.«

Die Aufzugtür schloß sich, und die Abfahrt begann. Aber er konnte nicht mehr an sich halten, stoppte zwischen zwei Stockwerken den Fahrstuhl, ließ die Hose herunter und brachte die Erregung, die sich im letzten Teil der Sitzung seiner bemächtigt hatte, zum Platzen. Davon erwähnte er nichts in seinem Notizbuch.

Der Vater war der markierten Route in seinem Reiseführer bis nach Cadaqués gefolgt, wo er ein Zimmer mit Blick aufs Meer fand und zwei Nächte im voraus bezahlte. Er hatte sich ein Notizbuch gekauft. ›Das Problem beginnt, wenn man innehält, um nachzudenken‹, schrieb er. Aber weiter kam er nicht. Er fühlte sich lächerlich, als wollte er seinem Sohn Gaspar und dessen Schreiballüren nacheifern – er, der seit so langer Zeit keine Bücher mehr las. Vielleicht war das sein Fehler, dachte er, daß er sich für einen seiner Söhne hielt und dachte, er könnte nochmals zwanzig und frei sein und Flügel haben. Er vergaß, daß man mit zwanzig weder frei ist noch Flügel hat, ja daß man manchmal bloß im Personalausweis zwanzig ist.

Er ertrug die Einsamkeit nicht mehr und rief Sara an. Als sie sich nach einer Weile meldete, sagte er:

»Ich bin von zu Hause weggegangen.«

»Du spinnst wohl? Wo bist du?«

»Ist das wichtig?«

»Und deine Familie? Heute war deine Frau hier …«

Er hängte ein. Er fühlte sich ohnehin schon schuldig genug. Sara wartete auf ein erneutes Klingeln des Telefons, aber umsonst. Bevor er sich schlafen legte, schaute er sich im Spiegel an, so aufmerksam, als wäre es das erste Mal, und fragte sich: ›Wer bin ich?«

Matías spürte, daß seine Mutter noch immer wach neben ihm im Bett lag, und umarmte sie kräftig.

»Kannst du nicht einschlafen, Mama?«

»Doch, doch, mein Junge. Gleich. Schlaf du nur weiter.«

»Vermißt du Papa?«

»Ein wenig.«

»Ich auch … Wann kommt er zurück?«

»Bald. Sehr bald.«

»Ein Vater darf nie von zu Hause weg, nicht wahr? Nun, bloß zur Arbeit …«

»Komm, schlaf jetzt, es ist sehr spät.«

Achtzehn

> Wenn man einen Menschen zu vervollkommnen versucht, läuft man Gefahr, ein Ungeheuer zu erschaffen.
>
> *Notiz Dr. Tristáns*

Dr. Tristán wurde von einem schmerzhaften Stich in der linken Seite geweckt. Er wußte sogleich, daß ihn ein harter Tag erwartete, kroch aus dem Zelt und fuhr zur Klinik. Es war noch früh. Seine Schwester Mayka erholte sich gut, aber die Spuren der Prügel, die sie vom Stecher bezogen hatte, zeichneten noch immer ihr Gesicht und ihren Körper.

Zum x-tenmal versuchte der Arzt sie zu überreden, Anzeige wegen Mißhandlung zu erstatten, aber sie weigerte sich, da sie ihrer Meinung nach allein schuld war. Drei Tage lang war sie verschwunden gewesen, ohne ein Lebenszeichen zu geben. In ihren Augen waren die Prügel ein offenkundiger Beweis für die Besorgnis ihres Geliebten.

»Bitte, Remedios, sei doch nicht naiv«, beschwor sie ihr Bruder. »So kannst du nicht weitermachen.«

»Ich bin nichts wert«, antwortete sie. »Wenigstens hat mich der Stecher nie verlassen.«

Dr. Tristán legte ihr ein wenig Geld auf den Nachttisch.

Als er zurückkam, erwartete ihn Basilio beim Zelt. Der Arzt erschrak über sein trauriges Gesicht und den ausweichenden Blick. Sie spazierten durch den Garten und unterhielten sich.

»Doktor, ich möchte wieder der sein, der ich war.«
»Was ist denn los?«
»Nichts. Ich hab's einfach satt, unsichtbar zu sein. Ich will nicht sagen, daß es mir nicht viele Probleme erspart, aber dafür schafft es andere.«
»Ah ja? Zum Beispiel?«
»Ich weiß nicht, aber ich bin auch dann unsichtbar, wenn ich's gar nicht will.«
»Natürlich, darin besteht ja die Behandlung. Aber ich dachte, du wolltest nie gesehen werden.«
»Sie haben sich eben geirrt.«
Basilios Blick hatte sich in einem Winkel des Gartens verloren. Der Arzt nahm seinen Arm, um seine Aufmerksamkeit zurückzugewinnen.
»Da ist doch etwas los, und ich möchte, daß du's mir erzählst.«
Nach einer Pause atmete Basilio kräftig durch und schaute den Arzt an.
»Ich bin verliebt.«
»Verliebt? Wir verlieben uns alle. Und wozu? Um Ohrfeigen zu kassieren. Nur dazu. Wer ist denn das Mädchen?«
»Das ist unwichtig.«
»Genau. Es ist egal, wer es ist. Sie wechseln dauernd. Heute ist es die, morgen eine andere, und wenn dir das endlich bewußt wird, hast du dein Leben ruiniert. Die Frauen sind eine Erfindung unseres Begehrens.«
»Sie verstehen mich nicht. Ich weiß nicht einmal, ob ich wirklich verliebt bin.« Er wollte den Verärgerten spielen, aber das ging nicht bei jemandem, der ihm so nahestand wie der Arzt. »Ich muß es erst rauskriegen. Und wissen Sie, was? Sie sieht mich nicht einmal. Für sie gibt es mich gar nicht.«
»Na, na, ich glaube nicht, daß die Sache so ernst ist«,

versuchte ihn der Arzt zu beschwichtigen. »Wir können eine Zwischenlösung suchen. Aber das ist zweifellos der Preis, den du für deine Behandlung zu bezahlen hast.«

»Bezahlen? Sie verstehen nicht – dieses Mädchen sieht mich nicht. Ich muß wieder ich selbst sein. Die Leute sollen wissen, daß es mich gibt, ich muß etwas mit ihr tun können.«

»Du bist es, der nicht versteht. Stell dir vor, du bist wieder du. Was, glaubst du, wird dieses Mädchen tun, wenn sie dich sieht? Davonlaufen wie alle. Willst du etwa die Fotos sehen, wie du vorher warst? Na schön, du kannst deine Unsichtbarkeit aufgeben. Und dann? Wirst du dieses Mädchen erobern? Oder wird sie auf dich kotzen?«

Basilio machte sich von Dr. Tristáns Hand los, kehrte ihm den Rücken und ging auf die Veranda zu. Der Arzt sah ihn im Haus verschwinden. Irgendwo hatte er den Satz gelesen: ›Wenn du die Wahl hast zwischen dem Leiden und dem Nichts, dann wähle das Leiden.‹ Als Arzt verschaffte er seinen Patienten das Nichts. Jetzt wurde ihm klar, daß sie stets das Leiden vorzogen.

Basilio schloß sich in seinem Zimmer ein und weigerte sich, zum Mittagessen hinunterzugehen. Vorausblickend hatte er eine Schachtel Kekse mit nach oben genommen. Die Mutter schaute den Arzt an, wagte aber keine Frage zu stellen, und er beruhigte sie. Während der Tisch gedeckt wurde, rief er Aurora an, gab ihr die Adresse des Belitre-Hauses und sagte, sie würden ihre Sitzung besser hier abhalten. Er wollte ein Auge auf Basilio haben.

»Sie brauchen gar nicht erst reinzukommen. Ich bin in einem Zelt im Garten«, erklärte er ihr, bevor er aufhängte.

Um die Stimmung zu entspannen und unbequemen Fragen an den Arzt zuvorzukommen, wandte sich die Mutter an Felisín:

»Erzähl uns doch von Nicole. Was berichtet sie denn von ihrer Arbeit?«

»Nun, es geht ihr glänzend. Sie will versuchen, ein paar Tage frei zu bekommen, um uns zu besuchen. Andernfalls werde ich gehen müssen.«

»Was für ein Glück«, klagte Gaspar. »Ich möchte so gern nach Frankreich. Darf ich nicht mitkommen?«

»Wir werden sehen, Nicoles Apartment ist sehr klein.«

»Zu gern würde ich Simenon kennenlernen.«

»Der soll mit zehntausend Frauen geschlafen haben«, informierte Nacho.

»Red keinen Unsinn«, sagte die Mutter.

»Es stimmt aber, Mama«, bestätigte Gaspar.

»Und warum willst du so jemand kennenlernen? Es kommt nicht in Frage, daß du nach Frankreich gehst.«

Es war Matías vorbehalten, Lucas mit einer Kopfnuß zum Abräumen des Tischs zu zwingen. Als sich der Kleine beschwerte, griff die Mutter ein.

»Matías, du hilfst ihm dabei.«

»Ist gut. Selbstverständlich muß der Vater auch ein Beispiel geben.«

Die Mutter wechselte mit Dr. Tristán einen Blick, ihre Augen waren feucht. Der Arzt ging hinauf und versuchte noch einmal, mit Basilio zu sprechen.

»Danke, Doktor, aber ich möchte mit niemandem sprechen«, antwortete dieser aus dem Zimmer.

Er war in einen Zustand vollkommener Trägheit verfallen, lag vier Stunden auf dem Bett und stand erst auf, um zu zeichnen. Auf einem Blatt Papier entwarf er eine detaillierte Annäherung an Saras Gesicht. Dann führte er die Zeichnung weiter aus und stellte sich ihren nackten Körper vor, was ihn in Erregung versetzte. Er erinnerte sich an eine Zeitungsmeldung, die Nacho mit Häme ausgeschnitten hatte. Ein Mann hatte sich das Leben zu nehmen versucht, nachdem er von seiner Freundin verlassen worden war. Er schloß sich im Bad ein und onanierte sechzehnmal hintereinander. Bevor er mit dem letzten Mal zu Ende kam, fand man ihn, ohnmächtig, am Rand eines Zusammenbruchs und mit einem Abziehmuskelriß, und er wurde in die Notfallstation eingeliefert. Basilio war versucht, auch so etwas zu tun, und begann sich zu befriedigen, ohne dabei die Aktzeichnung von Sara aus den Augen zu lassen. Als er zum Höhepunkt kam, sprang er auf und sah sich nach etwas um, worin er sich erleichtern konnte. Langsam löste sich im Wasser von Lucas' Goldfischglas das seltsame weiße Plankton auf. Keiner der Fische ließ sich aus der Ruhe bringen – sie waren wohl schon seit Wochen tot. Wieder betrachtete Basilio die Zeichnung von Sara.

Er wußte nichts von ihr, wollte nichts von ihr. Außer vielleicht, daß ihre Augen eine Sekunde lang auf ihm ruhten, und sei es nur, um Ekel zu verspüren. Aber den Gedanken, für sie niemand zu sein, nicht zu existieren, ertrug er nicht. Auf die Lust, von diesen meerestiefen Augen angeschaut zu werden, wollte er keinesfalls verzichten, selbst wenn das den glücklichen Hochsitz seines Nichtvorhandenseins niederriß.

Lucas rannte zum Telefon und nahm den Hörer ab, ohne daran zu denken, daß er den Maulkorb trug. Gaspar, der ihn mit dem Hörer in der Hand dastehen sah, entwand ihm diesen.

»Hallo, ist jemand da?« fragte eine Mädchenstimme.

»Tut mir leid, aber Nacho ist nicht zu Hause, und wir wissen nicht, wann er zurückkommt«, antwortete Gaspar, der es angesichts der weiblichen Stimme für ausgemacht hielt, daß sie nach seinem Bruder fragte.

»Bist du es, Gaspar?« fragte die Stimme.

»Ja, ich bin's.«

»Hallo, hier spricht Violeta.«

Es lief ihm heiß und kalt über den Rücken. Violeta? Er wußte nicht, wo ihm der Kopf stand.

Neugierig besah sich Aurora jeden Winkel von Dr. Tristáns Zelt. »Psychiatrie aus dem Koffer«, scherzte der Arzt, der in seinem eleganten Anzug steckte. Ihre Augen verweilten fragend auf dem Foto.

»Friedrich Nietzsche und seine Mutter«, erklärte er.

»Fangen wir an, wenn es Ihnen recht ist«, sagte Aurora.

»Entschuldigen Sie mich einen Augenblick.« Der Arzt schlüpfte aus dem Zelt.

Bevor er mit der Sitzung begann, wollte er nach Basilio sehen. Da trat Nacho aus dem Haus, und sie begrüßten sich vor dem Zelt.

»Na, Doktor, gehen Sie in die Stadt?« fragte Nacho.

»Nein, ich habe keine Zeit. Heute habe ich Sprechstunde im Zelt.«

»Im Zelt?«

»Genau, mein Junge, in diesem Leben muß man alles ausprobieren.«

»Na dann, auf Wiedersehen.«

Die Stimme kam Aurora bekannt vor. Sie stellte den kleinen Ventilator ab. Kein Zweifel, das war Nacho. Sie steckte den Kopf durch den Reißverschluß und sah ihn eben aus dem Garten verschwinden. Hier wohnte er also. Ohne lange zu überlegen, folgte sie ihm, nachdem Dr. Tristán ins Haus gegangen war. Auf der Straße wollte sie ihm schon hinterherrufen, doch die Neugier war stärker. Die im Futteral steckende elektrische Gitarre in der Hand, rannte Nacho zum Autobus. Aurora überquerte die Straße und hielt ein Taxi an.

»Folgen Sie diesem Bus«, befahl sie dem Fahrer.

»Kleinigkeit.«

Als Dr. Tristán zum Zelt zurückkam und Aurora nicht mehr vorfand, dachte er: ›Was zum Teufel ist heute nur mit meinen Patienten los?‹ Zweifellos forderte er Aurora stark, und sie ertrug diesen Druck nicht.

In Gedanken versunken, schrieb er in sein Notizbuch: ›Ich muß vorsichtiger werden. Wenn man einen Menschen zu vervollkommnen versucht, läuft man Gefahr, ein Ungeheuer zu erschaffen.‹

Nachos Methode führte also doch zum Ziel. Um ein Mädchen zu gewinnen, gab es nichts Besseres, als sich ihr mit einer andern zu zeigen. Diesen Gedanken hing Gaspar nach, während er am Kinoeingang auf Violeta wartete. Da erschien sie auf der gegenüberliegenden Straßenseite, mit ihrem kurzen Röckchen und den Jungmädchenbeinen, die Locken im Wind.

»Hallo«, begrüßten sie sich schon von weitem.

Beim Sprechen spielte Violeta die Unschuld vom Lande, aber all ihre Bewegungen, jeder Gesichtsausdruck straften diesen Eindruck Lügen.

»Jetzt habe doch ich dich anrufen müssen.«

»Nun, ich, also …« Gaspar wußte nicht, wie er sich rechtfertigen sollte.

»Seit Tagen habe ich auf einen Anruf von dir gewartet.«

»Ehrlich?«

Violeta nickte beleidigt.

»Nun, ich dachte, du wärst …«, verteidigte er sich,

»und eben, da wir zu Hause soviel Arbeit hatten mit dem Umzug und so ...«

»Ja, ja, Ausreden, nichts als Ausreden.«

Gaspar blieb nichts von diesem Film in Erinnerung, außer daß er Violeta in Erwartung irgendeines Zeichens verstohlen ansah. Sie klagte über die Kälte im Saal und schmiegte sich eng an Gaspar, der nun beschloß, ihr den Arm um die Schulter zu legen. Sie suchte seinen Mund, und sie küßten sich, immer wieder, wahrscheinlich während des ganzen Films. Gaspar dachte, Violeta sei ganz anders als Mayka. Endlich ging sein Traum in Erfüllung – über zwei Jahre war er in sie verliebt gewesen, und nun lag sie in seinen Armen.

»Weißt du, worauf ich Lust hätte?«

Gaspar war in höchstem Grad erregt.

»Auf Popcorn.«

Er stand auf und tastete sich durch den dunklen Saal ins Foyer, wo er bei der gelangweilten Verkäuferin einen Becher Popcorn und zwei Cola verlangte. Nachdem er bezahlt hatte, trug er das Gekaufte mit Mühe Richtung Saal. In diesem Augenblick kam ein Paar heraus. Gaspar blieb wie angewurzelt stehen. Lachend umarmten sich die beiden und küßten sich innig. Sie blickte auf und erkannte Gaspar.

»Hallo.«

Nicoles Spanisch war erstaunlich viel besser geworden. Ihr Begleiter verstand ihren Blick und ließ sie allein.

»Wie geht's deinem Bruder?« fragte Nicole.

»Gut – wie immer, nehm ich an.« Gaspar kam nicht aus dem Staunen heraus.

»Ist er denn nicht zu Hause?« Noch immer mißhandelte ihr Akzent die starken Konsonanten.

»Doch, doch, wir sind alle da.«

»Und deine Eltern und die andern, geht's ihnen gut?«

»Ja.«

»Eines Tages würde ich euch gern mal besuchen«, sagte Nicole, aus reiner Höflichkeit vielleicht.

Er zuckte die Schultern. Er hatte begriffen, daß sein Bruder in Wirklichkeit von seiner französischen Frau verlassen worden war. Dieses ganze Gespinst von Postkarten und Briefen diente Felisín nur dazu, seine Familie weiter hinters Licht zu führen.

»Erzähl ihm nicht, daß du mich gesehen hast«, bat ihn Nicole, bevor sie zu ihrem neuen Freund zurückging.

›Sie ist noch hübscher geworden‹, dachte Gaspar und tauchte in die Dunkelheit des Kinosaals ein. Sein großer Bruder tat ihm leid.

Er stellte den Popcornbecher auf seine Knie, griff zu und trank dazwischen immer wieder einen Schluck Cola. Ohne die Leinwand aus den Augen zu lassen, langte Violeta in den Becher und füllte sich den Mund häufchenweise. Obwohl beide starr auf die Bilder schauten, galt ihr Bewußtsein nur ihrem Nebenan. Gaspar überlegte, wie wundervoll seine Ferien hätten sein können, wenn er schon den ganzen Sommer mit ihr zusammengewesen wäre. Jetzt war September, und in einer knappen Woche erwartete ihn wieder die Marter der Klasse. Dieses Jahr würde er auf eine neue Schule kommen, in der Nähe ihres Hauses. Aber das war ihm egal, mit Violeta würde er sich gut fühlen. Sie hatten die ganze Zeit der Welt für sich allein.

Er bemerkte, wie Violetas Hand das Popcorn suchte, aber, statt in den Becher zu greifen, zu seiner Hose hinabglitt, die gewölbte Topographie abtastete und spielend den Reißverschluß öffnete. Regungslos fixierten beide weiter die Leinwand. Violetas Hand schlüpfte zielstrebig hinein und fingerte sich einen Weg. Einen Augenblick saßen sie wie versteinert da, dann wurde ihre Hand wieder aktiv. Gaspar ließ sie einfach machen. Als seine Knie schwach wurden, fiel der Becher zu Boden, und das Popcorn kullerte heraus.

Nach der Vorstellung sagte er, er müsse gleich nach Hause. Trotz seiner Passivität hörte Violeta nicht auf, ihn zu küssen.

»Was hast du denn? Du bist so seltsam«, sagte sie.

»Ich? Ach wo. Warum?«

Es war nicht zu übersehen, daß er sich seltsam benahm. In seinem Innern war der Vorhang zu einem altbekannten Stück aufgegangen. ›Vielleicht‹, überlegte er, ›können mich nur die Mädchen begeistern, die mich abweisen.‹ Er dachte an Sara. Seine intakte Liebe für sie. ›Enttäuschen uns die Mädchen, wenn sie unsere Wünsche befriedigen?‹ fragte er sich. Er fühlte sich unwohl in seiner nassen Hose. Er kam sich schmutzig vor, in vielerlei Hinsicht.

Es war nicht einfach für Aurora, einen Ort zu finden, von wo aus sie Nacho im Auge behalten konnte, ohne selbst gesehen zu werden. Er hatte sich mit seiner Gitarre an einen Tisch im Café gesetzt und schien auf jemanden zu warten. Sie war versucht, hineinzugehen und so zu tun, als begegne sie ihm zufällig, doch die Neugier siegte erneut. Als Sara ins Lokal trat, erkannte sie sie sogleich. Wütend bohrte sie sich den einen Absatz in den andern Fuß, bis er blutete.

Nacho war auf Saras Anruf hin gekommen. Dem Ton ihrer Begrüßung entnahm er, daß er keine falschen Hoffnungen hegen durfte.

»Du sollst wissen, daß ich nichts mit der Sache mit deinem Vater zu tun habe.«

»Was?«

»Daß er von zu Hause weggegangen ist.«

Sie mußte ihn aufklären und erzählte ihm von Félix' Anruf am Abend zuvor. Während sie sprach, dachte sie, sie habe die Gabe, alle um sich herum leiden zu lassen. Nacho war verwirrt. Er dachte an seine Mutter. So wenig Aufmerksamkeit schenkte er ihr also, daß er nicht bemerkt hatte, was los war?

»Tut mir leid, daß ich's dir erzählen muß.«

»So erfahre ich wenigstens was. Und warum bist du nicht mit?«

»Was geht dich das an?«

Nacho schluckte seinen Unmut herunter. Er merkte, daß sie am liebsten gegangen wäre, und wollte die Initiative ergreifen, und sei es nur dieses eine Mal. Er stand auf.

»Sag mir wenigstens, daß du mich verachtest, daß ich für dich immer eine Flasche war. Aber sag es klar und deutlich.«

»Das stimmt nicht.«

»Was dann? Ich möchte nachts wieder schlafen können.«

Er beugte sich über sie und gab ihr einen kurzen Kuß auf die Lippen. Sara schaute ihm nach, als er das Lokal verließ.

Als Nacho an Aurora vorbeikam, zog sie sich tiefer in den Hauseingang zurück, in dem sie sich versteckt hatte. Er bemerkte sie nicht. Mit müden Schritten ging er davon und konnte nicht sehen, daß sie weinte.

Bei der Probe an diesem Nachmittag hatte ich nicht den Eindruck, daß es ihm schlechter ging als in den vergangenen Tagen. Er sprach kaum, spielte einfach Gitarre und beteiligte sich nicht an den Streitereien in der Gruppe, die ihren Grund fast immer in der Nervosität wegen unserer kurz bevorstehenden öffentlichen Premiere hatten. Und auch zu Hause war er nur mehr ein Schatten. Der Nacho, wie ihn seine Brüder kannten, der ewige Hetzer, der Nacho, der auf der Veranda Gitarre spielte oder den Handstand machte, um seine kleinen Brüder zum Lachen zu bringen, war verblaßt. Die Gespräche mit Gaspar vor dem Zubettgehen waren ebenso eingeschlafen wie die Flinten-Wettschießen. Ich vermute, er erschien überhaupt nur zur Probe, um von zu Hause wegzukommen.

Doch die Freude hielt im Belitre-Haus wieder Einzug, als am selben Abend der Wagen des Vaters hupend durchs Gartentor fuhr. Die Mutter, die auf der Veranda saß, glaubte an eine Vision. Ihr Mann stieg aus dem Wagen und ging mit einem etwas gezwungenen Lächeln auf sie zu. Matías und Lucas rannten herbei und umarmten ihn.

»Wie war's denn in La Coruña?« fragte Matías.

Lucas kritzelte etwas Unleserliches in sein Heft. Der Vater konnte die Schrift nicht entziffern, gab ihm aber einen Kuß auf die Stirn. Er begriff, daß die Mutter nichts von seiner Nachricht gesagt hatte, trat zu ihr und nahm ihre Hand. Felisín verließ trotz der Ankunft des Vaters das Wohnzimmer nicht, wo er mit seinen Freunden die Projektion von *Die Sirene des Mississippi* genoß. Alberto Alegre, ergriffen von der Liebesgeschichte, weinte, und Felisín dachte, von der Frau verlassen zu werden müsse in der französischen Kultur Tradition haben.

Der Vater überließ das Haus Matías' Obhut und verkündete, er gehe mit der Mutter ins Theater. Ohne ganz zu verstehen, stieg diese in den Wagen. Der Vater saß schweigend am Steuer und hielt beim Park in der Nähe an. Er brauchte der Mutter nicht zu erklären, daß er nicht die geringste Absicht hatte, ins Theater zu gehen. Ihr genügte es, ihn wiederzuhaben.

»Ich glaube, wir müssen uns unterhalten«, sagte er.

Sie schlenderten in den Park hinein und setzten sich auf eine etwas abgelegene Bank, wie zwei Verliebte, die, einer auf dem Schoß des andern, Händchen halten wollen. Kaum hatten sie sich gesetzt, fand der Vater, sie machten einen lächerlichen Eindruck, stand wieder auf und sagte:

»Ich möchte lieber umhergehen.«

Die Mutter erhob sich ebenfalls. Der Vater hatte bereits zu sprechen begonnen, die Hände auf dem Rükken, als könne er so seine Schuld leichter tragen.

»Ich hoffe, keiner der Jungen hat die Nachricht gelesen«, begann er.

Sie schüttelte den Kopf.

»Ich wußte nicht, wohin damit.«

Sie zog das zerknitterte Blatt aus der Tasche und reichte es ihm. Er zerriß es in winzige Fetzchen, die er auf den sandigen Boden fallen ließ.

»Ich glaube, ich habe mich wie ein Egoist benommen. Du hast gemerkt, was los war, nicht wahr?«

Sie bejahte. Sie wollte nicht, daß Matías' Name im Gespräch erwähnt würde; immerhin war er, wenn auch krank, ihr Sohn, die Frucht ihrer Verbindung. Der Vorfall zwischen ihr und dem Kleinen, den der Vater mitbekommen hatte, war einzig ihre Schuld. Der Vater seinerseits zog es vor, Saras Namen zu verschweigen. So viele Dinge hatten sie sich zu sagen, aber sie waren außerstande, auch nur eines davon zur Sprache zu bringen. Vielleicht konnte es gar nicht anders sein – nach dem Ja zur Ehe verschwand die Liebe.

»An dem Morgen, an dem ich ging«, erzählte der Vater, »fühlte ich mich wie ein junger Mensch, der sein

Leben noch vor sich hat, und wollte von zu Hause weg. Ich hielt es nicht mehr aus. Die Last der Familie erdrückte mich.«

»Du brauchst nichts zu erklären«, entgegnete sie. »Es ist meine Schuld.«

»Das darfst du nicht einen Moment lang denken.«

Die Mutter war stolz auf die Großmut des Vaters, aber sie blieb von ihrem Fehler überzeugt.

»Eine Frau darf ihren Mann nicht vernachlässigen. Die Geschichte mit Matías und mir ...«

»Und ein Vater hat seine Familie so zu akzeptieren, wie sie ist«, argumentierte er. »Ich darf die Last nicht abwerfen, nur weil sie schwer ist.«

In diesem Punkt hatte er recht. Auch er hätte sich dem Problem Matías stellen müssen, statt wegzulaufen, dachte die Mutter.

»Vermutlich«, fügte er in seinem selbstbezichtigenden Ton hinzu, »hast du das Gefühl gehabt, ich verachte dich. Und du hast allen Grund, mich zu beschuldigen. Ich war ein Dummkopf.«

Sara hatte ans Licht gebracht, daß seine Ehe auf wakkligen Füßen stand – dafür waren sie beide verantwortlich. Der Vater war überrascht, wie resigniert die Mutter seinen Seitensprung hinnahm, und befürchtete, daß sie es von Anfang an gewußt hatte. Es hätte zu ihr gepaßt, einfach zu schweigen und zu leiden, ohne etwas zu fordern.

»Weißt du, was ich denke«, begann sie wieder – und jetzt erwartete er das Schlimmste –, »wir hätten nie zulassen dürfen, daß uns Matías in den Nächten trennt.«

»Es war nicht nur das«, unterbrach er sie.

»Doch, ein Ehepaar muß zusammenbleiben und all seinen Kindern ein Vorbild sein.«

Es wurde ihm klar, daß sie recht hatte. Matías hatte ihn schließlich ganz von der Familie getrennt und zu einem Nichtsnutz gemacht – ein Loch, aus dem ihn Sara errettet hatte.

»Matías hat sich als perfekter Vater erwiesen«, sagte er. »Was tauge ich noch neben ihm? Er bewährt sich mehr als ich.«

»Keineswegs«, tadelte ihn die Mutter, »das stimmt nicht. Niemand kann dich ersetzen. Wir hätten ihn wieder in die Heilanstalt einweisen sollen, statt zuzulassen, daß er uns auseinanderbringt.«

Sie hatten noch weitere Söhne und durften nicht zulassen, daß die Familie wegen eines einzigen von ihnen zugrunde gerichtet wurde. Vielleicht war es ein Fehler gewesen, darauf zu vertrauen, daß ihn die Zuneigung heilen würde, daß die Krankheit verschwände, wenn man vor ihr die Augen verschloß.

Der Vater fand es ungerecht, allein Matías für seine Geschichte mit Sara verantwortlich zu machen. Aber im Grunde begriff er, daß die Mutter wieder Leidenschaft in ihre Beziehung bringen wollte, und dafür mußte man zuallererst die Nächte zurückgewinnen. Vielleicht entkam er auf diese Weise der Hölle, die es für ihn bedeutete, von seinem zwölfjährigen Sohn aus der Rolle als Familienvater verdrängt zu werden.

Als sie wieder nach Hause kamen, sahen sie sich einem Chor von Fragen über die Einzelheiten des Theaterstücks gegenüber. Die Mutter verschwand in der Küche, gerettet von ihren häuslichen Pflichten. Sie hörte den Vater draußen mit den Söhnen scherzen und sagen, er habe nichts mitbekommen, da er und die Mutter die ganze Zeit Händchen gehalten hätten.

»Sogar der Platzanweiser hat uns zurechtgewiesen«, lachte er.

»Was war denn die Handlung des Stücks?« fragte Gaspar mit berufsmäßigem Interesse.

»Die Handlung? Wie schon der Dichter sagte: ›Alt werden und sterben, das ist die einzige Handlung des Stücks.‹«

Beim lärmenden Abendessen sagte der Vater, der viel Sinn für Humor bewiesen hatte, zu Matías: »Heute werde ich bei deiner Mutter schlafen.« Zu seiner Überraschung trank der Kleine sein Glas Milch in einem Zug aus und antwortete: »In Ordnung, aber nicht, daß es zu einer Gewohnheit wird.« Und ging ins Gästezimmer hinauf und legte sich schlafen, erschöpft von seinem Tagwerk im Haus.

Bei Nachos Rückkehr war das Essen bereits kalt. Als er den Vater erblickte, versuchte er seine Überraschung zu verbergen. Er war also wieder da. Sie wechselten einen Blick. Der Vater wußte, daß sein Sohn in Sara verliebt war, und beneidete ihn. ›Könnte ich doch sein Leben leben‹, dachte er. Er wußte nicht, wie sehr er sich irrte.

Neunzehn

Die Last, die auf der Schulter drückt, wird nicht leichter, indem man sie fallen läßt.

Altiberisches Sprichwort

Am nächsten Morgen hatte die Mutter den Eindruck, alles sei wieder wie früher. Erneut sah sie ihre Theorie der kommunizierenden Röhren bestätigt. Damit es dem einen gutgeht, muß ein anderer leiden. Damit also die verlorene Leidenschaft in ihre Ehe zurückkehren konnte, mußte sie eine schmerzliche Entscheidung treffen. Sie wollte den Vater damit überraschen, wenn er von der Arbeit käme, und sagte niemandem etwas. Noch am selben Vormittag brachte sie Matías wieder in die Heilanstalt »Die Liebe Gottes«.

»Es handelt sich nur um eine Kontrolle«, beruhigte sie ihn. »Man wird dich ein paar Tage beobachten.«

»Aber es geht mir doch ausgezeichnet«, beklagte sich Matías.

Der Mutter zerriß es das Herz. Einige Stunden zuvor hatte sie seine Sachen in den kleinen Koffer mit dem als Schotte verkleideten Snoopy gepackt, aber Matías war ihr in den Arm gefallen.

»Mama, ich soll doch nicht etwa mit diesem Koffer gehen, oder? Der ist für Kinder.«

»Aber mein Junge ...«

Da er nicht nachgab, hatte sie eine Reisetasche holen müssen, größer und schwerer. Jetzt traten ihr die Tränen in die Augen, als sie sah, wie der Kleine sie durch den Korridor zu seinem Zimmer schleifte, zu schwach, um sie zu tragen, aber entschlossen, sie allein zu schleppen.

Die Mutter haßte dieses Haus voll siebenjähriger Schizophrener, unheilbarer fünfzehnjähriger Paranoiker und Neugeborener mit schweren Persönlichkeitsstörungen. Aber vielleicht war Matías hier besser aufgehoben als in ihrem eigenen Haus. Wenigstens durfte dieses Haus nicht nur seinetwegen einstürzen.

Der Direktor empfing die Mutter mit seiner hochtrabenden Süffisanz und forderte sie auf, Platz zu nehmen.

»Ich sehe, Sie geben mir letztlich doch recht – der beste Ort für Matías ist hier.«

Sie mochte nicht antworten. Der Direktor, der nicht bemerkte, wie sie litt, fuhr fort:

»Wir werden mit dem Jungen einige Tests durchführen und Ihnen die Ergebnisse bald mitteilen. Sie kennen ja unsere Arbeit.«

»Jawohl, Doktor.«

Sie verabschiedete sich von Matías, der seine Siebensachen in dem Zimmer unterbrachte, das er mit zwei weiteren Jungen teilen sollte, und konnte nur mühsam die Tränen verbergen.

»Küß alle von mir, Mama. Wenn ich zurück bin, werden wir alles einkaufen, was Lucas für den Unterricht benötigt. Demnächst beginnt sein Schuljahr, vergiß das nicht.«

»Jawohl, mein Junge.«

Der Großvater stiftete Verwirrung im Gericht. In diesen Gängen, wo die Leute warteten, rauchten, schwatzten und in die Papierkörbe spuckten, wo ein runzliger Richter Bescheinigungen unterschrieb, als wären es Rezepte für die Apotheke, hielt der Großvater in Begleitung seines Sohnes Félix und des getreuen Gaspar nach seinem Pflichtverteidiger Ausschau.

Dieser war ein Vierziger mit Anzug und Brille, der unter seinem unsäglichen Hemd ausgiebig schwitzte. Obwohl langsam von Verstand, sprach er schnell.

»Gehen Sie zum Saal vierzehn und warten Sie beim Eingang auf mich«, sagte er zu ihnen. »Ich bin hier gleich fertig und komme sofort.«

Beim Saal vierzehn trafen sie auf John und Paul. Der Großvater und sie umarmten sich. John, dessen Gesicht verzerrt war, hatte offenbar einen gewaltigen Kater, und Paul war verärgert über seinen Partner, denn er argwöhnte, dieser sei nach der Arbeit bei einer Frau gewesen. Da erschien der Verteidiger wieder und warf ihnen einen schiefen Blick zu.

»Die da sagen am besten nichts. Hier haßt man die Zeugen Jehovas, sie würden alles nur noch schlimmer machen.«

Er drängte die beiden beiseite und hielt Großvater Abelardos Hand mit unüblicher Vertraulichkeit fest.

»Machen Sie sich keine Sorgen, Opachen, wir werden alle Hebel in Bewegung setzen«, sagte er, auf einer Plastik-Mentholzigarette mit Bernsteinmundstück herumbeißend.

»Zum Glück ist sie aus Plastik, Sie unglücklicher Mensch«, sagte der Großvater.

»Das ist sie durchaus nicht«, versicherte der Verteidiger, »die Richterin ist nachgiebig, es wird keine Schwierigkeiten geben.«

»Gott ist ein gerechter Richter, und sein Zorn wird bald entbrennen«, psalmodierte der Großvater. »Wenn sie sich nicht bekehren, schärft er sein Schwert, spannt seinen Bogen und zielt.«

»Na dann prost, ich hoffe, er sagt der Richterin nicht

solches Zeug«, bemerkte der Verteidiger zum Vater gewandt.

»Großvater, Großvater«, sagte der Vater, »beruhige dich. Dieser Herr da wird dich verteidigen.«

»Der Herr ist es, der die Völker richtet.«

»In diesem Fall ist es Margarita Torijano«, scherzte der Verteidiger ungereimt. »Und ich bin Ihr einziger Verteidiger.«

Der Großvater durchwühlte seine sämtlichen Taschen, immer und immer wieder. Allmählich wurde er nervös, da ihm aufging, daß er etwas vergessen hatte.

»Scheiße, ich habe die Aussage zu Hause gelassen.«

»Keine Sorge, Sie werden sie nicht brauchen«, entgegnete der Verteidiger.

»Was heißt, ich werde sie nicht brauchen? Sie ist in Versen gehalten. Gaspar, du weißt doch, wo ich die Gedichte aufbewahre, oder?«

»Ja, Großvater.«

»Lauf schnell nach Hause und bring mir dieses eine lange Gedicht, das in einem Notizbuch steckt und überschrieben ist mit *Verse für das Jüngste Gericht*.«

»Aber mein Lieber«, sagte der Verteidiger, »ich sag Ihnen doch, es ist nicht nötig …«

»Halten Sie den Mund, verdammt noch mal«, fiel ihm der Großvater ins Wort. »Los, beeil dich, Gaspar, sonst bist du nicht rechtzeitig zurück. Félix, mein Junge, gib ihm Geld für ein Taxi.«

Vor dem Gerichtsgebäude hielt Gaspar ein Taxi an. Als sie beim Haus der Großeltern ankamen, hieß er den Fahrer in zweiter Reihe warten.

»Bin gleich wieder zurück.«

Außer Atem klingelte er an der Tür der Großmutter. Sara öffnete ihm, und er erklärte seinen Auftrag, während er ins Zimmer des Großvaters stürmte. Dort blätterte er die zu Verslagern rezyklierten Kontobücher durch: *Dichterwettstreit, Elegien, Geistliche Lobgesänge* lauteten die Überschriften. Endlich fand er das Gesuchte – zwei maschinengeschriebene Bogen mit dem Titel *In der Sünde des Jüngsten Gerichts*. Gaspar nahm sie an sich und legte den Rest wieder auf den Stapel. Da erregte ein einzelnes Blatt auf dem Tisch seine Aufmerksamkeit. Es war ein unvollendetes Gedicht. Er schaute es genauer an und nahm es, erstaunt, ebenfalls mit. Eilig verabschiedete er sich von Sara und lief zum Taxi hinunter.

Während der Fahrt las er das Gedicht noch einmal. Es war nicht zu fassen – die stilisierte Schrift des Großvaters, der erste Vers: ›Sara, meine allerletzte Liebe (erotisches Gedicht)‹. Er vertiefte sich in die Lektüre.

> Sara, meine allerletzte Liebe,
> Spät ist mein Herz noch erbebt,
> Nachdem ich alles längst erlebt,
> Sara, die du glühn läßt meine Triebe,
> Erquick mir die betagten Augen,
> Wecke dieses welke Fleisch,
> Laß mich an deiner Blüte saugen,
> An deine Brüste zart mich tippen,
> Küß mit Küssen mich von deinem Mund,
> Eh ich fahre in des Todes Schlund,
> Mit obszönen Versen, Sara, auf den Lippen …

Gaspar erwachte aus seiner Verblüffung. Wie war denn das möglich? Nun hatte es auch seinen Großvater erwischt? Hatte Sara sein greises Verlangen geweckt? Die Verse logen nicht – allenfalls das eine oder andere ungenaue Adjektiv, einige Probleme mit dem Reim.

Gaspar hatte immer gedacht, das Wortgeklingel des Großvaters entspränge seiner unerschöpflichen lyrischen Fantasie, und vielleicht war es ja auch so. Aber dieses konkrete Gedicht mußte auf ein kürzlich vorgefallenes Ereignis zwischen der jungen Pflegerin und dem betagten Poeten zurückgehen, von dem er nichts wußte.

Eines Abends – die nicht enden wollenden Mahlzeiten, bei denen der Großvater weitschweifig von seinen Abenteuern erzählte, waren an der Tagesordnung – ging er in seiner Zuneigung zu dem jungen Mädchen weiter als sonst. Sie schaute gelangweilt in den Fernseher, als er zu ihr sagte:

»Du bist reizend, weißt du das eigentlich?«

»Großvater, ich bitte Sie.«

»Nenn mich nicht Großvater. Ich bin nicht dein Großvater.«

»Aber Sie sind Großvater.«

»Ja, aber nicht deiner.«

Es folgte eine Pause. Sara dachte, er sei böse auf sie, und warf ihm einen freundschaftlichen Blick zu. Das gab ihm neue Kraft.

»Hör zu, Sara, darf ich dich um einen Gefallen bitten?«

»Aber selbstverständlich, Großvater – ich meine…, Abelardo.«

»So ist's besser. Es ist für ein erotisches Gedicht, an dem ich schreibe«, erklärte er und errötete ein wenig. Saras feine Lippen umspielte ein Lächeln. Stotternd kam er auf seine Bitte zurück. »Und…, nun ja…, ich müßte…, sozusagen zur Illustration… Könntest du mir…, na, du weißt schon…, könntest du mir deine Brüste zeigen?«

Sara blinzelte wie eine Lehrerin, die einen Jungen bei einem Streich ertappt hat.

»Aber, aber, Großvater, seien Sie kein Ferkel.«

»Es ist für ein Gedicht«, entschuldigte er sich. »Ein erotisches Gedicht.«

»Dann gehen Sie ins Kino«, empfahl sie mit einem Anflug von Belustigung, »dort kriegen Sie sie haufenweise zu sehen.«

»Ich lüge, es ist kein erotisches Gedicht, es ist ein Liebesgedicht.«

»Lassen Sie sich von einem Foto inspirieren oder was weiß ich.«

»Es ist nämlich ein Liebesgedicht auf dich.« Sein Ton hätte einen Elefanten erweichen können.

»Ihr Essen wird kalt«, sagte sie und entschwand in die Küche.

Während der Mahlzeit getraute sich der Großvater nur noch in den Fernseher zu starren. Sara schaute ihn unentwegt herausfordernd an, neugierig, ob er imstande wäre, seine Bitte zu wiederholen. Nach dem Essen räumte sie, schweigsamer denn je, den Tisch ab. Auf ihrem letzten Gang von der Küche zurück stellte sie sich vor den Großvater hin und schaltete den Fernseher aus. Dann knöpfte sie sich die Bluse auf und hielt sie einen Moment offen. Der Großvater weidete sich an ihren straffen Brüsten. Als sie sich wieder bedeckte, schloß er die Augen, um diesen wonnevollen Augenblick noch etwas andauern zu lassen.

»Bis morgen«, verabschiedete sich Sara und ging in ihr Zimmer.

Die Richterin erschien mit einem dampfenden Milchkaffee und bekleckerte damit die Schriftstücke. Sie benutzte das Gesetzblatt als Löschpapier, und der Angeklagte und seine Begleiter setzten sich. Während sie die einschlägigen Gutachten las, schielte sie zu der Tabakhändlerin hinüber, deren Schaufenster Don Abelardo Belitre mit dem Stock zertrümmert hatte und die nun geschminkt und im Sonntagskleid dasaß.

»Also, der Fall ist klar«, entschied sie. »Mehr brauche ich nicht. Der Angeklagte wird für das zerbrochene Schaufenster aufkommen, und zwar mit der Hälfte des Werts, den die Inhaberin angibt.«

Im Saal entstand ein Aufruhr, alles protestierte. Mit salomonischem Stolz stand die Richterin auf.

»Es gibt kein Urteil, das vor dem Jüngsten Gericht Gültigkeit hätte«, rief der Großvater.

»Und die Gerichtskosten trägt der Angeklagte.«

»Wir erklären uns für zahlungsunfähig«, sagte der Pflichtverteidiger.

»Bitte alle durchlesen und dann unterschreiben«, sagte die Richterin zum Sekretär. »Ich fürchte sehr, Señor Belitre hat eine Rente. Davon wird es ihm abgezogen werden.«

Großvater Abelardo trat einen Schritt vor und stellte sich vor die Richterin.

»Hören Sie, Señora: ›Ich bin wie ein Unrat im Rauch, doch deine Gebote vergesse ich nicht.‹ Psalm 119, Vers 83. Wollen Sie sonst noch etwas hören? Gott verteidigt den Menschen, der sich gegen das Rauchen auflehnt. Ich handelte gegen diese Abgesandte des Teufels, die schädlichen Rauch verkauft.«

»Darf man erfahren«, erwiderte die Richterin, »warum dieser Mann nicht für unzurechnungsfähig erklärt wurde?«

»Davon kann keine Rede sein«, flunkerte der Verteidiger. »Er ist nur ein Mann, den das Rauchen ärgert.«

»Na schön, dann soll er schweigen – und auf Wiedersehen«, sagte die Richterin auf dem Weg zum Ausgang.

»›Mein Auge ist trübe geworden vor Gram und matt, weil meiner Bedränger so viele sind‹«, rief der Großvater, von niemandem mehr beachtet. »Errette mich!«

Zum Erstaunen der Tabakhändlerin brachen die Zeugen Jehovas in Beifall aus. Als dirigiere er ein Orchester, intonierte der Großvater ›Herr, du bist ans Ufer gekommen‹, und die beiden Engländer stimmten mit ihrer ruinösen Aussprache ein.

»Das ist Beamtenbeleidigung«, sagte der Verteidiger, »singen Sie gefälligst leiser.«

Das Glück – oder das Unglück, je nach Standpunkt – wollte es, daß an diesem Tag wegen Krankheit einer Zeugin der Prozeß gegen einen rückfälligen Vergewaltiger, den berüchtigten Unhold von Atocha, verschoben wurde, so daß im Gerichtsgebäude müßige Journalisten herumlungerten. Auf diese Weise hörte Paco Infante, als er mit der Richterin Kaffee trank, zum ersten Mal von Abelardo Belitre.

Er ging zum Saal vierzehn hinauf und fand den Großvater ohne Schwierigkeiten. Die Lobgesänge dauerten noch an. Er erlebte, wie der Großvater nach dem Urteil – ›etwas kurz dafür, daß es das endgültige ist‹, schrieb er in sein Notizbuch – aus dem Saal gejagt wurde, und stellte sich dann vor.

»Señor Belitre, ich bin Paco Infante von *El País*. Ich würde Sie gern kurz für meine Zeitung interviewen.«

»Es wird mir ein Vergnügen sein«, antwortete der Großvater.

Der Vater befürchtete das Schlimmste und versuchte es zu verhindern. Er reckte den Hals und hielt nach Gaspar Ausschau. Sowie er zurückkäme, würden sie schleunigst verschwinden müssen.

»Warten Sie ein wenig, mein Freund«, sagte der Großvater. »Jeden Moment kommt einer meiner Enkel mit einigen Versen aus meiner Feder.«

Dr. Tristán wußte nicht, wo sich Aurora aufhielt; immer wenn er sie telefonisch zu erreichen versuchte, hörte er den Anrufbeantworter. Er hinterließ eine neue Nachricht: »Aurora, hier ist Dr. Tristán, melden Sie sich bei mir. Wir können über alles sprechen, was Ihnen an der Therapie nicht paßt, aber lassen Sie mich nicht ohne Nachricht. Ich mache mir Sorgen. Machen Sie keine Dummheit.«

Wenigstens hatte er zur Zeit mit Basilio keine Probleme. Der zweitälteste der Belitre-Brüder gab zu, daß es ihm besser ging; er verließ sein Zimmer wieder und aß mit gutem Appetit. Aber der Arzt wußte, daß er weiterhin grübelte. Zur Beruhigung hatte er einen neuen Cartoon in Angriff genommen, über dem er Stunden verbrachte, da er sich nicht aufs Lernen konzentrieren konnte.

»Das wirst du noch öfter durchmachen, da kannst du sicher sein«, prophezeite der Arzt. »Du mußt dich in deiner Haut und deinem neuen Zustand wohl fühlen.«

»Ich weiß, ich weiß. Übrigens, erinnern Sie sich noch an die Maske, die Sie mich tragen ließen, Doktor?«

»Ja, natürlich. Ich habe sie hier.«

Er suchte im Zelt nach der Maske, die in Basilios Beziehung mit Mayka eine wichtige Rolle gespielt hatte.

»Ich möchte sie behalten«, bat Basilio, »zur Erinnerung.«

Nach der Rückkehr von der Verhandlung konnte es Gaspar nicht lassen, die Szene im Gerichtssaal jedem seiner Brüder einzeln zu schildern. Felisín war gerade mit Schreiben beschäftigt.

»Seid ihr schon zurück?«

In großen Zügen erzählte ihm Gaspar, was geschehen war.

»Der Großvater ist wirklich bescheuert«, faßte Felisín zusammen.

»Was schreibst du? Eine Kritik?« fragte Gaspar.

»Nein, an Nicole.«

Gaspar musterte seinen Bruder ziemlich mitleidig.

»Du schreibst ihr oft, nicht wahr?«

»Ach, normal.«

»Wirst du sie jetzt endlich besuchen?«

»Ich weiß noch nicht. Das hängt von ihr ab. Zur Zeit hat sie viel zu tun.«

»Ja, klar.«

»Warum? Du möchtest wohl mitkommen, wie?«

»Nein, nein, keine Spur«, wand sich Gaspar heraus.

»Na, ich kenn dich doch. Aber weißt du, wir möchten dann eben die ganze Zeit über zusammensein, nur wir beide. Wir haben uns schon lange nicht mehr gesehen.« Felisín versank ein wenig in sehnsüchtiger Erinnerung.

»Ja, ja, natürlich.«

Während er zum Essen hinunterging, dachte Gaspar, sein Bruder habe es geschafft, sich mit seiner Lüge zu trösten, oder zumindest verstellte er sich sehr gut. Wahrscheinlich wollte er vor seiner Familie nicht als Versager dastehen. Wie mißtrauisch er doch war. Vielleicht dachte er, sie würden ihn nicht verstehen. Wahrscheinlich wollte er Nicoles Bild rein erhalten. Gaspar rief sie sich in Erinnerung, wie sie mit diesem Typ im Kino war; sehr schön war sie gewesen, das schon.

Auch die Mutter log alle an, als sie behauptete, sie habe Matías nur in die Heilanstalt gebracht, damit man ihm neue Medikamente geben könne. (Später, unter vier Augen, gestand sie ihrem Mann die Wahrheit.) An diesem Tag gesellten sich auch die beiden Handwerker, die mit den Reparaturarbeiten am Dachboden begonnen hatten, zu den Gästen John und Paul, welche dem Großvater Gesellschaft leisteten. Niemandem entging, daß Nacho in Schweigen versunken war. Dem Vater war sogleich klar, daß es mit Sara zu tun hatte, und er war erleichtert, als sich die Mutter nach der Band erkundigte.

»Nun, wir proben noch immer«, antwortete Nacho.

»Morgen tretet ihr auf, oder?« fragte Basilio. Sein Bruder nickte.

»Wir müssen alle hingehen«, erklärte die Mutter.

Die Vorstellung, beim Konzert seine ganze Familie im Publikum zu sehen, alarmierte Nacho, und er sagte bestimmt:

»Daß euch bloß nicht einfällt zu kommen.«

Tatsächlich erwartete uns am nächsten Tag unsere Premiere. Am Nachmittag transportierten wir in Enriques Lieferwagen die Instrumente ins Lokal und machten einen Soundcheck, bevor es geöffnet wurde. Es war ein kleiner, für unsere Bedürfnisse gerade richtiger Raum. Allerdings wäre eine Streichholzschachtel für das, was wir zu bieten hatten, noch passender gewesen. Der Inhaber machte uns darauf aufmerksam, daß wir uns zwischen den Getränkekästen im Lagerraum umziehen müßten. Das störte uns nicht, so konnten wir wenigstens hemmungslos trinken.

Als Sara das zaghafte Klopfen an der Tür hörte, schaute sie auf die Uhr – es war nach ein Uhr früh. Sie wußte, daß es Nacho war, und freute sich insgeheim. Sie hatte eine Entscheidung getroffen, denn sie konnte nicht ständig an ihn denken und es sich jede Sekunde verbieten. Einmal in ihrem Leben würde sie egoistisch sein. Sie hatte es satt, alle um sich herum zu belügen.

»Wer bist du? Nacho?« fragte sie.

»Nein, Basilio, sein Bruder.«

Auf der andern Seite der Tür stand Basilio, das Gesicht unter der Maske eines lächelnden Mannes verborgen.

»Basilio? Welcher Basilio?«

Er trug eine Schreibmappe unter dem Arm. Der Schweiß rann ihm unter der Maske hervor, und er fühlte sich lächerlich.

»Ich war neulich mit meiner Mutter da«, sagte er, den Mund dicht an der Tür. »Ich bin ein Enkel …«

»Die Mutter war mit den beiden Kleinen da … Das ist ein Scherz von Nacho, stimmt's?«

»Nein, verdammt«, entfuhr es Basilio. Was sollten die ganzen Fragen nach Nacho und dieses Gerede von ihm? »Du kannst dich nicht an mich erinnern, weil ich unsichtbar bin.«

»Was?« Sara bekam allmählich Angst und öffnete nicht.

»Schau, hier ist alles zu sehen. Ich hab's für dich gezeichnet.«

Er klappte die Mappe auf, zog ein Blatt mit mehreren Cartoons in Sprayfarben hervor und schob sie unter der Tür zu Sara hinein.

»Was ist das?«

»Die Geschichte meines Lebens. Keine Bange, sie ist kurz. Nur dieses eine Blatt.«

In ihrem Schlafzimmer hörte die Großmutter die gedämpfte Stimme Basilios, der sich durch die Tür mit Sara unterhielt, und fragte sich, welcher ihrer Enkel es wohl diesmal sei. Alle hatten hier bereits ihre Aufwartung gemacht. Sie hätte nicht in der Haut dieses Mädchens stecken wollen, denn sie wußte ganz genau, daß Schönheit manchmal einen hohen Preis hat. Aber jetzt erschien ihr die eigene Vergangenheit als blasse Erinnerung, keine Spur mehr von der Intensität, mit der sie ihre Jugend verlebt hatte.

Die Zeichnungen waren gekonnt und bis ins kleinste Detail ausgeführt. Mit erstaunlichem Geschick hatte

Basilio sein Leben auf die wesentlichen Punkte reduziert. Ein schreckliches Kind, ein abstoßender Jugendlicher, ein ausgegrenzter Erwachsener. Auf den Zeichnungen erkannte Sara, die sich ein wenig beruhigt hatte, den Vater und die übrigen Familienmitglieder. Dann erschien ein Arzt mit einer Narbe auf der Wange, dessen Zeichnung eine Sprechblase enthielt: ›Ich kann deine Probleme lösen. Ich werde dich unsichtbar machen.‹

Sara hörte Basilios Atem auf der andern Seite der Tür, und dieser dicke junge Mann machte sie allmählich neugierig. Basilio griff sich unter die Maske, um den Schweiß zu trocknen. Auf einer weiteren Zeichnung war der Protagonist eine gesichtslose Silhouette. Und nun erblickte sie sich selbst.

»Das bin ich?«

»Ja. Entschuldige, ich zeichne nicht sehr gut.«

»Das ist perfekt.«

Am meisten war Sara von der Qualität der Porträts beeindruckt. Wie konnte dieser Bursche sie so genau gezeichnet haben, wo sie sich nicht einmal an ihn erinnerte? Schließlich kam sie zur letzten, etwas größeren Zeichnung.

Die in der Gegenwart spielende Szene zeigte Sara einem maskierten Mann gegenüber. Es war die Maske, die Basilio auch jetzt trug und deren ewigem Lächeln eine Sprechblase entstieg: ›Ich liebe dich.‹ Diejenige mit Saras Antwort enthielt ein Fragezeichen.

Sie dachte, die ganze Familie Belitre sei hochgradig verrückt, zumindest diejenigen ihrer Mitglieder, mit denen sie verkehrt hatte. Aber auch die, die sie kaum kannte, wie dieser Basilio, der jetzt vor der Tür darauf wartete, daß sich das gezeichnete Fragezeichen in wirkliche Worte verwandelte.

»Was soll dieser Unsinn, daß du unsichtbar bist?« Sie schob den Riegel zurück und machte auf.

Draußen war niemand. Sara schaute suchend ins dunkle Treppenhaus hinunter.

»Basilio?«

Aber der war schon auf die Straße entwischt. Er kam sich lächerlich vor. Nicht einmal aufgemacht hatte sie ihm. Was erwartete er eigentlich? Wann würde er endlich akzeptieren, daß ihm ein glückliches Leben versagt war? Er floh in die Gran Via, hielt ein Taxi an und stieg ein. Die Maske hatte er abzunehmen vergessen.

»Na?« scherzte der Fahrer. »Wir kommen wohl von einer Fete, was?«

Basilio gab keine Antwort, aber der andere, der sich in dieser ruhigen Nacht langweilte, ließ sich nicht einschüchtern.

»Das erinnert mich an einen Witz. Auf einem Kostümfest erscheint ein Typ so, wie er ist. Und einer sagt zu ihm: ›Na hör mal, und deine Maske? Zu einem Kostümfest hat man mit was anderem zu kommen.‹ Und der erste antwortet: ›Ich verkleide mich jeden Tag, um als Normaler durchs Leben zu gehen.‹ Er ist nicht sehr gut, ich weiß, aber er hat eine gewisse Philosophie.«

Basilios Maske lachte. Er nicht. Er war imstande gewesen, sein eigenes Leben auf ein paar Zeichnungen zusammenzufassen, aber es jetzt auf einen wenig komischen Witz reduziert zu hören deprimierte ihn noch mehr.

»Ehrlich gesagt, deine Maske ist nicht sehr originell.«

»Es ist keine Maske«, brachte Basilio hervor.

»Ach nein? Was ist es dann?« fragte der Taxifahrer aufrichtig interessiert.

»Ich bin ekelerregend häßlich.«

»Na Mensch, so schlimm wird's schon nicht sein.« Taxifahrer lassen nicht zu, daß jemand sie an Fatalismus noch übertrifft. »Auch ich war sehr dick, ob du's glaubst oder nicht. Ich brachte neunzig plus dreißig Kilo auf die Waage – ich nenne nie das Gesamtgewicht, damit ich mich besser fühle, das wurde mir in der Abmagerungskur beigebracht.«

Mit keinem Zeichen gab Basilio zu verstehen, daß er demselben Planeten angehörte wie dieser extrovertierte Taxifahrer.

»Komm schon, verdammt, nimm diese Maske ab. So häßlich kannst du gar nicht sein, wie du sagst. Du nimmst mich auf den Arm.«

»Doch, es ist so. Die Frauen laufen davon, wenn sie mich sehen. Alle gehen mir aus dem Weg.« Unter der Maske weinte Basilio, und seine Tränen vermischten sich mit dem Schweiß. »Mein Leben ist eine einzige Scheiße.«

»Aber Mann ... Hast du denn keine Freundin oder Freunde?«

Basilio schüttelte den Kopf. Er wollte dieser zusätzlichen Tortur so schnell wie möglich entkommen.

»Das krieg ich schon hin, und ob.« Er riß das Steuer herum.

Basilio fragte nichts, als der andere die Richtung änderte. In Casa de Campo hielt der Taxifahrer, der Paco hieß und auf dem ganzen Weg unaufhörlich geschwatzt hatte, neben einer Nutte, der bestaussehenden, die es dort gab, und pfiff sie herbei.

»Hallo, Süßer«, begrüßte sie ihn.

»Wieviel, damit du meinem Kleinen da« – er deutete mit dem Kopf zu Basilio auf dem Rücksitz – »etwas machst, was sich auf ›Horatio‹ reimt?«

»Wie bitte?«

»Also, wenn nicht das, dann etwas, was sich auf ›Rasen‹ reimt.«

Sie vereinbarten einen Preis. Der Fahrer zog ein paar Geldscheine aus einer Zigarrenschachtel unter seinem Sitz, gab sie der Nutte und öffnete ihr die Hintertür. Sie stieg ein und setzte sich neben Basilio.

»Woher kommt ihr, von einer Fete?«

»Mund halten und blasen, geht schon nicht kaputt«, unterbrach Paco sie energisch.

Die Prostituierte machte sich zwischen Basilios gefügigen Beinen zu schaffen, stieg nach getaner Arbeit aus und stellte sich wieder an ihren Platz neben einem 40-Kilometer-Verkehrsschild. Diese Geschwindigkeitsbeschränkung hatte sie bei weitem überschritten.

»Wenn der Samen erst einmal raus ist, hat das Leben doch 'ne ganz andere Farbe, nicht wahr?« Der Fahrer wurde monothematisch. »Ich hab schon bemerkt, daß du nicht mal gesehen hast, daß das Mädchen einen Adamsapfel hatte.«

Als sie zu Hause ankamen, bedankte sich Basilio für die Einladung und bezahlte die Fahrt. Hastig stieg er aus.

»Keine Ursache. Heute für dich und morgen für mich. Und setz nicht so 'ne Leichenbittermiene auf, Teufel noch mal, wir haben nur ein Leben. Ich habe viele Katzen fluchen hören, weil sie sieben haben.«

Er beobachtete, wie die lachende Maske das Tor aufschloß, durch den Garten ging und ins Haus trat. Dann fuhr er los. Im Rückspiegel sah er auf dem hinteren Sitz die Zeichenmappe, die Basilio vergessen hatte. Er angelte sie nach vorn und schaute sich die Zeichnungen an.

›Wenigstens hat der Teufelskerl Talent. Was beklagen sich diese jungen Leute eigentlich?‹ fragte er sich, der vollkommen unglücklich war, und fuhr weiter.

Zwanzig

> Wir haben nur ein Leben, und ich habe viele Katzen fluchen hören, weil sie sieben haben.
>
> *Ein Taxifahrer zu Basilio Belitre*

Als sie sahen, daß die Zeitung eine ganze Seite samt Bild über den Großvater brachte, hörten die beiden Handwerker, die auf dem Dachboden arbeiteten, auf, ihn zu hänseln. Er mußte ihnen sogar zwei Fotokopien mit einer Widmung versehen, damit sie sie ihrer Familie zeigen konnten. Die Schlagzeile lautete: AUCH DIE FREUNDESHAND MUSS OHRFEIGEN AUSTEILEN. Der Untertitel gab etwas genauere Hinweise auf den Inhalt: ›Greis wegen Angriffen auf Tabakläden verurteilt.‹ Unter dem Bild stand: ›Der greise Tabakgegner Abelardo Belitre gestern vor Gericht.‹

In ironisch-flockigem Ton hob der Artikel den Umstand hervor, daß der Großvater der erste Mensch war, der vor Gericht gestellt und verurteilt wurde, weil er vehement gegen den Tabakkonsum in diesem Land angekämpft hatte. Mit billigen Maschen – Vergleich des großväterlichen Tuns mit Don Quijotes Starrsinn – flocht Paco Infante in die Darstellung der aufwieglerischen Ansichten des Großvaters, dem Leser zuzwinkernd, eigene Kommentare ein. Gekrönt war das Ganze von einer ebenso hohlen wie ungenauen Analyse, in der es von Fehlern nur so wimmelte: Er dichtete dem Großvater drei Jahre und zwei Söhne mehr an, aberkannte ihm dafür einen Enkel, verwechselte seinen ehemaligen

Beruf (Beamter statt Buchhalter) und bezeichnete ihn als Witwer, was Großmutter Alma nicht entging: »Sogar in der Zeitung werde ich schon für tot erklärt, was für ein Glück.«

In den darauffolgenden Tagen wurden mehrere Leserbriefe abgedruckt, die gegen diesen ›senilen, schwachsinnigen Alten‹ protestierten, und nur einer, der sich zustimmend äußerte und die Solidarität einer Gruppe von Passivrauchern aus Lechago, Provinz Teruel, zum Ausdruck brachte.

Mit stolzgeschwellter Brust verkündete der Großvater, für diesen Abend sei er in die populäre Fernsehsendung ›Galerie der Neugierigen‹ eingeladen worden. Die Mutter bügelte seinen Anzug, putzte ihn heraus und suchte eine funkelnagelneue, zum Hemd passende Krawatte des Vaters für ihn aus. Punkt neun Uhr erschien ein Fahrer des Fernsehens mit dem Auftrag, den Großvater abzuholen. Sogleich machte sich der Rest der Familie zur Großmutter auf, wo man sich die Sendung anzusehen gedachte.

Der Apparat wurde in ihr Schlafzimmer gestellt, obwohl sie protestierte:

»Seit Jahren kommt mir dieser Blödmann abends nicht mehr hier rein, warum sollte ich heute eine Ausnahme machen?«

Rund ums Bett wurden Stühle aufgestellt. Selbst Dr. Tristán, der sozusagen zur Familie gehörte, traf gerade rechtzeitig zur Erkennungsmelodie der Sendung ein.

»Was ist von einem Land schon zu erwarten, das diesen Trottel im Fernsehen auftreten läßt?« sagte Großmutter Alma empört.

Die Mutter vermißte Matías; sie hatte die Verantwortlichen der Heilanstalt gebeten, ihn an diesem Abend fernsehen zu lassen. Im Morgenmantel saß der kleine

Matías allein in einem kleinen Aufenthaltsraum vor dem Apparat und war stolz: Mein Großvater ist berühmt.

Wer keinen Stuhl hatte, setzte sich aufs Fußende von Großmutters Bett, und von zehn Uhr an ließ niemand den Fernseher mehr aus den Augen. Basilio war verlegen gewesen, als er Sara begegnete, aber mit ihrer Bitte, ihr bei der Zubereitung der Getränke behilflich zu sein, brach sie das Eis. Weder jetzt noch in Zukunft erwähnte einer von den beiden die vergangene Nacht.

Wirklich überrascht war Sara aber erst, als der Vater an der Tür klingelte.

»Ich habe keinen Parkplatz gefunden. Hallo, Sara.«

Er spürte einen Stich im Herzen. Es war ihm noch nicht gelungen, sie zu vergessen. Auch sie war verwirrt.

»Wie geht's dir?«

»Gut.«

»Alle sind im Schlafzimmer bei Großmutter.«

»Also, dann geh ich rüber.«

Gaspar wich Sara nicht aus, und sie plauderten eine Weile. Sie war nervös und rang sich schließlich zur Frage nach dem Grund für Nachos Abwesenheit durch.

Gaspar erklärte ihr, zu dieser Stunde gebe er ein Konzert mit seiner Gruppe. Mit seiner Rockgruppe, präzisierte er, als er sah, daß sie keine Ahnung hatte. Sie fragte nach dem Namen des Lokals, und nachdem er sich bei Basilio erkundigt hatte, kam Gaspar mit der Antwort zurück. Sara hatte eine Entscheidung getroffen. Sie wollte nicht noch mehr Zeit verstreichen lassen. Eigentlich hatte sie ja gehofft, Nacho würde mit seiner Familie kommen, damit sie mit ihm sprechen könnte. Noch nie zuvor war ihr das passiert – daß sie aus Liebe nervös war und nicht mehr schlafen konnte.

»Gaspar, sag ihnen, ich bin gleich wieder zurück.«

Der Großvater wurde als letzter in der ›Galerie der Neugierigen‹ interviewt. Zuvor war ein Bewohner von Cáceres an der Reihe, der offiziell als Mann mit dem größten Kopf des Landes proklamiert worden und stolz darauf war, den Basken ihren traditionellen Titel in dieser Disziplin abgenommen zu haben, und das ohne weitere diätische Hilfe als den maßlosen Konsum von Milchreis. Dann folgte ein Banderillero, der zweihundertdreiundfünfzig Mal von den Hörnern des Stiers verletzt worden war und damit den Weltrekord hielt. Die Interviewerin, die ihr Metier verstand, vergoß einige Tränen, als der unglückliche Banderillero vor den Kameras seinen mit Pflastern übersäten Oberkörper entblößte und dabei erzählte, bei einem Autounfall habe er seine Frau und die drei Kinder verloren, und entließ ihn dann mit dem munteren Satz: »Wenigstens hat sie Ihnen keine Hörner mehr aufsetzen können …«

»Ach, hätten sie Großvater nicht *vor* diesem unangenehmen Zeug bringen können?« beklagte sich die Mutter, als sie die Nähte und Narben des Banderilleros sah.

»Großvater ist noch unangenehmer«, antwortete die Großmutter. »Der ist sogar unter Brechmitteln noch ein Brechmittel.«

»Dieses Programm ist Schrott, ein Wahnsinn«, diagnostizierte Felisín.

Schließlich wandte sich die Moderatorin der Kamera zu und verkündete:

»Unser letzter Gast kommt aus Madrid und ist schon fast ein Methusalem …«

»Was heißt Methusalem, Mama?« fragte Lucas.

»Aus Madrid, hast du nicht gehört?«

Die nachfolgenden Erklärungen machten es unmöglich, den Rest der Präsentation zu verstehen. Als sich die erhitzten Gemüter wieder beruhigt hatten, war der Großvater schon in Großaufnahme zu sehen, und die Moderatorin zündete sich eine Zigarette an.

»Macht es Ihnen etwas aus, wenn ich rauche?«

»Seien Sie unbesorgt«, antwortete er. »Ein Bibelspruch besagt: ›Das gestohlene Brot schmeckt dem Manne gut; aber am Ende hat er den Mund voller Scheiße.‹«

»Wenn wir Glück haben, wird er zu guter Letzt interniert«, tröstete sich die Großmutter.

Unter dem Vorwand, Wasser zu holen, ging der Vater einen Moment aus dem Zimmer. Er suchte in der ganzen Wohnung nach Sara, fand aber keine Spur von ihr. Gaspar streckte den Kopf ins Wohnzimmer:

»Papa, schnell, du verpaßt das Beste.«

»Ich komme schon, ich wollte nur …«

»Sara ist nicht da«, teilte ihm sein Sohn mit. »Sie ist zu Nachos Konzert gegangen. Ich glaube, er gefällt ihr.«

»Ah.« Der Vater kam ins Schlafzimmer zurück und tauchte wieder in den Kreis der Familie ein.

»Komm her, mein Sohn, setz dich zu mir«, bat ihn die Großmutter.

»Schön, kommen wir zu einem andern Thema«, sagte die Moderatorin. »Soviel ich weiß, sind Ihnen schon Gott und die Jungfrau erschienen.«

»Ja, just einige Tage vor meinem Jüngsten Gericht erschien mir die Jungfrau durchs Dach meines Hauses.«

»Wie ist denn eine Erscheinung? Viele Leute können sich das nämlich gar nicht vorstellen. Und sie haben erst recht keine Ahnung, wie beispielsweise die Jungfrau Maria aussieht, wenn sie sie erblicken.«

Der Großvater bemerkte den ironischen Ton nicht

und beschrieb bis in alle Einzelheiten die nackte Mayka. Beim Zuhören dachte Dr. Tristán: ›Seltsam, die gleicht meiner Schwester‹ und lächelte. Gaspar dachte dasselbe, lächelte aber nicht.

»Nun, ich glaube, Sie haben das sehr anschaulich dargestellt«, bemerkte die Moderatorin voller Bewunderung.

»Tja…, auf mehr hab ich auch nicht geachtet, Sie müssen verstehen, meine Züchtigkeit, sie stand da, wie Gott sie in die große Trübsal gebracht hatte…«

»Ja, ja, aber jetzt ist es höchste Zeit, daß wir uns verabschieden.«

»Darf ich noch jemanden grüßen?« fragte der Großvater.

»Aber natürlich, Don Avelino.«

»Abelardo… Ich möchte eine Elegie zu Ehren meiner Frau vorlesen«, erklärte er, während er in seinen Taschen wühlte.

»Ach, ist sie kürzlich gestorben?« fragte die Moderatorin diskret; so gewann sie Zeit, um gegebenenfalls ihre Tränendrüsen bereit zu haben.

»Oh, nein, nein. Sie ist noch nicht gestorben, aber wenn sie stirbt, wird sie die Elegie nicht mehr hören können.« Er hatte das Blatt entfaltet und drehte sich der Kamera zu. »Ach ja, ich muß darauf aufmerksam machen, daß es Verse in freien Rhythmen sind, obwohl meine Spezialität eigentlich das Sonett ist. Aufgepaßt, das ist für dich, Alma.«

In ihrem Bett wälzte sich die Großmutter unbehaglich hin und her.

»Dieser dreckige Mistkerl. Immer muß er mich lächerlich machen. Der gibt mir den Rest, am Ende bringt er mich noch um.«

In einem magischen Augenblick, der in sämtliche

Anthologien des Ersten Programms Eingang gefunden hat, rezitierte der Großvater aus dem Fernseher.

Wie du es immer getan hast,
Weiß ich, daß du auch jetzt
Für mein Gestammel nur Spott hast
Und meine Verse verachtest.

Er hatte sich die Lesebrille aufgesetzt und blickte zur Krönung jedes Verses ergriffen in die Kamera.

Hat uns das Leben auch getrennt,
Wirst du dereinst in der Ferne
Vielleicht verstehn, daß ein paar Verse
Das einzige sind, was ich habe …

»Okay, Don Evelino, es tut mir leid, aber die Zeit …«, versuchte ihm die Moderatorin das Wort abzuschneiden.

… Manchmal schließ ich die Augen und denke,
Alles an dir ist vollkommen,
Denk an deine Augen, dein Haar
Und das Lachen, das du so reichlich uns
schenktest …

»Don Eulalio, unsere Sendung ist kein …, es tut uns leid, aber …«

»Halt's Maul, du Dreckstück«, krähte die Großmutter im Bett die Fernsehfrau an.

… Ein Lachen, das heute nur Spott ist,
Aber ich glaube, ich bin's, den du lieb hast,
Was verschlägt's, wenn ich blind bin.
Alma …

»Meine Damen und Herren, es ist eine Livesendung, wie Sie sehen …«

Der Moderatorin war es gelungen, den Großvater zu unterbrechen und hastig das Programm zu beenden. Gaspar meinte in Großmutter Almas weißem, makellosem Gesicht eine Träne zu sehen. Auf dem Zimmer lastete eine bleierne Stille.

Im Kreis der versammelten Familie glaubte der Vater zu verstehen, daß es viele Arten gab, jemanden gern zu haben, viele Formen der Liebe, und daß die Leidenschaft vielleicht nur eine Illusion war. Und wenn sich jemand nach Jahren an die ewigen Streitereien seiner Eltern erinnert, erklärt er bloß, sie hätten sich eben auf ihre eigene Art geliebt.

Obwohl es klein war, hatte sich das Lokal nicht gefüllt, was ein Beweis für die geringe Zugkraft unserer Band war. Wenn ich mich richtig erinnere, erschienen wir mit Verspätung auf der Bühne, denn der Inhaber wollte unbedingt auf mehr Publikum warten. »Das einzige, was geschehen kann, ist, daß die paar Leute, die gekommen sind, wieder gehen«, sagte ich.

Wir tauchten in die Herzlichkeit unserer nächsten Freunde und bedingungslosen Anhänger, die uns bei diesem ersten Konzert nicht im Stich lassen durften, und legten mit einem Stück der Kinks los.

Offenbar war Sara schon am Anfang ganz nach vorn gekommen, und ich bin sicher, daß Nacho sie sah, denn mit einem Mal veränderte sich sein Gesichtsausdruck, und er begann mit für ihn ganz ungewöhnlicher Energie zu spielen. Ab und zu griff er tüchtig daneben, aber das war egal, noch nie hatten wir ihn so gut spielen sehen, und das steckte uns alle an.

Nach dem Auftritt zogen wir uns in unsere improvisierte Künstlergarderobe zurück, einen langen, von Getränkekästen verstellten Gang voller Wasserlachen und so kalt, daß einem der Schweiß gefror. Die Leute begannen an die Tür zu klopfen, und einige Freunde kamen herein, um uns zu beglückwünschen. Schüchtern trat auch Sara ein, und als Nacho sie erblickte, ging er auf sie zu.

»Da du mich nicht eingeladen hast, bin ich eben selbst gekommen«, lächelte sie.

»Danke. Verdammt, was für eine Überraschung. Ich freue mich …«

Nacho war glücklich. Er wußte nicht recht, was er noch sagen sollte, und beschloß, sich schnell umzuziehen und möglichst rasch von hier wegzukommen. Wieder schaute er Sara an, jemand kam herein. Sein Gesicht verdüsterte sich. Der erste Schuß brachte uns zum Verstummen. Der zweite widerhallte im Raum wie Kanonendonner, und wir sahen Blut aus Nachos Bauch schießen. Geschrei, Gelaufe, ein dritter Schuß. Jemand stieß mich voran. Ich kniete neben Nacho nieder. Ich erinnere mich, daß ich mich über und über mit Blut besudelte. Ich schrie, jemand solle einen Krankenwagen rufen.

Neben mir hielt Sara Nachos Kopf, während wir ihn auf den Boden legten. Zwei Freunde entrissen Aurora die Pistole, die sie unter der Jacke verborgen hielt. Beim Abdrücken hatte der Stoff Feuer gefangen. Mit aller Kraft mußte man sie an die Wand pressen. Alle riefen durcheinander, und das Warten schien endlos. Jemand brachte Aurora hinaus, und ich konnte ihr Gesicht nicht sehen. Dann Sirenengeheul auf der Straße. Sara stellte fest, daß Nacho noch atmete.

Zwei Sanitäter drängten uns beiseite und trugen ihn in den Krankenwagen. Sara hielt seine Hand und stieg zu ihm in den Fond des Wagens.

»Wer bist du?« fragte sie ein Sanitäter.

Ich erinnere mich, daß sie antwortete: »Seine Freundin.«

Nacho lag zwanzig Minuten im Operationssaal. Sara und wir andern warteten draußen. Ich rief bei seinen Eltern an, aber niemand antwortete. Ich wagte Sara zu fragen, und sie gab mir die Telefonnummer der Großeltern. »Alle sind dort«, sagte sie. Ich verlangte den Vater und sagte ihm, ein Unglück sei geschehen.

Sara trat zu einer der Operationsschwestern, die scharenweise aus dem Saal kamen. Die Frau schüttelte den Kopf und umarmte Sara, um sie zu trösten. Über ihre Schulter hinweg gab sie mir ein Zeichen, mich um Sara zu kümmern.

Als die Trage wieder herausgeschoben wurde, löste sich Sara von uns und näherte ihr Gesicht dem Nachos. Mit Tränen in den Augen küßte sie ihn. Ganz leise glaubte ich sie in sein Ohr sagen zu hören: »Ich liebe dich.«

Ich stelle mir vor, daß Nacho, als er starb, von keinem Licht geblendet wurde und auch nicht sein Leben an sich vorbeiziehen sah, wie es offenbar vorkommen soll. Ich denke, er hörte Sara neben sich atmen, fühlte sich nicht schlecht, nichts tat ihm weh. Er wollte bloß heim, ins Haus seiner Eltern, dort wäre er in Sicherheit. Er dachte wohl, jemand trage ihn und er würde es, wie in jeder durchzechten Nacht, schon schaffen, ins Bett zu kommen, um bis zum nächsten Morgen zu schlafen. Aber niemand trug ihn nach Hause.

Er starb, und Sara dachte, sie sei zu spät gekommen. Seltsam, immer hatte sie Leute geliebt, die todkrank waren, und jetzt starb ihr der, den sie liebte, einfach weg. Ich sah die Familie kommen und befürchtete, es ihnen zu sagen wäre der schlimmste Moment meines Lebens.

Er war es.

Einundzwanzig

> Ernestina, wenn Du das liest, wirst Du meinen Enkel schon kennengelernt haben, denn ich habe ihm diesen Brief in die Jackentasche gesteckt. Kümmere Dich um ihn, als wäre ich es selbst. Falls Du wieder jung geworden bist, wird er Dir gefallen, und sonst ebenfalls; er ist hübsch wie einst sein Großvater, erinnerst Du Dich? Du wirst mir dann von ihm erzählen und mir bestätigen, ob man dort, wo Ihr seid, Art Tatum mit ›Have you met Miss Jones?‹ hört wie damals wir beide an jenem Abend in Madrid.
>
> *Alma an Ernestina Beltrán*

Das Haus der Belitres glich einem verwunschenen Schloß. Alles geschah lautlos, und das reale Leben blieb ehrfurchtsvoll jenseits der Hecke. Zu dieser Zeit war ich bei ihnen, und erst da lernte ich sie wirklich kennen. Es überraschte mich, wie sehr der Tod selbst den kleinsten Dingen des Alltags einen absurden Anstrich verleiht.

Eines Nachmittags nahm Gaspar das Telefon ab; es war Violeta, die ihm Vorwürfe machte.

»Was ist eigentlich los? Erinnerst du dich nicht mehr an mich? Warum sehen wir uns nicht heute nachmittag und gehen irgendwohin?«

»Ich kann nicht«, sagte Gaspar.

»Was heißt, du kannst nicht? Komm, wenn du Lust hast, gehen wir ins Kino.«

»Ich kann nicht. Mein Bruder Nacho ist gestorben.«

»Scheiße, eine irre Ausrede«, antwortete sie ätzend. »Was Besseres fällt dir wohl nicht ein?«

»Nein.« Er hängte auf.

Im Alltag breitet sich der Widerhall des Todes wie ein Gongschlag aus. Beim Abendessen weinte Lucas, und die Mutter, deren Tränen versiegt waren und die sich vor ihren Söhnen steinhart gab, versuchte ihn zu trösten.

»Ich weine nicht seinetwegen«, antwortete der kleine Belitre wütend, der lieber irgend etwas behauptete, als den wirklichen Grund für seine Traurigkeit preiszugeben. »Meine Fische sind gestorben.«

Auch Sara verbrachte in diesen Tagen viel Zeit bei den Belitres. Dort lernte ich sie näher kennen, und sie übte eine solche Faszination auf mich aus, daß ich mich ganz elend fühlte. Ich betrachtete mich nicht als zu dieser Geschichte eingeladen. Das Mittagessen zog sich jeweils bis zur Dämmerung hin, als wie eine Erlösung auch schon das Abendessen erschien. Alle warteten auf irgendeine Nachricht und nicht unbedingt auf das unwahrscheinliche Eintreffen irgendwelcher Angehöriger oder willkommener Bekannter. Der Briefträger brachte Hunderte von Telegrammen, darunter eines von Nicole, das Felisín wieder laut vorlas.

»Es ist mir nicht möglich, zur Beerdigung zu kommen. Es tut mir aus tiefster Seele leid. Ich hätte Euch alle gern besser kennengelernt. Verzeihung.«

Gaspar brach in haltloses Weinen aus, rannte in sein Zimmer hinauf und warf sich aufs Bett. Die Lügen seines ältesten Bruders waren das letzte, was er hören wollte. Er wußte nicht, daß dieses Telegramm tatsächlich von Nicole kam. Drückend spürte er das leere Bett neben dem seinen, jede mit seinem Bruder geteilte Ecke. Es war, als betrete er ein Museum und könne überall nur die weißen Flecken an der Wand sehen, wo einst Bilder gehangen hatten.

Auf seinem Bett liegend, hörte er, wie die Handwerker letzte Hand an die Decke zum Dachboden legten. Einer von ihnen weinte ununterbrochen, und manchmal mußte ihn sogar jemand aus der Familie trösten. Gaspar stöberte zwischen den Kleidern in Nachos Schrank herum und fand die Schuhschachtel mit seiner Pornobildersammlung und weiteren Fotos von nackten Mädchen, höchstwahrscheinlich Zufallsfreundinnen seines Bruders. Eine um die andere schaute er sie sich an. Schließlich fand er zuunterst ein paar Lieder voller Streichungen und Korrekturen, hingekritzelt in Nachos unmöglicher Schrift. Er versuchte sie zu entziffern, verstand aber nichts und kam sich hilflos vor.

Die Beerdigung war ein Betrug am wirklichen Schmerz, wie üblich. Viele Statisten ohne einen einzigen Satz, aber mit Gemurmel. Ein Pfarrer, eben von einer Taufe hierhergeeilt und geistesabwesend bei seinen Worten. Der einzige ergreifende Augenblick war der, als der Großvater, außerstande, sein Gedicht zu lesen, seinen Platz John und Paul überließ, die mit Kinderstimme einen schönen Lobgesang anstimmten: *Jesus gonna be here / Be here soon. / He gonna cover us with leaves / With a blanket from the moon / With a promise on a row / And a lullaby for my brow. / Jesus gonna be here / Be here soon.*

Die Großmutter hatte das Bett verlassen, um bei Nachos Mutter sein zu können. Niemand sah, wie Sara nach der Beerdigung den Vater der Belitres umarmte. Dieser brach in Tränen aus.

»Erinnerst du dich noch, was du mir hier gesagt hast?« fragte Sara.

Der Vater schüttelte den Kopf und biß sich auf die Lippen.

»Auf den Straßen gebe es mehr Tote als auf den Friedhöfen. Die Gräber seien voller Menschen, die weiterlebten …«

Dr. Tristán, tief betrübt, verließ den Friedhof vorzeitig. Basilio gestand er, er höre mit der Psychoanalyse auf, schließlich habe er sein Studium nie abgeschlossen. Gaspar war zu Hause geblieben, um auf Lucas aufzupassen; bis zum heutigen Tag ist er nie auf eine Beerdigung gegangen.

Einige Tage später fuhren der Vater und die Mutter in stillschweigendem Einverständnis zur Heilanstalt ›Die Liebe Gottes‹, um ihren Sohn Matías zurückzuholen. Der Direktor teilte ihnen mit, die Nachricht sei ihm in angemessener Weise und schonungsvoll beigebracht worden.

»Der Kleine hat es absolut verstanden«, beruhigte er sie.

»Nanu, ich nicht. Offenbar geht's ihm besser als mir«, bemerkte der Vater spöttisch.

»Bitte, wir wollen so rasch wie möglich nach Hause«, sagte die Mutter.

Sie schickte nach Matías. Der Kleine sah die glasigen Augen seiner Eltern und stieg mit ihnen in den Wagen. Die Mutter drehte sich zu ihm um und versuchte nach Kräften, ein Lächeln anzudeuten. Der Vater konzentrierte sich auf die Straße. Es wurde dunkel.

»Seid ihr traurig, weil Nacho gestorben ist?« fragte Matías unschuldig.

Unwillkürlich wechselten die Eltern einen Blick. Die Mutter versuchte, mit fester Stimme zu antworten.

»Natürlich, mein Junge.«

»Aber Nacho ist gar nicht gestorben«, beruhigte sie Matías. »Nacho bin ich.«

In den folgenden Tagen zeigte sich, daß sich Matías'

Latimer-Syndrom tatsächlich auf Nachos Person verlagerte. Er wollte unbedingt dessen Bett benutzen, gebrauchte seine Ausdrücke und nahm bei Tisch seinen Platz ein. Und an manchen Nachmittagen griff er nach der Gitarre und spielte ihnen immer wieder, nur entfernt erkennbar, die Lieder vor, die ihn Nacho im Schaukelstuhl auf der Veranda gelehrt hatte. Wenn das Telefon klingelte, hörte man ihn oft von irgendwoher rufen: »Falls es ein Mädchen ist, sag, ich bin nicht da.«

Angehörigen aus Murcia, die eigens angereist kamen, um der Familie ihr Beileid auszusprechen, und mit dem Satz »Schrecklich, die Geschichte mit Nacho« eintraten, antwortete Matías trocken: »Was soll daran schrecklich sein? Da bin ich ja, oder?« Wie es ihre Gewohnheit war, lud die Mutter sie zu Kaffee und Gebäck ein.

Während der Abwesenheit der Eltern, die Matías in der Heilanstalt abholten, war Dr. Tristán unaufhörlich im Garten zugange gewesen. Niemand hatte ihm ein Wort über den verborgenen Grund seines Hin und Her entlocken können. Die Großeltern, die zusammen mit Sara eine Zeitlang bei der Familie wohnten, stritten sich pausenlos. Unbeirrbar beschuldigte die Großmutter den Großvater, das im Fernsehen vorgetragene Gedicht abgekupfert zu haben.

Gaspar hatte seine Großmutter untergehakt und führte sie in jeden Winkel der Villa, wie sie das Haus nannte. »Schließlich bin ich die direkte Erbin.« Da die Handwerker ihre Arbeit mehr oder weniger beendet hatten, erfreute sie sich an all dem auf dem Dachboden aufgestapelten Trödel. Gaspar zeigte ihr das alte Gemälde. Sie fuhr zurück. Verwirrt dachte Gaspar, der Anblick der beiden nackten Frauen habe sie vor den Kopf gestoßen.

»Du hast gute Augen, mein Junge, schau mal nach dem Datum.«

»Es ist mit ›Y. N., 1928‹ signiert«, las Gaspar vor.

»Yuri Nedelcu«, erklärte sie. »Ein Ungar aus dem jetzt rumänischen Transsilvanien, der nach dem Krieg ins Exil ging. Ein entsetzlicher Maler und ein großer Fußballer. Weißt du, wer die dicke Rothaarige ist?«

»Nein.«

»Ernestina Beltrán. Die einstige Besitzerin dieses Hauses. Sie saß dem Maler nackt Modell. Du siehst, Narreteien der Jugend. Dabei war sie gar nicht mehr so jung.«

»Und die andere?«

»Die hübsche?«

Gaspar nickte. Die Großmutter lächelte.

»Kannst du ein Geheimnis für dich behalten?«

Als bei Einbruch der Dunkelheit die Eltern nach Hause kamen, hieß sie Dr. Tristán auf der Straße draußen parken. Mitten durch den Garten, vom Kirschbaum zur Hecke, hatte er eine Leine gespannt und daran ein Bettuch aufgehängt. Auf dem ganzen Rasen standen Klappstühle, so daß alles wie ein Freilichtkino aussah. Er setzte die Eltern und Matías in die erste Reihe und rannte zu Felisíns Projektor. Auf dem Bettuch begann ein alter Stummfilm zu flimmern.

Im Publikum saßen alle: Lucas, Matías, Gaspar, Basilio, Felisín, die Großeltern, die Eltern, Sara, die beiden Handwerker, John und Paul. Nachdem der Film begonnen hatte, setzte sich Dr. Tristán eilig neben mich.

Ich werde mich immer daran erinnern: *Sherlock Holmes junior* von Buster Keaton. Zuerst Totenstille. Dann vereinzelt ein zaghaftes Lachen. Auf einmal brachen die beiden Handwerker in lautes Gewieher aus.

Sie versuchten sich zu beherrschen, aber es gelang ihnen nicht. Gaspar drehte sich zu ihnen um und wurde angesteckt. Allmählich fanden sich alle in gemeinsamem Gelächter. Lucas, der zum Schulanfang von seinem Maulkorb befreit worden war, prustete aus voller Kehle, ebenso Basilio und Dr. Tristán, der immer, wenn sich der Film verklemmt hatte, nach hinten zum Projektor laufen mußte. Auch die Großmutter gab gewaltige Salven von sich. Ebenso die Mutter, die gar nicht auf den Film achtete, aber sah, wie sich die andern die Bäuche hielten. Und Sara lachte. Als hätte sie jemand mit Lachgas eingenebelt, überließen sie sich in dieser Septembernacht alle dem Gelächter.

Die lachende Familie Belitre – das ist die schönste Erinnerung, die ich an sie habe.